U0910390

四年级 上册

希腊神话故事

[美] 纳撒尼尔·霍桑 著
纪秋山 译

中国大百科全书出版社 知识出版社

图书在版编目（CIP）数据

希腊神话故事 /（美）纳撒尼尔·霍桑著；纪秋山译. -- 北京：知识出版社，2020. 10
ISBN 978-7-5215-0262-6

Ⅰ. ①希… Ⅱ. ①纳… ②纪… Ⅲ. ①神话－作品集－美国－近代 Ⅳ. ① I712.73

中国版本图书馆 CIP 数据核字（2020）第 198717 号

希腊神话故事

（美）纳撒尼尔·霍桑著　纪秋山　译

出 版 人　姜钦云
丛书策划　李默耘
图书统筹　李现刚　王云霞
责任编辑　王云霞
责任印制　李宝丰
美术编辑　张　婷
出版发行　知识出版社
地　　址　北京市西城区阜成门北大街 17 号
邮　　编　100037
网　　址　http://www.ecph.com.cn
电　　话　010-88390659
印　　刷　保定市铭泰达印刷有限公司
开　　本　880 毫米 ×1230 毫米　1/32
字　　数　145 千字
印　　张　8
版　　次　2020 年 10 月第 1 版
印　　次　2022 年 6 月第 9 次印刷
书　　号　ISBN 978-7-5215-0262-6
定　　价　30.00 元

目录

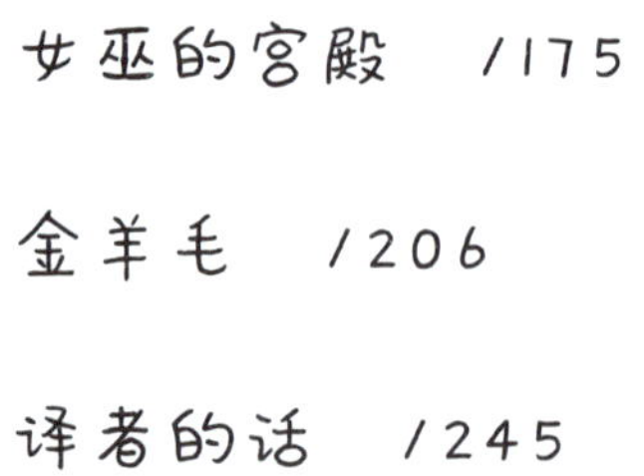

女蛇妖的头

珀耳修斯[1]是达那厄[2]的孩子，而达那厄则是一位国王的女儿。珀耳修斯还是一个婴儿的时候，有个恶人[3]把他和妈妈装进一只箱子，抛入大海，任其在大海上漂流。猛烈的风，把箱子吹离了海岸；不安静的波浪，把它抛上抛下。达那厄紧紧抱住孩子，唯恐有大浪袭来，把他们母子连同箱子一起吞没。这只箱子继续在海上漂着，既没有沉没，也没有倾覆。后来，夜幕降临，它漂到一座岛屿附近，卷到一位渔夫的网里，被渔夫拉上岸来。这座岛屿名叫塞里福斯，统治者是这位渔夫的兄弟波吕

雷神宙斯

---

① 珀耳修斯（Perseus），据希腊神话记载，是主神宙斯和达那厄所生之子，因杀死蛇发女妖美杜莎，并从海怪手中救出安德洛墨达（Andromeda）而闻名。本篇即叙述珀耳修斯杀死美杜莎的故事。

② 达那厄（Danae），阿耳戈斯（Argos）国王阿克里西俄斯（Acrisius）的女儿，宙斯化为金雨与其幽会，生子珀耳修斯。

③ 指达那厄的父亲，国王阿克里西俄斯。因为有人对他说，日后他必为外孙所弑，他听后便将其女达那厄和外孙小珀耳修斯弃于海中。

得克忒斯国王。

我很高兴地告诉你们，这位渔夫是一个非常正直仁慈的人，对达那厄母子慈爱有加，一直帮助他们。后来，珀耳修斯终于长成一个身强力壮、活泼伶俐、武艺精熟的美少年。在此之前，国王波吕得克忒斯已经见过这两个坐在箱子里漂到他领地来的陌生人了。但这位国王并不像他的渔夫哥哥那样温和仁慈，而是非常凶恶的。他决定派珀耳修斯去干一桩危险的事儿，而这很可能使珀耳修斯丧命。然后，他还要想个险恶的计划，折磨达那厄。于是，这个坏心肠的国王花了许多时间苦苦思索：有哪些事情，既适合年轻人去干而又最危险呢？最后，他想起了一个可以如他所愿置人于死地的计谋，便派人把珀耳修斯找来。

少年来到王宫，看到了坐在宝座上的国王。

“珀耳修斯，”国王波吕得克忒斯佯装笑脸，对他说道，“你已经长成一个出色的青年了。我和我那位好心的渔夫兄弟一样，对你和你的好妈妈都很仁慈。我想，如果让你报答我们的这些恩情，你不会感到为难吧？”

“只要陛下愿意，”珀耳修斯答道，“我甘愿牺牲我的生命，去干您要我干的事情。”

“好，那么，”国王的嘴角浮上一个狡猾的笑容，继续说道，“我想要你去干一件有点冒险的事情。这件事能让你崭露头角，对你这个勇敢而富有事业心的少年来说，无疑是个极好的、幸运的机会，非常难得。优秀的珀耳修斯，你可知道，我一直想娶美丽的希普达米娅公主。按照习俗，在这种场合，应该给新娘找一件来自远方的珍宝作为礼物。老实说，我已经为此烦恼了不少时日了。到什么地方才能寻到一件可爱的礼物，能满足公主与众不同的爱好呢？不过，令人高兴的是，就在今天早晨，我已经想出了一件合适的礼物。”

“能让我去取这件礼物吗？我愿为陛下效劳。”珀耳修斯热情地问道。

“如果你是我所信任的那个勇敢少年的话，你就能。”国王波吕得克忒斯神色显得极其庄严地答道，“我已经决定，要把用毒蛇当头发的女蛇妖美杜莎的头，送给美丽的希普达米娅公主当新婚礼物。亲爱的珀耳修斯，我把这件事托付给你，要你去把她这颗头颅取来给我。我想尽快迎娶公主，因此，你早找到这个蛇发女妖一天，我就能早高兴一天。”

“我决定明天早晨就出发。”珀耳修斯说。

“如此最好，勇敢的少年。”国王答道，“还有，珀耳修斯，在你把蛇发女妖的头砍下来时，可要尽量小心些，不要把她的容颜弄坏了，要完好无损地带回来，这样才能满足美丽的希普达米娅公主的奇特癖好。”

珀耳修斯离开了王宫。没等他走远，波吕得克忒斯便快乐地哈哈大笑起来——这个凶恶的国王，总算找到了让这位少年轻易落入圈套的妙计。珀耳修斯答应前去砍下蛇发女妖美杜莎头颅的消息很快便传开了，人们听后都欢天喜地——因为在这个岛上，绝大多数居民都和国王一样恶毒，只要听到能让达那厄母子遭遇大祸的消息，就能让他们兴奋异常。看来，在这个不幸的塞里福斯岛上，只有那位渔夫是唯一的好人。珀耳修斯上路了，人们在他背后指手画脚、撇嘴吐舌、眉来眼去，尽他们所能大声嘲笑他。“哈！哈！”他们大笑道，“美杜莎头上的毒蛇，肯定会狠狠地咬他一口啰！”

当时，共有三个蛇发女妖活在人世。她们都是奇形怪状的可怕妖怪。自从开天辟地以来，还没有人见过她们。看来，她们似乎也希望人类永远不要见到她们。我说不清她们是何种妖魔鬼怪，只知道她们是三姐妹，相貌有点像女人，但实际上却属非常可怕的、不祥的毒蛇种族。事实上，人们很难想象这三姐妹到底是一种怎样可畏的怪物。喂，要是你们相信我的话，我可以告诉你们：她们头上长的不是头发，而是一百条活着的、弯弯曲曲、扭来扭去、盘旋卷曲的可怕的毒蛇。这些毒蛇，吐着带毒汁的舌头，舌尖长着像叉子一样的毒刺！这些蛇发女妖的牙齿又长又利，非常可怕。她们的双手是黄铜的，全身披满鳞甲——这些鳞甲，如果不是钢铁的，也是一种难以刺穿的硬物。她们还长着一对翅膀。我敢向你们担保，这对翅膀非常大，上面每根羽毛都洁净发亮，如金子一样耀眼光滑。不用说，在阳光的照射下，当这些蛇发女妖在空中飞行时，这些翅膀足以使人眼花缭乱。

但是，人们即使偶然能看见她们在高空发出的光辉，却从不敢细看，而是迅速隐藏起来。你们肯定会想，也许人们是怕被女妖头上毒蛇的毒刺蜇到，或是怕女妖那些可怕的长牙利齿咬掉他们的头，再或者他们怕被那铜爪撕成碎片。不错，说实话，这些只是危险的一部分，但并不是最大的危险，也不是无法逃避的危险。这些可怕的女妖最令人害怕的是：要是有哪个可怜人向她们脸上瞧上一眼的话，那么这人马上就会从一个有血有肉的活人，变成一座冰冷的没有生命的石像！

现在，你应该很容易就能理解，那凶恶的国王交给那个无辜的少年的任务，是有多么危险了吧。珀耳修斯脑中想着此事，知道自己此行凶多吉少，根本不可能平安带回美杜莎长满毒蛇的头颅，最后只能变成石像。且不说其他困难，单说这一点，就能让任何一个比珀耳修斯更老成的人感到为难：他不仅要跟这个长着金色翅膀、披着铁甲、长着利牙铜爪、以蛇代发的妖怪战斗，还要闭着眼睛战斗——无论如何，都不能看与自己交战的敌人。如果他在举臂刺杀妖怪的当儿，看上她一眼，就会变成一座僵硬的石像，举臂站在那里，千年万载，任由风吹雨打，最后渐渐变成泥粉。在这个明亮、美丽的世界上，这样的结局，对一位有诸多英勇的事业等着他来完成，有诸多欢乐等着他来享受的少年来说，实在是一件非常悲哀的事。

珀耳修斯闷闷不乐，又不忍把这个任务告诉自己的母亲。于是，他挎起盾牌，佩上宝剑，离开小岛，来到了大陆上。他坐在一个僻静的角落，忍不住涕泪交流。就在他忧郁悲伤的时候，在紧挨着他的地方，有个声音对他说道："珀耳修斯，你为什么发愁呀？"

珀耳修斯抬起深埋在手心的头。看呀！在他以为只有他单独一人的这个僻静的地方，却还站着一个陌生人。这是一个活泼、灵敏、容貌有些狡黠的少年，肩上披着一件斗篷，头上戴着一顶古怪的帽子，手中拄着一根扭扭曲曲的手杖，腰间挂着一把弯弯曲曲的短剑。他显出一副轻松活泼的样子，就像一个惯于体育锻炼的人，正准备要跳跃和奔跑一样。更重要的是，这个陌生人露出那么一种兴高采烈、洞察事理、乐于助人的表情（虽然其中也多少包含着顽皮的成分），因此，当他注视着珀耳修斯的时候，珀耳修斯倒觉得有点不好意思了。再说，作为一个真正勇敢的少年，在一个外人面前，却像一个胆怯的学童一样掉泪，真是奇耻大辱呀。这种时候，无论如何都不能再表现出失意的样子了。于是，珀耳修斯拭掉眼泪，尽可能摆出一副勇敢的姿态，回答这位活泼的少年道："我并没有发愁，我只是在思考我承担的一项冒险任务。"

陌生人答道："啊哈！很好。你把这任务告诉我吧，也许我可以为你效点力。我已经帮助过很多少年了，帮他们完成了他们原先以为相当困难的冒险任务。也许你已经听过我的事儿。我有许多名字，但是，'水银'这个名字最适合我的身份。把你的烦恼告诉我吧，然后我们再商量商量，看看要怎么办才好。"

陌生人的言谈举止令珀耳修斯改变了看法，他决定把这件为难的事儿全都告诉水银。也许，事情不像原先设想得那么糟糕，他的新朋友很可能会给他一些指引，使事情峰回路转。于是，他简要地把事情的原委告诉了这位陌生人——国王波吕得克忒斯如何要把美杜莎长满毒蛇的头，当作结婚礼物送给美丽的希普达米娅公主；他如何承担了这项任务，要去把美杜莎的头割回来交给他，不过又担心自己会变成石头。

“这可真是一个大难题。”水银露出调皮的笑容，说道，“你会变成一座漂亮的大理石像的。真的，得花好几百年时间才能让你容颜磨损。不过，总而言之，即使少活几年，人们也都宁愿做个少年，而不愿变为一座可经受几百年风霜磨损的石像。”

“啊，岂止是不愿意而已！”珀耳修斯大声说道，泪水又浮上了他的眼睛，“如果我亲爱的妈妈知道她可爱的儿子变成一座石像的话，她该怎么办呢？”

“喂，喂，希望最后不要变得这么惨。”水银用鼓励的语气答道，“可能有人能帮你，而我就是那个最愿意帮你的人。我的妹妹和我，将竭尽全力，帮你安全完成这场现在看来十分艰难的冒险。”

“你的妹妹？”珀耳修斯问道。

“不错，我的妹妹，”陌生人说，“她是个很聪明的人，这点我敢向你担保。而我呢，则充满智慧，就像是智慧的化身。只要你一直勇敢、小心行事，听从我们的指导，便大可不必担心会在一瞬间变成石像。不过，现在最要紧的是，你必须先把盾牌磨光，磨得像一面镜子那样，能清楚地照出你的脸。”

这场冒险行动就从磨盾牌开始了。珀耳修斯觉得这事太奇怪了，他以为，盾牌坚硬得足以保护他免受那个蛇发女妖铜爪子的攻击，比把它磨光擦亮能照出自己的脸来，要重要得多。然而，他承认水银比自己见多识广，于是马上动手，勤奋地、一心一意地磨起盾牌来。很快，他把盾牌磨得像秋月一样明亮。水银微笑地看着，赞许地点点头。接着，他解下自己那把弯曲的短剑，挂到珀耳修斯身上，换下他原先的那把短剑。

“我这把剑最趁手，别的剑都不行，”他说，“这把剑刃口十分锋利，不论砍铜还是砍铁，都像砍嫩枝一样容易。我们现在就出发吧。接下来，我们去找那三位灰发妇人[①]，她们会告诉我们到哪里去找那几位尼芙女神[②]。”

“三位灰发妇人！”珀耳修斯喊道，这似乎是他冒险途中又一个新的难题，“请告诉我，这三位灰发妇人是谁？我以前可从没听说过。”

“她们是三位很奇怪的老妇人，”水银笑道，“她们三人只有一只眼睛、一颗牙齿。还有，只有在星光下，或是黄昏降临的薄暮中才能找到她们，因为她们从不出现在阳光或月光照耀下的明亮处。”

“可是，”珀耳修斯说，“我何必在这三个灰发妇人身上浪费时间呢？马上出发去找那个可怕的女妖怪，不是比去找这三个妇人更好吗？”

“不，不，”他的朋友答道，“在找到那个蛇发女妖前，你还有其他事情要做。除非找到这三位老太婆，否则是毫无办法的。等我们找到她们之后，你就会相信，蛇发女妖离我们已不太远了。来吧，打起精神走吧。”

珀耳修斯非常信任这位朋友的智慧，没有丝毫异议，决定马

---

① 三位灰发妇人，据希腊神话记载，她们是蛇发女妖美杜莎的姐妹，因其头发为灰色，故有此名。三人只有一只眼睛、一颗牙齿，供其轮流使用。

② 尼芙女神（nymph），在古希腊神话中指居于山林水泽的仙女。

上开始这次探险之行。于是他们出发了，用轻快的步子向前走去。他们走得那么快，说真的，珀耳修斯都快赶不上水银的脚步了。老实说，他有一个奇特的想法，认为水银一定穿着一双会飞的鞋子。有了这双鞋子，他自然能快步如飞；而且，当珀耳修斯用眼角瞟着他时，似乎还看到他脑袋边上长着一对翅膀。然而，待他认真审视时，又什么都看不见了。但是，无论如何，那把扭扭曲曲的手杖，分明给了水银极大的方便，使他走得飞快，以致珀耳修斯这么一个相当敏捷的少年，也开始气喘吁吁了。

“赶上来！”终于，水银叫道——他是一个狡猾的人，他很清楚，珀耳修斯已经赶不上他了——“拿着这根拐杖吧，你比我更需要它。在塞里福斯岛，有没有比你走得更快的人？”

“如果我也穿着一双飞鞋的话，”珀耳修斯狡黠地盯着同伴的双脚，说道，“我也可以走得很快的。”

“我们应该给你找一双飞鞋。”水银答道。

不过，仗着那根拐杖的帮助，珀耳修斯倦意全无，兴致勃发地走了起来。事实上，他手里的这根棍子就像活的，仿佛把自己的生命借给了珀耳修斯似的。此时，他一边从容地和水银走在路上，一边愉快地交谈着。水银讲了许多他以前的冒险经历，还讲了他的智慧如何使他在各种场合都能应付自如。这么一来，珀耳修斯感觉他真的是一名奇人异士了。很明显，他见多识广，能用自己的知识把少年人吸引过来，这几乎没人能做到。珀耳修斯如饥似渴地听他讲着，希望能从他的讲述中学点儿什么，增长些见识。

后来，他偶尔想起，水银曾经说过他有一位妹妹，会在这场冒险中助他一臂之力。

“她在哪里呢？”他问道，“我们很快就能见到她吗？”

“在适当的时候就会见到她，”同伴说道，“不过你应该了解，我这位妹妹的性情与我完全不同。她非常严肃谨慎，寡于言谈，从不哈哈大笑。她认为，除非事情重要到必须开口不可，否则就要保持缄默——她甚至把这当作守则。除了那些理智的谈论，其他什么话她都不愿听。”

“哎呀！”珀耳修斯喊道，“我可不敢随便乱说了。”

“我敢向你保证，她是一个很有教养的人。”水银继续道，“她的手艺出众，精通各种技艺。简而言之，她聪明异常，许多人都称她为智慧的化身。不过，老实告诉你，我俩的兴趣爱好非常不同，因此，你会发觉，她并不像我一样，是个愉快的旅伴。总之，她有她的优点。你还会发现，这些优点，会在你与蛇发女妖的遭遇战中，给你帮上大忙。”

夜幕降临时，他们来到一处非常荒凉偏僻的地方，那里长着蓬松的灌木，一派荒芜的景象，看起来像从来无人光顾过。在昏暗的夜色中，那些荒凉的景物显得更加黯淡模糊。珀耳修斯有点忧心忡忡，他试探地问水银后面还有多少路要走。

“注意！注意！”同伴低声说，“别出声！我们马上要在这里遇上那三个灰发妇人了。小心些，在见到她们之前，不要让她们发现你。她们虽然三人共用一只眼睛，但那只眼睛却和普通人的六只眼睛一样敏锐。”

“见到她们的时候，”珀耳修斯问道，“我要怎么办呢？”

水银向珀耳修斯解释了这三位妇人是如何安排使用那只眼睛的。原来，按照习惯，那只眼是由她们三人轮流使用的，就如同使用一副眼镜，或者说得更确切一点，好像使用一副单筒望远镜一样。当这三个人中的一个使用过一段时间后，便从眼窝里取出眼珠，依次传给她的姐妹；这个姐妹接过眼珠，会马上安进自己的眼窝，然后快乐地观察起这个光明的世界来。也就是说，在同一时间内，三位灰发妇人中只有一人能看到东西，其余两人则全都处于绝对黑暗之中；而且，在这只眼珠被拿在手里传递的那一瞬间，那三位可怜的老太婆，谁也看不见一线光明。我（作者）一生中已经听过许多稀奇古怪的事儿，亲眼见过的奇事也不少，但对我来说，哪一件都没这三个共用一只眼睛的灰发妇人的事更怪异。

珀耳修斯也有同感。事情是如此怪异，他几乎以为同伴是在跟他开玩笑。也许，实际上压根儿就没有这样的三位妇人。

“你很快就能知道我说的是真是假了。”水银说道，“当心，别出声！肃静！不要吵！她们来啦！嘘！”

透过昏暗的夜色，珀耳修斯急切地张望着。真的，就在这时，那三位灰发妇人在不远的地方出现了。周围的光线非常昏暗，很难看清她们的模样，只能看到她们都蓄着长长的灰发。等她们走近一些，他看见她们中有两个，前额中间只有一个空着的眼窝，而第三个姐妹的前额中央，有一只很大的、璀璨明亮的眼睛。那只眼睛，像一只镶在戒指上的钻石，闪闪发光——它是那么明亮，珀耳修斯觉得，即使是在午夜，它也可以像中午时分那样，把一切都看得清清楚楚。因为此时，三个妇人的视力，都集中于这只独眼之中了。你们看，这三位老太婆款款而来，对周围的一切，好像都看得一清二楚。那位前额安着一只眼睛的妇人，正两手分别牵着她的两位姐妹，用那只锐利的眼睛观察着周围的一切。珀耳修斯很怕她的眼光会望穿这片浓密的灌木丛，因为他和水银两人正躲在那些树丛后边。我的天！这只眼睛太锐利了，藏身在它的视力所及范围之内，真是太可怕了！

可是，还没等她们走到这些树丛前，三位灰发妇人中的一位开口道：

“姐姐，草人姐姐！”她嚷道，“你已经用眼珠用了这么久，现在该轮到我啦！”

“我再看一会，梦魔妹妹。”草人答道，“我好像看见浓密灌木丛后面，藏着什么东西。”

“啊，那又怎样呢？”梦魔不耐烦地反驳道，“难道我不能像你那样，看清楚矮树丛后面的东西吗？我使用眼珠时，也会跟你一样用好；我和你一样晓得怎样好好使用它，甚至比你用得更好。马上让我看一会儿吧！”

可是这时，那第三个名叫脱节的妹妹，也开始抱怨，说眼珠该轮到她使用了，草人和梦魔则争着说该她们使用。争来争去，最后，老大姐草人把眼珠从眼窝里取出，捧在手里举在面前。

“你们两人谁拿去都行，”她嚷道，“不要再这么傻里傻气地争论了。我倒是乐得在完全的黑暗中待一会儿。快点儿拿去吧，不然的话，我可要重新装回去了！”

于是，梦魔和脱节都伸出了手，急切地摸来摸去，都想从草人的手里把眼珠接过来。但是，她们全都看不见，不清楚草人的手在何处；而草人自己，这时也和梦魔和脱节一样，身处黑暗之中，也不能马上递到她们两人的手中，把眼珠交出去。于是，这三位老太婆陷入一种极端的困境中：虽然这只眼珠如同一颗明星那样耀眼，但在草人把它从眼窝里取出，另两位灰发妇人还来不及把它放进眼窝里去的时候，这三人都完全处于黑暗之中。她们很不耐烦，都想赶快装上眼睛看看眼前的景物。

此时，脱节和梦魔都在胡乱摸着，三个人你埋怨我，我埋怨你。水银见此情景，不觉忍俊不禁，开心大笑起来。

“你的机会来了！”他对珀耳修斯耳语道，“快！快！在她们还没拿到眼珠安入眼窝之前，快跑过去，把那只眼珠从草人手里抢过来！”

说时迟，那时快，正当那三位灰发妇人还在互相埋怨时，珀耳修斯已从树丛后面跃出，把那只眼珠抢了过来。握在珀耳修斯手里的这只奇怪眼珠，仍然发射出明亮的光芒，好像懂事似的望着他的脸——要是它长着眼皮的话，会朝他眨眼的。但那三位灰发妇人并不晓得发生了什么，每人都以为一定是自己的姐妹拿走了那只眼珠，因此又开始争吵起来。对这些可敬的女士来说，这只眼睛确属必需。珀耳修斯怕给她们带来更大的不便，有些不忍心，便觉得有必要向她们解释一下。

“善良的太太们，”他说，“请不要生气了。你们都没错，有错的是我，因为我已经有幸把你们这只光辉灿烂的眼珠，拿到手里了！”

“你！你抢了我们的眼珠！你是谁？”三位灰发妇人齐声大叫道。当然了，她们听到陌生的声音，并发现眼珠已落入一个她们无法想象的外人手里时，是非常吃惊的，“啊，我们怎么办呢？妹妹们！我们该怎么办呢？我们都变成瞎子了！把眼珠还给我们！您自己有两只眼睛！把我们的眼珠还给我们吧！”

“告诉她们，”水银向珀耳修斯耳语道，“只要她们能告诉你怎么去找那些有飞鞋、魔袋和隐身盔的尼芙女神，马上就可以取回这只眼珠。”

“亲爱的、善良的、尊贵的老太太们，”珀耳修斯对那三位灰发女人说道，“你们不必害怕，我并不是个寻衅滋事的少年。只要你们现在告诉我，到哪里能找到尼芙女神，就可以完整无损地取回这只跟原先一样明亮的眼珠。”

“尼芙女神！我的天啊，妹妹们！他说的尼芙是哪一个呢？”草人尖声叫道，“人们说，尼芙女神有许多，有的在树林里打猎，有的住在大树里边，有的住在舒服的水里。但我们对她们一无所知。我们只是三个不幸的老太婆，在黄昏的时候出来到处溜达溜达。除了一只公用的眼珠，我们什么也没有，而现在这只眼珠又被您偷去了。啊，把它还给我们吧，好心的陌生人！不管您是谁，把它还给我们吧！”

那三位灰发妇人边说边伸出双手到处摸索，竭力想抓住珀耳修斯，但是珀耳修斯小心地与她们保持着一定的距离。

“尊敬的太太们，”他礼貌地说道（因为他的母亲经常教导他对人要有礼貌），“我已把你们的眼珠紧紧地握在了手心里。我会好好保护它的。如果你们乐意告诉我，到哪里能找到尼芙女神，我再还给你们。我说的这位尼芙女神，就是那位有迷人的魔袋、飞鞋，以及……什么……以及隐身盔的尼芙女神。”

“姐妹们，我们真可怜！这位少年在讲些什么呀？”草人、梦魔和脱节都显出极度惊恐的神态，喊叫道，“飞鞋！瞧他说的！要是他蠢得想穿上一双飞鞋的话，脚后跟会立即飞上头顶！还有隐身盔！怎么可能有让身体隐藏起来的头盔呢？除非这顶头盔很大，可以把整个身子罩住。还有什么迷人的魔袋？不，不，好心的陌生人！我们对这些奇异的东西一无所知。您自己有两只眼睛，而我们三个人只有这么一只，你比我们这三个瞎眼的老婆子更有可能找到这些宝贝东西。”

听她们这样说，珀耳修斯相信了，以为这三位灰发妇人并不晓得这事儿，因此不想再烦扰她们，准备把那只眼珠还给她们。他正想请求她们原谅他抢夺眼珠的粗鲁行为时，水银却抓住了他的手。

“别让她们把你当成傻瓜！”他说，“这三位灰发妇人，是世上唯一能告诉你到哪里找尼芙女神的人；如果你找不到那几位女神，永远也不可能砍下美杜莎缠满毒蛇的头。好好拿着这只眼珠，情况会有转机的。”

事实证明，水银说得对。没有什么比视力更受人重视的了，对那三位妇人来说，她们对这唯一一只眼珠的重视，就如同对六只眼睛一样——她们本来理应有六只眼睛的。在明白实在要不回这只眼珠后，她们终于把答案告诉了珀耳修斯。于是，珀耳修斯立刻以最有礼貌的态度，把眼珠安进一个妇人凹陷的眼窝里，并对她们的仁慈表示感谢后，与她们道别了。可是，由于珀耳修斯刚好把眼珠安进了草人的眼窝里，没等这个少年走出多远，她们又吵了起来——因为在与珀耳修斯发生纠纷前不久，这只眼珠就是从草人的眼窝里取出来的。

那三位灰发妇人，因为诸如此类的事吵起来而伤了和气的情景，是很令人吃惊的。不幸的是，她们三个谁都离不开谁，显然，她们注定是不可分离的伙伴。因此，我要劝告人们，不管男女老少，谁要想把她们共用的眼珠拿过来用一下的话，要学得有教养点、有耐心点，不要想着马上抢过来。

就在老太婆们争吵不休的时候，水银和珀耳修斯两人，正惬意地走在前往尼芙女神住处的路上。那几位老太太已经很详细地给他们指明了方向，因此，他们没花多少力气就找到了女神们。跟梦魔、脱节和草人完全不同，尼芙女神们又年轻又漂亮，一点也不老；她们也不像那三姐妹一样只有一只眼珠，而是各有一对明亮的眼睛。她们都很温和地看着珀耳修斯。她们似乎认识水银，当他告诉她们珀耳修斯承担的冒险任务后，她们便毫无难色地把珍藏的宝贝借给了他。她们拿出来的第一件宝贝，是鹿皮制成的，上面绣着奇异的图案，看起来很像一只小钱袋。她们吩咐珀耳修斯要仔细小心地收好——这就是魔袋；第二件宝贝是一双鞋子，或者说是一双拖鞋，每只鞋跟上都装着一对漂亮的小翅膀。

“穿上它们吧，珀耳修斯。”水银说，“你会发现，在余下的旅途中，你将举步如飞，就像你希望的那样。”

珀耳修斯穿上一只拖鞋，把另外那只放在旁边的地上。然而，那只拖鞋却出其不意地展开小翅膀，从地上腾空而起。要不是水银赶忙纵身一跳，幸运地在空中一把抓住，它可能就远走高飞了。

“小心些，”水银把拖鞋还给珀耳修斯时说，“高空的飞鸟如果看见一只鞋子飞在它们中间的话，会吓坏的。”

珀耳修斯穿上这双奇妙的拖鞋后，感觉走路轻飘飘的。一步、两步……哎呀！你们看，他升到了空中，飞过了水银和尼芙女神们的头顶，感觉很难再降回地面了。但在用这类东西的时候（不管是飞鞋还是诸如此类能高飞的宝物），都要先适应一段时间，等掌握了它们的性能后，很快就能控制自如。水银觉得他这位朋友此时做出的那些不由自主的动作，很是好笑，于是让珀耳修斯不要心急，等拿到那顶隐身盔再走不迟。

态度温和的尼芙女神们，已经取出那顶插着摇摆的黑色羽毛的头盔，准备给珀耳修斯戴到头上。像前面我说过的那样，稀奇古怪的事情又发生了。头盔还没戴到珀耳修斯头上时，人们眼中的珀耳修斯还是一位金发红颜的英俊少年：只见他腰间挂着一把弯曲的宝剑，臂弯挎着一面光滑明亮的盾牌——真是容光焕发；但当女神们把这顶头盔戴到他洁白的额头上时，他忽然消失不见了！除了空阔的蓝天，什么都看不到了！就连那顶用无形的身子罩住珀耳修斯的头盔，也一并消失了！

“珀耳修斯，你在哪里呀？”水银问道。

“喂，在这里呀，真妙！”珀耳修斯平静地答道，“我还站在原来的地方，你看不到我吗？”他的声音仿佛是从那透明的空气中飘出来的。

“看不到，真的！”他的朋友回答，“你已经隐身在头盔下面了。既然我看不到你，那些蛇发女妖也不会看到你。现在，跟我来，让我们看看你驾驭这双飞鞋的技术吧。”

说罢，水银帽子上的翅膀展开了，仿佛就要从他的肩膀上飞走——但事实上并没有，他的身体也随之一起升上了天空；珀耳修斯也跟着飞了上去，升上了一百码的高空。看到自己能像飞鸟一样飞离那肮脏的地球，珀耳修斯感到十分快乐。

此时夜已深，珀耳修斯向上望去，看到了那轮明亮如银的圆月。他想，若能飞到月宫度过余生，便再无牵挂了。他向下望去，看到了地球，以及地球上的海洋、湖泊，银练一样的河流，堆着白雪的峰巅，广阔的田野，黑压压的森林，白云石一样的城市；在如梦般月光的照耀下，地球也跟月亮和其他星星一样，非常美丽。他还看到了那座塞里福斯岛，他的妈妈就住在那里。这时，他们正飞向一片云彩——隔着一段距离望去，就像一幅用银白色的羊毛织成的地毯；然而，当进入云层后，便感到那灰色的雾气又冷又湿。于是他们立即加快速度，迅速从云层中飞出，重新沐浴在月光之中。这些景色中，要数那些流星最为壮观——它们的耀眼光芒于瞬间释放，好像空中燃放的烟花，方圆一百英里[①]内，

① 1 英里约等于 1609.34 米。

月光也为之失色。

有一次，一只高飞的老鹰，居然撞着了无形的珀耳修斯。两位伙伴继续飞着。这时，珀耳修斯似乎听到身边有衣服的窸窣声。这声音来自水银身边，但除了水银，没看见有别人。

“这是谁的衣服发出的声音？”珀耳修斯问道，“微风一吹，就一直在我身边窸窣作响。”

“啊，那是我妹妹的衣服发出的声音！”水银答道，“像我之前跟你说的那样，她正跟我们一起走呢。没有我妹妹的协助，我们什么事也干不成。你还不知道她有多聪明、眼力有多敏锐！喂，她能看到你，即使现在也一样，她能清楚地看到隐身的你。我敢担保，过一会儿，最先发现那些蛇发女妖的，肯定是她。”

这时，他们已快速飞临大洋上空，在海面上空飞着。向下望去，只见汪洋中心波涛汹涌，海浪发出雷鸣般的吼声，冲击着岸边的岩石，在海滨形成一条长长的白色波浪带。然而，那如雷鸣般的涛声，在珀耳修斯听来，仿佛半酣的婴儿发出的温和的喃喃声。就在此时，他听到身边的空气中有人对他讲话。似乎是一个女人的声音，虽说不上甜美，但也端庄而温存，听来很是悦耳。

“珀耳修斯，”那声音说道，“女蛇妖就在这里。”“在哪里？”珀耳修斯嚷道，“我看不到她们。”

“就在你脚下那座岛屿的岸上，”那声音答道，“你只要投下一颗石子，就会打中她们。”

“我对你说过，肯定是她最先发现女妖。”水银对珀耳修斯说，“她们就在这里啦。”

于是他们向下降落。珀耳修斯看到，在他下方约两三千码的海面上，有一座白色浪花轻拍的小岛，小岛的三面全是岩石，只有一面是洁白的沙滩。他一边向沙滩的方向降落，一边认真地审视着一个个明亮的沙滩。在一座黑色的岩石下，看呀，原来蛇发女妖就在那儿！她们正在如雷鸣般的海涛声中安然酣睡。那震耳欲聋的海涛的怒吼，好像这些可怕精怪的催眠曲。月光照着她们如钢片般的鳞甲和金黄的翅膀——她们的翅膀，正懒散地展扑在沙滩上；她们的铜爪子，此时正伸展出来，紧紧地抓住了被海浪击打着的岩石，看上去非常可怕。这些女妖，也许正做梦把某个可怜人撕成了碎片。那些代替头发的毒蛇，似乎也都睡着了。然而，时不时就会有一条蛇扭动着举起头来，吐出如叉般的舌头，发出疲惫的咝咝声，然后又钻进她的姐妹们中间。

看起来，这些蛇发女妖更像一种可怕的、巨大的飞虫，像那种大型的金翅硬壳虫、蜻蜓，或其他诸如此类的飞虫——不论从其丑的角度还是美的角度来看，都更像这类飞虫，只不过比它们大千百万倍罢了。除此之外，她们身上似乎还带有某种人性。算珀耳修斯走运，此时，她们都睡着了，脸完全背着他。否则，只要珀耳修斯稍微看她们一眼，马上就会变成一座无生命的石像，然后从空中重重地摔下去。

“啜，”珀耳修斯身边的水银低声说道，“现在正是你建功立业的时刻！快，要是女蛇妖们有一个醒过来，你就来不及了！”

“我要向哪个女蛇妖进攻呢？”珀耳修斯问道。他拔出宝剑，向下降得更低了，“她们三个头上都缠满了毒蛇，看上去都差不多。

哪个是美杜莎呢？”

在这些大怪物中，只有美杜莎的头才有可能被珀耳修斯砍下来。至于其余两个，纵使珀耳修斯用锋利无比的宝剑，向她们猛砍一个小时，也伤害不了她们一根毫毛。

“多加小心，”那个先前对他说过话的女声又平静地说，“那个睡得不安稳、正要翻过身来的蛇妖，就是美杜莎。不要看她，看一眼就会变成石头！要用你明亮如镜的盾牌观察对方，那里映着她的脸和身影。”

这时，珀耳修斯才明白水银认真劝他把盾牌磨亮的原因。盾牌光滑如镜，能清晰地看到女蛇妖的脸。你看，明亮的月光下，女蛇妖吓人的容貌完全暴露了：她头上的那些毒蛇并没完全睡着，有些还在额头上蠕动；她的容貌，掺杂着一种人们从未见过，也难以想象的陌生的、吓人的、野蛮的美感，令人又惊讶又恐怖；她仍然紧闭着眼睛，还在酣睡中，但脸上露出一种不安的表情，好像正在做着一个噩梦；她紧紧地咬住了银牙，把铜爪子深深地插进沙滩中。

美杜莎头上的那一百条毒蛇，似乎也感觉到了她的噩梦，因此更加骚动不安起来。它们互相纠缠着，扭成可怕的乱结，伸着还未张开眼睛的蛇头，咝咝地叫着。

“啾，马上行动！”水银低声道，变得性急起来，“马上向这个妖怪进攻！”

“不过要多加小心，”那个端庄的、悦耳的女声在少年的身边说，“向下飞扑的时候，要看着盾牌。注意，第一次袭击时，不要扑空了。”

珀耳修斯边小心地向下飞降，边目不转睛地望着美杜莎映在盾牌上的脸。越来越近了，女蛇妖的脸和她金属一样的躯体也显得越来越大……他一直飞到与蛇妖触手可及的地方，然后举起了宝剑……就在这时，那些缠在一起的毒蛇突然分开，在女妖的头上弓起身子，美杜莎也张开了眼睛——可是，她醒得太迟了，那把锋利的宝剑已如闪电般落下，邪恶的美杜莎的头与她的躯体分离了。

“干得好！”水银嚷道，“快，把头装进魔袋里。”

对珀耳修斯来说，这情形太让人惊奇了：那只绣着花儿、一直挂在他脖子上的像钱袋那么小的小魔袋，现在却一下子变大了，大得足以把美杜莎的头装进去。他来不及多加思索，也不管那颗头上的毒蛇仍在扭动，立刻把它捡起来，塞进了魔袋。

珀耳修斯和美杜莎

“你的任务完成了，”那个安详的女声说，“其余两个蛇发女妖，会拼命为美杜莎报仇的，你现在快飞走吧。”

看来，当真应该逃走了。珀耳修斯刚刚的动作并非那么无声无息，他的击剑声、毒蛇们的咝咝声，以及美杜莎的头跌落在海滩上的响声，已经把另外两个女蛇妖惊醒了。她们已坐起身来，用铜爪子擦了一会儿惺忪的睡眼；同时，她们头上的毒蛇，也吃惊地竖立起来，但又不晓得发生了什么，只是恶狠狠地左顾右盼着。当两个女蛇妖看到美杜莎那满身鳞甲的无头尸体，看到那对金色翅膀在沙滩上乱扑的时候，她们狂呼怒喊着，声音着实可怕。那些毒蛇，更加可怕！它们伸着头，一起发出咝咝声，那声音比女蛇妖的狂叫声还要大一百倍。而美杜莎头上的毒蛇们，也在魔袋里与它们应和着。

那两个蛇发女妖虽然还没完全清醒过来，但已腾身飞上天空。她们咬牙切齿，挥舞着黄铜的利爪，狂猛地扑打着宽阔的翅膀——有些金色的羽毛扑脱了，飘落在海滨上，也许今天我们人世上还散落着她们的几片羽毛哩。两个女蛇妖举头四顾、目光狰狞，想要让某个与她们目光接触的人变成石头。要是珀耳修斯向她们的脸上望上一眼，或者不幸落入她们的魔爪的话，他可怜的妈妈，就再也不能亲吻他了！他小心地望向其他的方向，而且幸好戴着那顶隐身头盔，女妖怪失去了跟踪的目标；还有，他已经能熟练自如地驾驭那双飞鞋了，一举足便可飞升至一英里的高度。在高处，他听到足下那两个巨大怪物的尖叫声变得越来越微弱了。他径直向塞里福斯岛的方向飞去，带着美杜莎的头去向波吕得克忒斯国王交差去了。珀耳修斯在回家路上碰到的那些怪事，就没时间讲了。这些事有：杀死了一只可恶的海怪，当时它正想把一位漂亮的少女一口吞下；还有，他只不过把那颗蛇发女妖的头拿出来晃了一下，就把一个可怕的巨人变成了一座石山——要是你们不信，不妨找个时间到非洲旅行一趟，亲眼看看那座石山。时至今日，它仍然用那位古代巨人命名哩。

终于，勇敢的珀耳修斯回到了塞里福斯岛。他非常想见到他亲爱的妈妈。可是，他不在家的这段时间里，那个凶恶的国王百般虐待达那厄，逼得她只好逃到一座神庙里去避难。那里的几位老神父，倒是很仁慈地接待了她。这些可敬的神父，还有那位最初把达那厄和小珀耳修斯从漂浮在海里的箱子里救出来，并仁慈地照顾他们的渔夫，似乎是这座小岛上仅有的正义之人。至于其他的人，正如国王波吕得克忒斯国王一样，都是恶行昭著的人，理当得到行将到来的报应。

珀耳修斯没能在家里找到母亲，便直接来到王宫参见国王。波吕得克忒斯并不愿见到他，他恶毒地以为，女蛇妖们肯定早把这个可怜的小伙子撕成碎片，并无声无息地吃掉了。现在看他平安归来，便尽可能装出一副和颜悦色的模样，问珀耳修斯是否完成了任务。

“你有没有兑现承诺？”他问道，“有没有把美杜莎缠满毒蛇的头给我带来？如果没有，小伙子，那就对不住了。我必须为美丽的希普达米娅公主准备一件结婚礼物，除了美杜莎的头，没有什么东西能令她满意。”

“托陛下的洪福，”珀耳修斯平静地回答，好像自己完成的是一件极平凡的事，“我已经把爬满毒蛇的美杜莎的头，给您带来了！”“真的？请让我看看吧，”国王波吕得克忒斯说，“那些旅行家都说，这是一件奇货呢！”

“陛下您说得对，”珀耳修斯答道，“它的确是一件足以引人注目的宝贝。不过，如果陛下想看的话，不妨先放一天假，让陛下的全体臣民都过来，一起看看这件宝物。我想，他们当中很少有人见过女蛇妖的头，如果这次不看，以后也许就再也没有机会了！”

国王很清楚，他的臣民都是些游手好闲之徒，跟那些无所事事的人一样，最喜欢观奇览胜。于是他接受了少年的建议，四处派出传令兵和信使，在街头巷尾、市场集镇，以及交叉路口处吹起喇叭，召唤人们到王宫里去。就这样，一大群无赖被吸引过来。

他们都带着一种幸灾乐祸的表情，想来看看珀耳修斯在与女蛇妖的遭遇战中，是否碰到了什么祸事。如果说这座小岛上也有一些好人（虽然这个故事没有告诉我们岛上有这样的好人）的话，那么此时他们一定都安静地待在家里，料理着自家的事务或尽心照顾着孩子。大多数居民都赶快跑向王宫，他们互相推搡着、拥挤着，一个挨着一个，急切想靠近那个阳台——珀耳修斯站在阳台上，手里拿着一个绣花袋子。

那位伟大的波吕得克忒斯国王坐在一座看台上，从那里可以看见阳台周围的全景。他手下那些狡猾的权臣、谄媚的近侍和民众，都眼巴巴地盯着珀耳修斯。

“把那颗头拿出来给我们看看！把那颗头拿出来看看！把美杜莎爬满毒蛇的头拿出来给我们看看吧！”人们高声大叫道。在这喊叫声中，有一种凶残的气息，好像在说，如若珀耳修斯不能满足他们的要求，便要把他撕成碎片。一种遗憾和怜悯的表情，浮上了年轻的珀耳修斯的脸庞。

“波吕得克忒斯国王啊，”他叫道，“还有民众诸君，我确实很不愿意让你们见到美杜莎的头哩！”

“哈，你这个无耻的胆小鬼！”人们闹腾起来，显得比原先更加凶恶了，“他拿我们开玩笑哩！他没有蛇发女妖的头！要是你有的话，就把那颗头拿出来，否则我们就要把你自己的头拿来当球踢了！”

奸险的廷臣们在国王的耳边窃窃私语，献计献策；近侍们喃喃地议论，一致认为珀耳修斯是在故意戏弄他们的君主；而那位伟大的波吕得克忒斯国王，则搓着手，用那种庄严、权威的深沉声调，命令他把那颗头拿出来。

“把蛇发女妖的头拿出来给我看看，否则我就要砍下你的脑袋！”

珀耳修斯叹了一口气。

“快！”波吕得克忒斯重复道，“否则要你的命！”“那么，看吧！”珀耳修斯像喇叭一样高声喊道。

猛然间，他从魔袋里取出那颗头，举了起来。于是，那位凶恶的波吕得克忒斯国王，和他奸险的廷臣以及所有恶毒的民众，就在他们刚一瞥到美杜莎那可怕的头时，连眼都来不及眨一下，就齐刷刷地变成了白色的云石，变成了一群石像！这些石像，都保持着当时的形容姿态！珀耳修斯把那颗头重新装进魔袋，然后就去找他亲爱的妈妈了。他告诉她，以后再也不用怕那个凶恶的波吕得克忒斯国王了。

点金手

从前，有一位很富有的国王，名叫米达斯[①]。他有一个小女儿——除我之外，这事儿没别人知道——而我也不知道她叫什么名字，或者曾经知道，但现在完全忘记了。因为我喜欢给小姑娘们取些奇巧的名字，所以我叫她金玛丽[②]。

米达斯国王

国王米达斯最喜欢的东西就是金子。他认为自己的王冠最贵重，因为它是用金子制成的。如果说他还有喜欢的——或者说多少有点喜欢——其他东西的话，那就是这个绕着自己

① 米达斯（Midas），或译“迈达斯”，弗里吉亚国王，贪恋财富，能点物成金，本篇就是讲述他如何贪得无厌，把什么东西都变成金子结果又后悔了的故事。

② 金玛丽，原文为“Marygold”，按音译为“玛丽戈德”，但未能表现寓“金”（Gold）于名的本意，因此改译为“金玛丽”。

的踏脚凳玩耍的快乐小女孩了。可是，他越是爱这个女儿，渴求财富的欲望就越旺盛。他真是个笨蛋！他想，如果能将开天辟地以来世间所有的金币都收集起来，堆成一座金光灿灿的大金山，传给女儿，那就太好了。因此，他将自己全部的心思和精力，都集中用于实现这个目标。如果他在夕阳的余晖中瞥见一片金黄色的云彩，便希望这片云彩变成一块真正的黄金，而且还希望能把这块黄金装进他牢固的箱子里去。当小金玛丽拿着一束毛茛或是蒲公英的花儿去见他的时候，他总是说："喂，算了吧，孩子！如果这些花儿也变成跟它们颜色一样的黄金，那就值得去采啦！"

不过，以前米达斯国王还没像现在这样财迷心窍的时候，也曾对花儿表现出极大的兴趣。他在一座花园里栽种了最大、最美、最香的玫瑰。这些花儿的美丽和芳香，是任何世人从没见过、从没闻过的。这些玫瑰，现在仍然长在花园里，像从前那样大、那样可爱、那样芬芳。想当年，米达斯总在它们跟前消磨时光，尽情地吸吮花香。可是现在，要是他看到这些花儿，心里就只有这样的念头：如果无数的玫瑰瓣都变成一只只薄薄的金箔，这座园子能值多少钱呢？虽然他也曾经喜欢音乐（有一种恶意的无稽之谈曾提到，他的耳朵就像驴子耳朵一样[①]），可是现在，可怜的米达斯所唯一喜欢的音乐，就是金币互相撞击时发出的叮当声了。

后来，米达斯变得极端古怪（如果人们不能让自己变得越来越

① 据古希腊神话记载，山林之神潘与音乐之神阿波罗比赛演奏竖琴，山神判后者赢，米达斯反对，阿波罗就把他的耳朵变成了驴耳朵。

聪明的话，那么就会变得越来越愚蠢），几乎不想看到或摸到那些不是黄金做成的东西。他养成了一个习惯，每天都要在王宫一间黑暗阴森的地下室里消磨大部分的时光。这间地下室是他贮藏财富的仓库，充其量有一间牢房那么大，米达斯委身其间，却感到特别幸福。他总是小心地锁上房门，拿起一袋金币，或是一只像脸盆一样大的金盆，或是一根根沉重的金条，或是一配克[①]金沙，然后把它们从这个房间的阴暗角落，带到从那个牢房的窗口射进来的那缕狭长的阳光下。他之所以重视这缕阳光，只是因为若没有它的帮忙，便看不清楚那些宝物。在这缕阳光的照耀下，他一枚枚地数着钱袋里的金币，或者拿着金条在手里抛上抛下，或者用手指筛着金沙，或者望着自己映在那只金盆光亮表面上的快乐影子，自言自语道："米达斯，富有的国王米达斯，你是多么幸福哟！"不过，那个映在金盆光亮表面上对他露齿微笑的影子，看上去又很滑稽可笑——影子好像明白他的愚蠢，似乎故意对他开着狡猾的玩笑。

太阳神阿波罗

米达斯自称是一个幸福的人，但又觉得还不是最幸福的人——极乐的境界尚未达到——除非整个世界都变成他的库房，并全部堆满属于他自己的金子。

① 容量单位，1 配克约等于 7.57 升。

米达斯活着的那个时代，属于很遥远的古代，当时发生的许多事情如果发生在现在，一定会被认为是稀奇古怪的。反之，今天发生的许多事儿，不仅令我们惊奇万分，也会令古代的人们瞠目结舌。你们这些聪明的小朋友肯定懂这个道理，我不说你们也肯定知道。总之，我觉得我们这个时代更奇怪一些。因此，闲话少说，我还是继续讲我的故事吧。

一天，像往常一样，米达斯正在库房里看着他的财富自得其乐，突然发现有个影子落在那堆金器上。他看见一个仙人，正站在那缕明亮狭长的光线下。那是一个少年，脸上露出愉快而健康的笑容。不知道是因为米达斯国王的想象，把见到的每一样东西都披上一层金黄色，还是别的什么原因。总之，他不由自主地认为，那个仙人的笑容也带着一种金色的光彩。由于那人的身子挡住了光线，堆在地上的那堆金器显得更加耀眼，连远处的墙角似乎也分享了这种光明。仙人微笑的时候，似乎闪耀着点点火光。米达斯已经锁好了金库的门，他知道没人能破门而入，于是就很自然地断定，这位客人绝非凡人。他到底是什么人，这个问题对你们来说是无关紧要的。那时候，地球还是一个相对新生的物体，那些有着超能力的神仙时常光顾。他们以一种半真半假的态度，关注着人世间男女老少的悲欢离合。在此之前，米达斯碰到过许多，今天又碰上一个，所以并不觉得奇怪。这个仙人，满面春风，态度温和，纵无仁慈的表情，也没有理由认为他怀有恶意。由此看出，他此行更可能是想来给米达斯施恩的。然而，除非他能增加米达斯的财富，又能给他施什么恩呢?

仙人面带微笑，注视着这个房间，待他目光灼灼地看了一圈屋里的那些金银财宝后，便转身面向米达斯。

“您是一位富翁，米达斯老兄！”他说，“我觉得，也许世间再没哪间屋子，能像您这间一样堆着这么多金子了。”

“我攒了不少黄金了——着实不少，”米达斯答道，但带着一种不满足的口气，“不过，无论如何，这只是些小玩意罢了。您要知道，这可是我花费全部的心血才搜集到的财富。如果人能活一千岁，才有时间变成富翁哩！”

“什么！”仙人嚷道，“这么说，您还不满足吗？”米达斯摇摇头。

“请问，您要怎样才会满足呢？”仙人问道，“我很好奇，很想知道呢。”

米达斯默思良久，忽而恍然大悟：这个面带善意的微笑、闪着金光的仙人来到这里，似乎是专为满足他贪得无厌的欲望的。那么，现在正是好运降临的时刻。在他开口之前，所有那些可能的或不可能的念头，都一起跃入脑中。他就这么想呀，想呀，想呀……在他的想象中，一座金山叠着一座金山，每座金山都大到极点。终于，国王米达斯心中闪过一个念头，它是那么光芒闪闪，就像他喜欢的金子那样闪闪发光。

他抬起头，望着那位容光焕发的少年。

“喂，米达斯，”客人说道，“我明白，您肯定想好了，把您的愿望告诉我吧。”

“我的愿望很简单。”米达斯答道，“搜集这些财富太麻烦了，虽已尽了全力，但得到的金子还是这么微不足道，我厌倦了。我希望，每件经我手接触的东西，都能变成金子！”

仙人的笑声是那么舒畅，如同一缕阳光照进一座阴暗的小山谷，使山谷地上秋天的黄叶——看上去像一堆堆金片——变得光耀四方。

“‘点金手’！”他嚷道，“米达斯老兄，您果真名不虚传，居然想得出这么妙的主意。不过，您当真认为这样就能让您满足吗？”

“难道这还不能让我满足？”米达斯反问道。“您有了‘点金手’后，不会后悔吗？”

“其他还有什么能吸引我呢？”米达斯问道，“只有‘点金手’才能使我得到真正的幸福。除此之外，我别无所求。”

“那么，如您所愿，”仙人答道，向他挥手告别，“明天太阳升起时，您就会发现，您已经得到一双‘点金手’了。”

仙人的身影突然变得特别明亮，米达斯不得不闭上了眼睛。等他重新睁开眼睛时，房里只剩下一缕阳光。围绕着他的，则是那些闪闪发光、用他毕生精力搜寻而来的金银财宝。

米达斯在那天晚上是否还能像平时一样安睡，这个故事并没有说。总之，不论是睡着还是醒着，他的心情，就像另一个大人已经答应在次日早晨送给他一件新玩具的小孩子那样。总之，好不容易等到天色破晓，米达斯国王长舒一口气爬了起来，开始用手触摸床边能摸到的东西，想试试那个仙人答应给他的“点金手”是否生效了。他用手指按着床边的一把椅子和其他家具，但大失

所望，这些家具还是和原来一样。说实话，他觉得很遗憾，那位全身闪着金光的仙人，原来只不过是一个幻影。要不然，就是那个仙人跟他开了个玩笑。如果真是这样，那可是一件可悲的事情：为了满足自己的欲望，他还得用通常的做法去积聚为数不多的金子，而不能使用那种点石成金的妙法了！

其实这时天色尚朦胧，天空只不过才露出一丝不易察觉的鱼肚白。他闷闷不乐地躺在床上，为希望落空而沮丧，他越想越觉得悲哀，直到最早的一缕阳光穿过窗子，给头顶的天花板镀上了一层金黄色。一开始，米达斯还以为那片黄色的阳光是床上蚊帐的反光，等他定睛细看之后，不禁又惊又喜：那床亚麻布制成的蚊帐，已经被阳光照耀得如同纯金织物一样，亮光闪闪了！第一缕阳光已经出现，“点金手”生效了！

米达斯欣喜若狂地跳下床，边在房里跑来跑去，边用手摸捏他碰到的每一件东西。他握住一根床柱，床柱立刻变成了一条空心的金管子。他拉开窗帘，想看清自己的杰作，可是他手里的帘穗变得那么沉重——原来它已变成了一穗黄金。他拿起书桌上的一本书，可是手刚一触到，那本书立刻变成了一部精装书——装饰华丽、镶着金边，像今天人们时常看到的那样。他用手指翻开书页，天呀！书页已经变成了一沓沓薄薄的金片，连印在上面的字迹也变得无法辨认了。他急忙用手摸摸自己的衣服，狂喜地发觉自己穿的是一套华美的金衣。这套服装沉甸甸的，不过还算柔软而温暖。他掏出自己的手帕，上面有小金玛丽特地为他绣的花边，可手帕也变成了一条金手帕，虽然手帕边缘还保留着那可爱孩子的工整针脚，但那些丝线已经变成金线了！

不过，国王米达斯并不太喜欢这个变化，他宁愿小女儿的手工不要变，还保留当初她爬上他的膝头，把手帕放进他手里时的那个样子。

但是，这样琐碎的小事不值得浪费时间去生气。米达斯又从衣袋里摸出眼镜架在鼻梁上，想更清楚地看看那些变化了的东西。当时，普通人还用不上眼镜，不过做国王的已经开始使用了。米达斯戴上眼镜后，看到了什么呢？他很疑惑地发现，原来那么清晰透明的玻璃片，如今已经完全没法透过它看东西了。不过，道理很简单——他把眼镜从鼻梁上取下，看到那透明的玻璃片已变成了黄色的金片，作为眼镜来说已经毫无价值了。这件事让米达斯感到不便了。他觉得，纵使用他全部的财产，也换不到一副方便的眼镜了。

“毫无疑问，”他意味深长地对自己说，“我们不能希望万事如意，而又没有一丝一毫的不便。为了这个‘点金手’，倒是值得牺牲一副眼镜的；退一步说，它也并不是人的眼睛非要不可的东西。一般情况下，我的眼神还是不错的。况且，小金玛丽很快就会长大，可以读书给我听了。”

聪明的米达斯国王为他的好运气而扬扬自得，似乎这座王宫都容不下他了。他微笑着走下楼梯，看着那些扶手栏杆——随着他走下楼梯，一根根的栏杆都变成了金子。他拉开了门把手（刚才，门把手还是黄铜制成的，但经他的手指一摸，便变成黄金的了），步入花园。花园里，正是开花的季节，他看到许多许多盛开的玫瑰儿，在晨风中散发出醉人的香味；它们娇艳的红颜，更是世间最美好的景色之一；它们是这么文雅，这么洁净，这么落落大方。

但是，米达斯知道如何按照他的想法，使这些玫瑰变成更贵重的东西。他用尽全力在花丛中穿行，毫不厌倦地施展他的“点金手”魔术，直到把朵朵盛开的花儿、含苞待放的蓓蕾，还有那些钻在花心的虫儿，都变成了金子方才住手。就在这件妙事做完之后，仆人们正好来请米达斯国王回去进早餐。本来，早晨的空气已使他胃口大开，于是便快速返回王宫里去了。

在米达斯生活的时代，一位国王早餐通常吃什么东西，我的确不太清楚，现在也无法考证了。不过，我深信，在那个特别的早晨，那顿早餐应该包括烧饼、鲜河鱼、烤马铃薯、新鲜的熟鸡蛋和咖啡[①]——这些东西是为米达斯国王本人预备的；还有一碗牛奶和面包，则是为他的女儿金玛丽准备的。总之，这就是一份摆在国王面前的早餐。然而，究竟那天的早餐是不是这些东西，我也不得而知——事实上，米达斯国王也不能有比这更好的早餐了。

这时，小金玛丽还没到来。国王一边吩咐人去把她唤来，一边在桌边坐下，等着女儿出来跟他一起进餐。平心而论，米达斯是真正爱他的女儿的，在这个早晨更是如此，因为好运气也在这个早晨降临到他身上。没过多久，他就听到女儿大声哭叫着，沿

① 事实上，马铃薯原产南美洲，16 世纪传入欧洲，后传入北美等地。咖啡原产非洲，16 世纪传入欧洲，17—18 世纪传入美洲。这里系作者讹误。

着走廊跑了过来。国王很是吃惊，因为金玛丽本是一位最快乐的女孩，总能看到她春风满面，一年到头都难得见她流一滴眼泪。米达斯听到她的啜泣声时，决定用一些奇事让小金玛丽转悲为喜。于是，他倾着身子横过餐桌，摸了摸女儿的碗（这只碗本是一只瓷碗，上面绘着许多漂亮的图画），把它变成了一只亮灿灿的金碗。

就在这时，金玛丽闷闷不乐地慢慢推开了门，只见她用围裙遮着眼睛，仍旧抽泣着，似乎悲伤得心要碎了一样。

“怎么了，我的小娃娃！”米达斯叫道，“请告诉我，在这么明媚的早晨，到底出了什么事？”

金玛丽没有拿下遮着眼睛的围裙，却伸出了双手。在她手里，是一朵玫瑰——不过是不久前被米达斯变成金玫瑰的玫瑰。

“美极啦！”她的父亲嚷道，“这真是一朵富丽的金玫瑰，你怎么还伤心哭泣呢？”

“啊，亲爱的爸爸！”小姑娘泣不成声地答道，“它并不美丽，它是所有玫瑰中最丑的！今天早晨，我很快就穿好衣服跑到花园里，想给您采些玫瑰，因为我晓得您喜欢玫瑰，更喜欢那些由您的小女儿采来的玫瑰。可是，天哪，我的天！您猜发生了什么？太不幸了！所有那些玫瑰儿，那些原来那么芬芳迷人的花丛，全都凋谢、枯死了！它们全变成黄金的了，就像您看到的这朵一样，连一点香味也没有了！这到底是怎么回事呀？”

米达斯看到她这样痛苦，感觉很惭愧，但又不敢承认这场巨变是他造成的，只好说道：“呶，我亲爱的小宝贝——请不要为这个哭泣了！坐下来吃你的面包和牛奶吧！你很快就会发现这个变化带来的好处。一朵金玫瑰可以经历千百年而不凋谢，比一朵普通的玫瑰要好得多，普通的玫瑰只开一天就凋谢了。”

“我不喜欢这样的玫瑰，”金玛丽一边哭着，一边轻蔑地把手里的金玫瑰扔掉，“没有香味，而且花瓣硬邦邦的，刺疼了我的鼻子！”

女孩虽已在桌边坐下，但心里仍然想着这个不幸事件，对那只瓷碗的奇异变化毫不在意。这样更好，因为金玛丽很喜欢碗上的那些画儿。现在，碗壁上的房屋和树木，全都镀上了一层金黄的色彩，变得有点稀奇古怪了。

这时，米达斯倒了一杯咖啡，毫无疑问，那只咖啡壶，原本是一只普通的咖啡壶，当米达斯将它提起再放回桌上时，已变成一只金壶了。他想，作为一位生活俭朴的国王，进餐时使用金质的餐具，未免显得奢侈过分；而且这些金器的安全也难以保障，因为碗柜和厨房并不是保存像金碗和金咖啡瓶这种贵重器皿的安全的地方。

他一边想着，一边舀了一匙咖啡送到唇边吮吸着。可接下来的一幕让人吃惊：他嘴唇接触的咖啡汁，竟变成了凝滞的金液，没过多久金液又变成了坚硬的金块！

“呀！”米达斯叫了起来，有些惊骇。

“爸爸，怎么了？”小金玛丽问道。她望着父亲，眼里仍旧含着泪珠。

“没什么，孩子，没什么！”米达斯说，“喝牛奶吧，趁着还没凉。”

他又在盘子里拿了条鲜美的小河鱼。根据刚才的经验，他先用手指按了按鱼尾巴，然后大吃一惊——这条烹饪得很好的河鱼，立刻变成了一条金鱼，然而并不是那种养在圆形玻璃缸里并摆放在客厅的金鱼。不是的，它是一条用真正的黄金制成的鱼，就像世间最高超的锻金师傅精心锻造的精品：小小的骨头由金丝织成，鳃翅和尾巴是用薄薄的金片锻造而成，鱼身上还有鱼叉穿刺的痕迹。总之，它是一条用真正的金子仿造的杰作——其柔软和逼真的程度，活像一条鲜美的油煎鱼。正如你们所想象的那样，这时的米达斯国王更希望他盘子里装着的，是一条真正的河鱼，而不是这条锻造得小巧玲珑的值钱的金鱼。

"我不太明白，"他心中暗忖道，"这顿早餐该怎么吃呢！"

他又拿起一块冒着热气的烧饼，还没等他掰开，这块洁白的面饼却变成了金黄色，像玉米粉制成的。说句实话，如果它真是一块玉米粉制成的烧饼，米达斯也定会觉得它美味可口。现在，它变得又硬又沉，分明是一只金饼无疑了。他完全绝望了，但又自我安慰着，重新拿起一只熟鸡蛋来，可它也跟那条河鱼和烧饼一样，马上变成了一只金蛋。这只金蛋，很可能会和那本童话书中[①]说的那只出名的金鹅下的金蛋相混淆哩。不过，这种情况下，米达斯国王所能做的，就是做一只能下金蛋的鹅罢了。

"啊，这可真是一件很为难的事啊！"他靠在椅背上，非常羡慕地望着小金玛丽——这时，她正满意地吃着面包、喝着牛奶——想，"这么美味的早餐摆在我面前，可是却没有一样东西

① 那本童话书，指《伊索寓言》，其中有一则金鹅下蛋的故事。

可吃！”

想着想着，米达斯国王便想用迅速的动作来摆脱眼前的困境。他迅速抓起一只熟马铃薯丢进嘴里，想一口吞到肚子里去，可是“点金手”对他保持着高度的警惕，之后他便发觉塞在自己口里的，并不是松软可口的马铃薯，而是一团硬物。这团硬物烫着他的舌头，痛得他大吼起来。他从桌边跳起，带着痛苦惊恐的表情，在房间里跳脚顿足。

“爸爸，亲爱的爸爸！”孝顺的小金玛丽嚷道，“请问您怎么了？您的嘴巴烫着了吗？”

“啊，亲爱的孩子，”米达斯悲惨地呻吟着，“我不知道你可怜的父亲到底怎么了！”

说句真话，我亲爱的小朋友们，你们长这么大，可曾听说过这么遗憾的事情？从表面上看，摆在国王面前的，是一顿值钱的早餐，可是因为太过值钱，却使这些食品变成毫无用处的废物。虽然那些精美的食物都是与其重量相当的真正的金子，但即使是一个最穷的劳动者，吃的是面包皮和白开水，也要比米达斯国王强得多。怎么办呢？早餐席上的米达斯确实慌了。午餐时他还会这么倒霉吗？不管他有多饿，毫无疑问地，摆在餐桌上的盘子里的，必定还是诸如此类不能吃的东西！请你们想一想，在这样值钱的食品面前，他还能继续活几天呢？

这么一想，聪明的米达斯国王很是烦恼。他开始怀疑：金银宝贝是否是这个世上的好东西，或者说，是否是最好的东西。不过这个念头稍纵即逝。令米达斯大为困惑的，还是这些金光灿灿的食品。此刻，他仍然拒绝放弃“点金手”，以交换这么一顿显然平凡得很的早餐。这么一种价值连城的魔术，岂可与一餐之食同日而语！牺牲一条鱼、一只鸡蛋、一片马铃薯、一块烧饼和一杯咖啡，换来的却是千百万的金钱（更何况这个“点金手”还可以生出更多更多难以计数的金钱）！

“这太不划算了。”米达斯想。

然而，他的肚子很饿，所处的境地又是那么难堪，于是他悲伤地大声呻吟起来。我们的好孩子金玛丽再也忍不住了，她坐在椅子上看着父亲，看了好一会儿。之后，她想试着用她小小的智慧，弄明白父亲到底怎么了。她非常同情父亲，想去安慰安慰他，于是从椅子上站了起来，跑向米达斯，伸开双臂撒娇地搂着他的双膝。米达斯弯下身去吻她。他觉得，他的小女儿比他得到的“点金手”要可爱、值钱一千倍、一万倍。“我的宝贝金玛丽啊！”他嚷道。但是金玛丽没有回答。

天啊，他干了什么呀？那个仙人送给他的是一件多么可悲的礼物呀！原来，米达斯的嘴唇一触到金玛丽的额头，变化就发生了。她的甜蜜的、玫瑰色的小脸儿，原先是那么惹人喜爱，如今却闪耀着金黄色的光；她的双颊上，还凝结着金黄色的泪珠；她美丽的棕色卷发也同样变成了金黄色；她温和柔软的小腰身，在父亲的怀抱中，变得硬邦邦的，没有一点弹性了。啊，可怕的错误啊！小金玛丽成了他贪得无厌的欲望的牺牲品了——她现在已不再是一个有生命的女孩子，而只是一座金像了！

是的，现在她站在那里，之前脸上流露出的疼爱、悲伤和遗憾的表情，都一齐凝结在脸上，不再消失了。金玛丽所有的形象和特征，全都保留在这座金像上了，就连她那可爱的小笑窝，也永远停在她金色的脸颊上了。然而，见了这宛如真人的金像，做父亲的却倍感痛楚。女儿的一切，就只剩下这一座金像了。米达斯曾说过一句口头禅——他特别疼爱这个宝贝女儿的时候，总是说，她跟她体重一样多的黄金一样贵重。如今，这句口头禅已经变成了毫厘不差的事实。此时，他终于认识到：可惜已经太迟了——一颗热烈、温存的心才是无价之宝，它远远超过那堆满天地之间的金银财宝。

米达斯刚得意没多久，现在却又绞着双手，开始无可奈何地自怨自艾起来。他一看到金玛丽的金像便觉得受不了，但又无法不去看她——这着实是一件很悲哀的事情。当他的眼光停在那座金像上的时候，他几乎不敢相信女儿已经变成了黄金。但是，他再偷眼一看，见他的小宝贝金黄色的双颊上还挂着金黄的泪珠，是那么可怜、那么温存，好像这逼真的表情，足以使那金子融化，让它变回原来的活人似的。可是，这是不可能的了。米达斯只好绞着双手，只希望自己变成这个广大世界上最穷的人——只要他亲爱的孩子脸上能重现一点玫瑰色的红晕，他愿意用他全部的财富去交换！

正当他因失望而心烦意乱的时候，突然看到一个陌生人站在门边。米达斯低下头，沉默不语。他认识这个人，昨天曾在自己的宝库里出现过，并赋予他这双惹祸的“点金手”。此时，这个仙人仍然笑容满面，从他的脸上，似乎放射出一片金黄色的光彩。

这光彩闪烁着，照耀着全屋——照在小金玛丽的金像上，照在经米达斯的“点金手”变化为金子的其他物体上。

“喂，米达斯老兄，”仙人说，“您的‘点金手’成绩不错吧？”米达斯摇摇头。

“我大错特错了。”他说。

“大错特错，真的吗？”仙人大声说道，“怎么回事呀？难道我没有履行对您许下的诺言吗？难道您的愿望没有得到满足吗？”

“金子并不等于一切，”米达斯答道，“我已经失掉心中真爱的东西了！”

“啊，这么说，您有新发现了？”仙人问道，“让我们来看看，您认为这两样东西哪件是真正有价值的——是‘点金手’这件礼物呢，还是一杯干净的凉水？”

“啊，润泽万物的水哟！”米达斯嚷道，“它再也不能润湿我干燥的喉咙了！”

“是‘点金手’呢，”仙人继续道，“还是一片面包？”

“一片面包，”米达斯答道，“比世上所有的金子都贵重！”

“是‘点金手’呢，”仙人又问道，“还是刚才那个热情温柔、可爱的小金玛丽？”

“啊，我的孩子，我亲爱的孩子！”可怜的米达斯绞着双手，叫了起来，“我能把整个地球变成黄金，却无法再吻一吻她脸上的小酒窝了！”

“您比原来聪明了些，米达斯国王！”仙人严肃地望着他，说道，“我发觉，您的心还没有完全变成没有灵性的金子。要不然，您的病可真是无可救药了。看来您尚能了解这个最平凡的道理。那些人们皆能得而有之的普通物件，比那些经过明争暗斗而得来的财富，更有价值。现在，您告诉我，您是否真诚地希望，让自己从‘点金手’的掌控中摆脱出来？”

“对我来说，‘点金手’是一件可恨的东西！”米达斯回答。这时，一只苍蝇停在他的鼻梁上，但立刻就跌到了地板上——这只苍蝇，也同样变成了一只金苍蝇。米达斯不由得浑身颤抖。

“那么，去吧，”仙人说，“到流过您花园的那条河去，跳进去洗个澡，再装回一罐河水，将河水洒在那些您希望把它们变回原状的金器上面。如果您真心实意地这样做了，那么因您的贪心所造成的这些过失尚可得到补救。”

米达斯国王向仙人鞠了一个深深的躬。他抬起头时，那个金光闪闪的仙人已经不见了。

你们不难相信，米达斯毫不迟疑，抱起一只大陶罐（可是，天呀！就在他抱起陶罐时，陶罐变成一只金罐了），急急地跑向那条河边。当他一路奔跑，从灌木丛间一冲而过的时候，那情景着实让人惊奇：只见他身后的树丛都变成了金黄色，好像秋天已经来到了这座园子里，统治了整个花园。他一路跑到河边，来不及脱掉鞋子，便一头扑进河里去了。

“噗！噗！噗！”国王米达斯从水里露出头来，口里喷着气，“妙哉，这冷水浴真是令人神清气爽呀！我想，这冷水浴一定把‘点金手’洗掉了。现在，就把罐子装满河水吧。”

当金罐沉入水中的时候，他满心欢喜地看到，金罐又变回了一只普通的陶罐。他意识到，自己的身上也有了变化——似乎有一种冷淡的、无情的、沉重的东西，从他的胸膛中跑掉了。毫无疑问，他那已经没了人性、变成无知觉的金属的心，现在又重新复原为一颗温存的、鲜活的人的心了。米达斯看到河岸上长着一株紫罗兰，便用手摸了摸，他满心欢喜地发现，这朵花儿仍然保持着原来娇艳的颜色，并不像先前的花儿那样，一经他的触摸便枯黄了。这么说，“点金手”的祸害，已经确实离他而去了。

米达斯国王赶快向宫里跑去。我想，他的仆从们看到威严的主人小心翼翼地抱着一只装满水的大水罐跑回王宫时，一定觉得莫名其妙。须知这罐水，是用来消除他的愚蠢所造成的过错的，对米达斯来说，它比海洋的金液更加贵重。不消我说你们肯定也知道，他最先做的，是用双手捧水泼在小金玛丽的金像上。

说时迟，那时快，只见水珠刚落到金玛丽的金像上——你们一定会笑起来，因为你们会看到，玫瑰色的红晕，很快就浮上了那可爱的女孩子的脸！她开始打起喷嚏，并且喃喃地说起话来！她也觉得很吃惊：为何自己浑身透湿了呢？而此时，父亲却仍旧把更多的水泼到她的身上！

“请不要泼水了，亲爱的爸爸！”她嚷道，“看您把我的衣服弄成什么样子了，我早上才换的哩！”

因为金玛丽并不知道她曾变成过一座小金像，也不记得在她张开双臂跑去安慰可怜的父王的那一瞬间，曾经发生了什么。

她的父亲也认为，无须将自己如何愚蠢的故事告诉他那可爱的孩子，并为自己现在变得聪明起来而感到满意。因此，他领着小金玛丽走进花园，将陶罐里剩下的水全泼在那些玫瑰丛中。真是水到病除，那几千多株玫瑰都恢复了美丽的容颜。不过，还有两样东西，在米达斯活着的漫长岁月里，仍然提醒他记起“点金手”曾一度存在：一件是那条河里的沙子，从此便一直像金沙一样闪烁；另一件是小金玛丽的头发，从此变成了金黄色。以前，国王在亲吻他的小女儿时，是从来没有注意她头发的颜色的。这个变化倒不错，它使金玛丽的头发比孩童时代更美丽了。

后来，米达斯国王变得很老了，每当他扶着金玛丽的孩子们站在他膝头的时候，总是喜欢给他们讲这个奇异的故事，就像我对你们讲的一样动人。他会抚着他们的卷发，对他们说，他们的头发，依然保留着黄金富丽的影子，这是从他们的妈妈那里继承下来的。

“而且，我要对你们说句实话，我漂亮的小家伙们，”国王米达斯一边殷勤地扶着孩子们学走路，一边说道，“从那个早晨开始，除了你们的金发，我痛恨其他一切金黄色的东西！”

儿童乐园

很久很久以前，这个古老的世界还处于幼年时期。有一个孩子，名叫厄庇墨透斯，他没有父亲，也没有母亲，但是他并不孤独，因为还有一个女孩子，也像他一样没有父母。她来自一个远方的国度，和他住在一起，是他的游伴和伙伴，她的名字叫潘多拉[①]。

盗火者普罗米修斯

当潘多拉走进厄庇墨透斯住的茅屋时，她看到的头一件东西，便是一只大箱子。她跨过门槛，对他提出的第一个问题便是："厄庇墨透斯，你的箱子里装着什么东西呢？"

---

① 潘多拉（Pandora），据希腊神话，是主神宙斯因普罗米修斯盗火给人类而图谋报复，命火神赫费斯托斯（Hephaestus）用黏土做成的地球上的第一个女人。国人熟知的"潘多拉魔盒"的故事，即源于此。其实，所谓"潘多拉魔盒"，并不是说那只装着人类各种灾难的盒子叫"潘多拉"，而是指潘多拉所打开的一只装满人类灾难和不幸的"魔盒"。本篇就是叙述潘多拉如何打开这只"魔箱"的（"盒"与"箱"在英文中都是同一个词"box"，按本文的内容看，似应译为"箱"比较合适）。

“亲爱的潘多拉，”厄庇墨透斯答道，“这是一个秘密，但愿你不要再问这个问题了。这只箱子在这保存得很好，我自己也不知道它里面藏着什么。”

“是谁把它留下来给你的呢？”潘多拉问，“又是从何处搬来的呢？”

“这也是一个秘密。”厄庇墨透斯回答。

“真讨厌！”潘多拉噘着嘴唇嚷道，“我希望这只可恶的大箱子能滚出门外！”

“来吧，别管它了，”厄庇墨透斯叫道，“我们到外面去，和其他孩子一起做些有趣的游戏吧。”

厄庇墨透斯和潘多拉生活的时代，距今已有几千万年了。今天的这个世界，与他们当年的世界是完全不同的。那时候，人人都是小孩子。这些孩子不需要父母的照顾，因为那时候没有什么危险和烦恼，没有什么需要大人缝补的衣服，吃喝的东西到处都是——想吃午餐时，会在树上找到；在树上能找到可供早餐吃的食物，同样也能发现一顿丰盛的晚餐；黄昏时，也许能发现一些嫩芽，可供明天的早上食用。那真是一种非常愉快的生活：没有什么工作要做，没有什么功课要学，整天只有运动和跳舞。有时，他们彼此亲密地谈笑，有时像鸟儿一样歌唱，有时则纵情大笑……如此而已。

最令人惊异的是，孩子们之间从没吵过架，也没有啼哭的毛病；他们也不会离开同伴，躲在角落里暗自恼怒。啊，生活在这样的时代，是多么美妙呀！因为在那时，地球上还从没有过那名叫“烦恼”的可恶小飞魔——而现在，它们像蚊子一样多。如果说当时的孩子像潘多拉一样，也有所谓的烦恼的话，那么她最大的烦恼，便是无法弄清这只神秘箱子里的秘密。

一开始，这烦恼的阴影淡淡的；然而，一天又一天过去了，阴影变得越来越浓重……终于，一段时间过后，厄庇墨透斯和潘多拉居住的茅屋，变得比其他孩子的茅屋阴暗起来。

“这只箱子是从哪里来的呢？”潘多拉继续向自己，也向厄庇墨透斯问道，“世上什么东西可以藏在里面？”

“老提这只箱子！”厄庇墨透斯终于说，他对这个话题已经非常厌倦了，“亲爱的潘多拉，我希望你还是讲讲其他的事儿吧。走，我们去捡些成熟的无花果，在树林里吃顿晚饭。我还知道，有一片葡萄藤上结的葡萄又甜又多汁儿，你肯定没尝过。”

“老是说什么葡萄和无花果！”潘多拉不满地叫道。

“喂，那么，”像当时很多孩子那样，厄庇墨透斯也是一个脾气很好的孩子，“我们到外面去，和伙伴们好好玩会儿吧。”

“我玩够了，我再也不想玩了！”恼怒的潘多拉回答，“而且，从今以后，我什么事也干不成了。这只可恶的箱子啊！我时时刻刻都会想到它。你得告诉我，这里面到底是什么东西？”

“我已经说过五十遍了，我不知道。”厄庇墨透斯有点着急，“哎，呶，我怎么能告诉你里面藏着什么呢？”

“你可以打开它，”潘多拉说，斜着眼睛看着厄庇墨透斯，“那样我们就能亲眼看到了。”

“潘多拉，你想到哪里去了？”厄庇墨透斯嚷道。

他脸上现出非常惊恐的表情——别人把这只箱子托付给他让他保管，还要求他永远不要打开。潘多拉觉得，还是别再要求打开箱子了，但无论如何还是没有办法不想、不提起它。

“至少，”她说，“你可以告诉我它是怎么来的吧？”

“你来这里之前，”厄庇墨透斯回答，“来了一位面带笑容、看上去很聪慧的人。他边把这只箱子丢在门口，边忍不住哈哈大笑着。他披着一件奇怪的斗篷，戴着一顶好像用羽毛制成的帽子。看起来，那顶帽子就像长着翅膀一样。”

“他拄的拐杖是什么样子的呢？”潘多拉问。

“啊，那根拐杖真是人世间一根最神奇的手杖，”厄庇墨透斯大声说道，“就像一根被两条蛇缠着的棍子。那两条蛇是那么逼真，我刚看到时，还以为是两条活蛇呢。”

“我认识他，”潘多拉沉思着说，“除了他，没人有这样的手杖。这人叫水银。就像这只箱子一样，我也是被他带到这里来的。毫无疑问，这只箱子是他打算留给我用的。很可能，箱子里有许多供我穿的衣服、供你我两人玩的玩具，或许还有些可供我们两人吃的好东西哩！”

“也许吧，”厄庇墨透斯答道，转身走了开去，“不过，在水银回来告诉我们是怎么回事之前，我们谁也无权打开箱盖。”

“真是个蠢孩子！”潘多拉看着厄庇墨透斯离开了茅屋，喃喃自语道，“真希望他能有点勇气！”

从她来到这里的第一天起，厄庇墨透斯出门的时候，总是邀请潘多拉做伴，从不独自出门。现在，他自个儿去捡无花果和葡萄，去找其他的小伙伴玩耍散心了——她老是问这个箱子的事，快把他烦死了。他衷心希望那个名叫水银或者别的什么名字的仙人，能把这只箱子放到别的孩子家门口去，这样潘多拉就看不到了。她总为这个东西喋喋不休！老是翻来覆去、没完没了地念叨！这只箱子也像有邪术，好像这间草房已容不下它了：它经常会让潘多拉跌上一跤；厄庇墨透斯也一样，经常会撞上它。他们两人的脚骨或腿骨都碰伤了。

唉，可怜的厄庇墨透斯，他的耳朵从早到晚一直听着关于这只箱子的唠叨，着实是件苦事。特别是在那个幸福的时代，地球上的这些小主人翁对烦恼还一点都不习惯，他们尚不知道如何去对付这种麻烦事儿，一个小小的烦恼就足以让他们心神不宁，就像今天的我们面对一个更大的烦恼时的情形一样。

厄庇墨透斯出门后，潘多拉一直站在地上望着箱子出神，不停地念叨着，骂它是个讨厌的家伙。尽管她一再咒骂，不过对任何一个房间来说，这只箱子却不失为一件很漂亮的家具和装饰品。它是用一种美丽的木料制成的，涂着黑色的油漆，上面绘着华丽的花纹；它的表面非常光滑，甚至能照出潘多拉的影子来。在那个还没有什么镜子的时代，单就箱面能照出人影这点，就足以令潘多拉把它当成奇珍异宝了，可奇怪的是，她并不喜欢它。

这只箱子的周边和四角，有着最精美的雕刻；中间的空白处，画着一些文雅的男人和女人，还有一些很可爱的孩子，在花儿和绿叶丛中，或站着休息，或做着游戏。不论是花儿、树木和人物，都描绘得非常逼真，安排得恰到好处，组成了一个色彩缤纷的美丽花环。但是不知为什么，潘多拉偶尔会从这一切中看到一张并不可爱的脸，或其他令人不快的东西，破坏了箱子的美丽。为了看得更仔细些，她有时会靠得很近，还用手指摸着那些画儿，但也没能发现什么异样。某张本来很美丽的脸，但经她余光一瞥，竟变得相当难看了。

在所有那些脸庞中最美丽的一个，要数箱盖中间的一个浮雕像了。在那漆黑的、光滑如镜的木箱盖中央，雕着一个额头缀着花球的头像。潘多拉无数次望着这个头像，感觉她的嘴巴就像活人的一样，只要她高兴，就会浮起笑意，生气就会露出怒容。说真的，那些人物，都映现出非常活泼又有点调皮的表情，仿佛都想从箱盖上跳起来说话似的。

如果他们当真讲起话来，必定会这么说："不要害怕，潘多拉！打开这只箱子吧，对你能有什么害处呢？不要把那个可怜的、头脑简单的厄庇墨透斯放在心上！你比他更聪明，勇气更胜他十倍。打开箱子来，看看你能不能发现些非常有趣的东西吧！"

差点忘了说，这只箱子，是关得很紧的：没有锁，也没有诸如此类的机关，只捆了一条打着复杂绳结的金绳子。这个绳结，看不出哪儿是绳头，哪儿是绳尾。她从没见过这种难辨的、扭扭曲曲的、穿来插去的绳结。这种巧妙的绳结，即便是最灵巧的手指也无法解开它。但正因为绳结难解，潘多拉才更想解开它，更想弄明白它是怎么个结法。有两三次，她已经俯在箱盖上，用拇指和食指拈起了绳结，但还是有点犹豫。

"我真觉得，"她对自己说，"应该看看这个绳结是如何打成的。啦，把它解开后，也许我还能重新把它打回原样。真的，这样做不会有什么妨碍，厄庇墨透斯也不会责备我的。我不必打开箱子，当然啰，只是解开这个绳结，是不用经过那个傻小子同意的。”

要是潘多拉有别的事可做，或者有其他东西能分散她的注意力的话，就不会这么固执地只想着这个事儿了，情形可能要好一些。但是，在任何烦恼尚未来到人世之时，孩子们的确过分清闲，日子也过得太容易。在地球妈妈还是一个婴儿的时候，他们每天不是在花丛中玩耍，便是用花环蒙住眼睛捉迷藏，或者做些其他已发明的游戏。他们实在无事可做，当生活完全只为运动的时候，工作就是真正的玩乐了。我想，打扫打扫茅屋、采摘些鲜花（到处有盛开的花儿）插进花瓶——可怜的小潘多拉一天的工作就干完了。于是，剩下的时间，就只有想着这只箱子了！

不过，对她来说，这只箱子的存在也不能说完全是坏事一桩。它勾起她许多幻想，引出她许多话题，就好像有人在听她议论一样！当她心情愉快的时候，便会称赞箱子光亮平滑的四壁，称赞画在箱壁上漂亮的人物和树木；反之，如果她心情不好，就会推它一把，或用顽皮的小脚踢它。她踢了许多次（不过，它是一只不祥的箱子，如我们将会看到的那样，因此它也是该踢的）——箱面印上了她许多脚印。但是，话又说回来，要不是有这只箱子，活泼的小潘多拉可就不晓得如何来打发她的日子了。

箱子里到底装着什么呢？这个问题谁也猜不透。可是，不猜又是不可能的。我的小听众们，请动用你们的智慧设想一下，要是这个房间里也放着一只大箱子，你们肯定也会猜测，认为箱子里也许装着一些新奇漂亮、准备送给你们的圣诞礼物和新年礼物。你们想一想，你们的好奇心会不会比潘多拉更小一点呢？要是你们单独留下和这只箱子待在一起，会不会也想打开箱盖来呢？不过，你们不会这么做的。啊，嘻，不，不会的！但是，如果你们认为箱子里装着许多玩具的话，那么要放弃这个打开箱盖来看一看的机会，可就有点困难了！我不知道潘多拉是不是想从箱子里得到玩具，因为当时还没有专为孩子们制造的玩具，孩子们居住的地球本身就是一个大玩具。不过潘多拉总认为箱子里藏着一些非常美丽和有价值的东西，因此非常渴望打开箱子瞧一瞧，就像围着我听故事的这些小姑娘一样，你们肯定也同样渴望。也许，她可能还想多看一会儿，但她是否真这样想过，我可就不太清楚了。

在那个特别的日子——这个话题我们讨论得已经太多了——潘多拉的好奇心比平时要强得多。最后，她终于走近箱子，并下定决心：如果能打得开的话，就把它打开。啊，潘多拉太调皮了！

她试着搬了搬，箱子很重——对于像潘多拉这样柔弱的孩子来说，未免太沉了。她把箱子的一端托离地面一点，但又“砰”的一声放下了。过了一会儿，她好像听到箱子里有什么骚动的声音。她使劲把耳朵贴近箱子，谛听着。真的，箱子里似乎有一种沉闷的喃喃声。这也许只是潘多拉的耳鸣？也许，这是她的心跳声？女孩子很不满意，因为她弄不明白自己到底听到了什么声响。

但是，无论如何，她的好奇心更强了。

她转过身来，眼睛落在那条金绳子的绳结上。

“打这个绳结的人一定是个很聪明的人，”潘多拉自语道，“我想我能解开。至少，要把绳子的绳头找出来。”

于是，她拈起金绳结，认真仔细地审察起绳结的花式来。她几乎没想后果，或者说根本不清楚自己在干些什么，便急急忙忙解起绳结来。这时，明亮的阳光正好射进开着的窗子，不远处，孩子们玩耍的欢笑声——厄庇墨透斯的笑声似乎也在其中——从窗外传了进来。潘多拉停住手聆听着：这是个多么美好的日子啊！要是她丢下这个有点麻烦的绳结不管，不再去想这个箱子的事情，跑出去和她的小伙伴们一起玩耍，不是更明智、更快乐吗？

不过，她一边这样想着，一边仍然无意识地用手解着那个绳结。她偶尔对那个令人迷惑的箱盖望上一眼，只见那张额头上戴着花球的脸，似乎正对着她狡猾地笑着。

“这张脸看起来真讨厌，”潘多拉想着，“很奇怪她为什么这么笑，莫非笑我解绳结的方法不对？真想马上逃开！”

她边想边扭了一下绳结。此时，神奇的事情发生了：就像变戏法一样，那条金绳子竟自动松了开来，只留下那只松了绑的箱子。

“这是我见过的最奇怪的事情了！”潘多拉说，“厄庇墨透斯会怎么说呢？还有，怎么才能把箱子重新捆起来呢？”

有一两次，她试图把绳结再打上，但很快发现根本没用，因为绳结是自动解开的，动作又很快，她根本来不及看清绳结是如何穿插的。她试着回忆那个绳结的形状和样式，可是心里却全无印象了。既然如此，没办法，就让箱子照这个样子留在这里，等厄庇墨透斯回来再说吧。

“可是，”潘多拉想，“当他发现绳结散开时，就晓得是我干的了。我怎么能让他相信，我并没有打开箱子呢？”

自从潘多拉顽皮地、小心地开始对箱子胡思乱想以来，现在就是一个立刻可以看个究竟的最好机会。啊，多么调皮，又是多么愚蠢的潘多拉呀！你既然非要把绳结解开，又何必顾虑厄庇墨透斯会说什么、相信不相信你呢？本来，如果箱盖上那张迷人的脸没有那么诱人地望着她，令她心动，如果她没有比先前更清楚地听到箱子里发出的那种低低的喃喃讷讷的说话声的话，或许就不会解开绳结了。她说不出那个声音是否只是幻觉，但是，她的耳朵里确实听到一阵很细微的、嘈杂的低语——也许是她的好奇心在低语吧。

“放我们出去，亲爱的潘多拉……请让我们出去吧！我们会成为你愉快的玩伴！让我们出去吧！”

“是什么东西呢？”潘多拉想，“箱子里有什么活的东西吗？喂！对了！我决定了，要亲眼瞧瞧！只是瞧一瞧，然后就把箱盖盖回去！只是这么瞧它一眼，应该不会有什么吧！”

话分两头，现在让我们看看厄庇墨透斯在干什么吧。

自从小伙伴潘多拉和他住在一起以来，这是头一次，他试着独自开心玩耍而没有带她参加。但是他事事不遂心，玩得没有往日那样愉快。他连一颗甜葡萄或者无花果都没能找到（如果说厄庇墨透斯也有缺点的话，那就是他未免太喜欢无花果了），要么，虽然找到一只成熟的果子，但熟得过了头的，吃起来甜得发腻。他心情郁闷，不像往常那样，发自肺腑的笑声总能感染同伴。简而言之，他开始闷闷不乐起来。其他孩子不清楚厄庇墨透斯是怎么了，连他自己也搞不清楚缘由，更不知道要怎么做才能快乐起来。你们可能还记得，我们讲的故事发生的那个年代，乐观本是每个人的天性和固有的习惯，世人除了玩乐之外尚不知有其他的事儿。自从这些孩子来到美丽的地球，一直开心玩乐，还从没一个人身心受过创伤。

终于，厄庇墨透斯意识到这一点，不再玩游戏了。他认为最好还是回到潘多拉那里去，只有她才能理解自己的心情。而且，为了让她高兴，他还采了一些鲜花，扎成一个花环，准备拿回去戴在她的头上。这些花儿非常美丽，其中有玫瑰和百合花，有橙花和许多别的花儿。厄庇墨透斯带着花环走在路上，一路留下了芬芳。对于一个孩子来说，这个花环可算扎得相当精致了。我总以为，女孩的手指才是最适合扎花环的，可是那个时候，男孩也能把花环扎得很好，比起今天的男孩子来，他们要强多了。

我还得补充一句：在这段时间里，天空已经出现了一大片乌云，不过还没有开始遮挡太阳。但等厄庇墨透斯走到茅屋门口时，那片乌云开始聚集，遮挡了阳光，天空突然变得阴沉沉的。

他走进屋里，心里盘算着，如果可能的话，在潘多拉未发现他之前，偷偷把花环戴到她的头上。然而，他根本无须这样轻手蹑足，尽可放开脚步，就像一个大人，或像一头大象那样沉稳地走过去，根本不必顾虑潘多拉会听到他的脚步声。因为此时，她正全神贯注无暇顾及其他：就在他走进茅屋的这一瞬间，这个调皮的女孩子已经把手放在箱盖上，正要打开那只神秘的箱子。厄庇墨透斯注视着她，心里明白，要是他叫出声来，潘多拉很可能会把手缩回去，而这只要命的神秘箱子里面到底装着什么，可能就永远不会为人所知了。

不过，厄庇墨透斯自己虽然很少提起这只箱子，但他也有好奇心，也想知道箱子里到底装了什么。他看到潘多拉既已决心弄明白这个秘密，也决定不让他的游伴成为这茅屋里唯一的聪明人。另外，如果箱子里有些什么漂亮的或有价值的东西的话，他也准备去分享一半。于是，他把曾经向潘多拉说过的、遏制她的好奇心的劝告丢在脑后，也像她一样变得愚蠢、好奇起来。所以，我们在责备潘多拉的行为时，也别忘了要对厄庇墨透斯的表现摇头。

潘多拉掀开箱盖的时候，茅屋里已变得非常黑暗、阴沉了。这时，黑云已经完全把太阳遮住，似乎要将它活埋一样。过了一会儿，只听天空响起一阵低低的轰隆声，接着便是电闪雷鸣。可是潘多拉对此毫不在意，只管抬起箱盖，向箱子里看去。这时，似乎有一些飞虫从箱子里突然飞起，扑面而出；同时，她听到厄庇墨透斯惨叫起来，声音听起来十分痛楚。

“啊，我被蜇了！”他嚷道，“我被蜇了！调皮鬼潘多拉，你干吗要打开这只可恶的箱子啊！”

潘多拉放下箱盖，站了起来。她四处张望着，想看看是什么

潘多拉

蜇了厄庇墨透斯。那片雷雨云太黑了，屋子里什么都看不清，她只听到一种令人不快的嗡嗡声，好像有大量的飞虫，像大型的蚊子或臭虫之类，在屋子里乱飞乱撞。等她的眼睛稍微习惯了屋里的黑暗之后，便看到一大群长着蝙蝠式的翅膀、形体又讨厌又古怪、尾巴带着一枚可怕长刺的怪物——正是这些家伙中的某个，刺伤了厄庇墨透斯。没过多久，潘多拉自己也尖叫起来，其痛楚和恐惧的程度并不亚于她的伙伴，甚至有过之而无不及。原来，有一只可恶的小怪物停在她的额头上，蜇了她一下——如果不是厄庇墨透斯跑过来把它轰走，我可不晓得那利刺会刺多深。

现在，如果你们想知道从箱子里面逃出来的丑东西是什么的话，我可要告诉你们，它们是地球上名叫“烦恼”这个家族的全体成员，包括各种“邪欲”、多种多样的“疑虑”、一百五十种以上的“哀愁”、诸多悲惨痛苦的“疑难杂症”和不胜枚举的“恶行”。简单说来，关在这只神秘箱子里的，就是今天折磨着人类灵魂和肉体的那些坏蛋。要是厄庇墨透斯和潘多拉好好地保管这只箱子，那么世上幸福的儿童们便永远不会受到它们的烦扰了；如果他们两人不负仙人所托，一切就会平安无事，不管是当时还是现在，不会有人感到悲哀，也不会有哪个孩子会为不快而掉泪。

你们看，这个致命的错误，让全世界都深受其害——由于潘多拉打开了这只灾难的箱子，也由于厄庇墨透斯的过失——他没有制止这个行为，“烦恼”一家便跑到了人世间，而且似乎很难在短时间内把它们赶跑。你们不难猜想，这两个孩子是不可能让这些丑虫儿待在他们的小茅屋里的，相反他们做的头一件事便是打开门窗，希望把它们赶跑。于是，这些会飞的“烦恼”确实全都飞到屋外去了，开始到处纠缠和骚扰小朋友们。从此之后，人类再也不永远面带笑容了；更奇怪的是，自古以来带着露珠从不凋谢的花儿，从此之后，只开放一两天就凋谢了；而世上所有的孩子，在此之前似乎是童颜不老的，可是现在也开始变老了……一天天过去了，他们很快便变成了小伙子和大姑娘，渐渐又变成了男子汉和女人，变成了老头子和老太婆——以前，他们做梦也想不到会发生这样的变化。

“烦恼”们飞走以后，只有顽皮的潘多拉和同样顽皮的厄庇墨透斯留在茅屋里。他们两人都被狠狠地蜇了一下，痛得受不了——这还是开天辟地以来，人类第一次受到的痛楚哩。当然啰，他们完全不理解这种痛楚，也不知道这种感受是什么意思。同时，他们的情绪糟透了，彼此埋怨着。厄庇墨透斯大发脾气，闷闷不乐地在一个墙角坐下，背对着潘多拉；潘多拉则赌气坐在地上，把头靠在那只要命的、讨厌的箱子上，抽抽搭搭地伤心哭了起来，好像心都要碎了。

突然，箱子里传出一阵轻轻的敲击声。“又是什么东西呢？”潘多拉嚷道，抬起头来。

可厄庇墨透斯并没有听到什么敲击声——也许是因为他太生

气了，没有心思去听。因此，他一言不发。

“你太粗暴了，”潘多拉说着，又抽泣起来，“连话也不跟我说了！”

又敲了一声！听来像是一位仙人用指节小心地、轻轻地、戏耍地敲着箱子的内壁。

“你是谁？”潘多拉小小的好奇心又冒了出来，问道，“是谁藏在这只可恶的箱子里呀？”

箱子里传出一个甜蜜的声音，轻轻说道：“只要把箱盖打开，你就晓得了。”

“不，不，”潘多拉答道，又开始抽泣起来，“我因为打开箱盖，已经吃够苦头了！你们这些住在箱子里的可恶东西，还是永远住在里面吧！你的许多可恶的兄弟姐妹已经飞到人间来了。你不要妄想，以为我又会那么愚蠢地放你出来！”

她一边说，一边望着厄庇墨透斯，仿佛想让他称赞她的聪明，但那个忧闷的孩子却喃喃地说，她聪明得太迟了。

“啊，”那个甜蜜的声音又轻轻说道，“让我出去对您更有好处。我不像那些用尾巴蜇了您的可恶的家伙，也没有什么兄弟姐妹，您只要稍微看我一眼，马上就会明白了。来吧，来吧，我美丽的潘多拉！我相信您会让我出去的！”

说真的，这个声音中有那么一种令人迷惑的愉快的腔调，令人难以拒绝它的要求。从箱子里发出来的声音，已经使潘多拉的心不由自主地动起来了。厄庇墨透斯虽然仍旧坐在墙角，但此时也转过身来，情绪似乎比刚才好了一点。

“亲爱的厄庇墨透斯，”潘多拉大声说道，“你听到这个小小的声音了吗？”

“是的，我听到了，”他答道，不过情绪还不是很好，“那又是什么东西呢？”

“要我打开箱盖吗？”潘多拉问道。

“随你的便，”厄庇墨透斯说，“你已经闯了那么大的祸，再惹点祸又何妨？多放一个与刚才一样的‘烦恼’害虫出来，也没有什么不同。”

“你说话该放和气一点！”潘多拉擦着眼睛，喃喃地说。

“啊，顽皮的孩子呀！”那小小的声音带着一种狡猾的笑声，在箱子里叫道，“他自己知道，他很想看到我。来吧，我亲爱的潘多拉，打开箱盖来吧，我正急着去安慰您呢。只要让我呼吸些新鲜空气，您马上就会看到，事情并不像您想的那么可悲！”

“厄庇墨透斯，”潘多拉高声喊道，“不管后果如何，我都决定打开箱盖了！”

“不过，箱盖似乎很沉哩，”厄庇墨透斯大声说道，从墙角那边跑了过来，“我来帮帮你吧！”

于是，他们达成了一致，两个孩子重新打开了箱盖。接着，箱子里便飞出一位快乐的、满脸笑容的小人儿来。她在屋子里飞来飞去，把光明洒满整间屋子。有一种游戏，是用一块镜片把阳光反射进黑暗的角落，你们有没有玩过？啊，这位快活的仙子，仿佛一束反射进这间幽暗茅屋里的阳光。她飞向厄庇墨透斯，用指尖抚摸着他被“烦恼”刺痛的伤口，伤痛立刻消失了；她又吻吻潘多拉的额头，她的伤痛也一样被治好了。

做了这两件好事之后，仙子便在这两个孩子的头顶快乐地盘旋、亲切地望着他们。两个孩子开始觉得，打开箱子并不是什么坏事。刚才他们还天真地以为，关在箱子里的，是跟那些尾巴带刺的怪物同伙一样的一个调皮鬼呢。“请告诉我，美丽的仙子，您是什么人？”潘多拉问道。

“我的名字叫‘希望’！”这个光辉闪闪的人儿答道，“我是个快乐的小人儿，所以也被装在这只箱子里，作为人类被可恶的‘烦恼’伤害后的一种补偿。那些名叫‘烦恼’的怪物是注定要被放出来飞到人间去的。不要害怕！我们会把它们干的坏事全都治好。”

“您翅膀的颜色就跟彩虹一样好看！”潘多拉大声叫道，“多漂亮啊！”

“不错，它们像彩虹一样美丽，”“希望”说，“因为，虽然我天性乐观，但在我的身体中，一半是眼泪，一半是微笑。”

“那么，您会跟我们在一起吗？”厄庇墨透斯问道，“永远永远。”

“你们需要我留下多久我就留下多久，”“希望”带着愉快的笑容说道，“只要你们活在世上，我就不会遗弃你们。不论现在还是将来，可能有这样的时候，你们以为我已完全消失了，但只要你们在梦里稍稍想起，就会看到我双翅的光辉，反复出现在你们的茅屋顶上。是的，亲爱的孩子们，我知道，有些非常美好的东西正在等着你们。”

“啊，告诉我们吧，”两个孩子嚷道，“告诉我们那些非常美好的东西是什么吧！”

“不要问我，”“希望”把手指按在她那粉红的嘴唇上，答道，“你们活着的每一天，都不要失望，这样就绝对不会碰到烦恼。相信我吧，我说的是真话。”

“我们相信您！”厄庇墨透斯和潘多拉齐声答道。

他们果真像“希望”说的那样做了；不只他们两人，所有那些相信“希望”的人，都按她说的那样做了。跟你们说句实话，我可不太赞许潘多拉（虽然，她做的确实是一件不平常的顽皮事儿）——我实在不赞成愚蠢的潘多拉偷看那只箱子。毫无疑问，“烦恼”们从此便在世上到处乱飞，它们从数量不多的一群小怪物，逐渐繁殖成一大群尾巴带着毒刺的妖魔，在世上乱闯。我已经吃过它们的苦头了，等我年纪更大时，还会吃很多它们的苦头。然而，那位可爱的、光闪闪的小“希望”仙人呀，世间若是没有她，我们还能干什么呢？“希望”赋予世界以灵魂，让世界永远年轻。即使地球处于最光辉的状态，在“希望”眼里，也只是一个极乐世界的影子而已！

三只金苹果

你们有没有听过长在金苹果园[1]里的金苹果的故事呢？啊，要是在今天的果园里，能找到这样的金苹果，那可会发一笔大财哩！但我想这是不可能的，在这大千世界里，绝不会有一株结着金苹果的苹果树，世上也从没有过这种能结金苹果的树种。

在很久很久以前，久到已记不清是什么年代的时候，金苹果果园里野草蔓生。当时，许多人都怀疑，这种枝上挂着金苹果的树是否真的存在。人们只听过金苹果这个东西，但谁也没亲眼见过。虽然如此，孩子们在听人讲起这个故事的时候，总是出神地张着嘴巴，并决定长大后要去找到这棵金苹果树。那些有冒险精神的少年，总想比他们的伙伴干些更勇敢的事情，于是便出发去找金苹果了。他们中有多数人从此没有归来，回来的人也没带回金苹果。不用说，他们即使找到了这棵苹果树，也无法把金苹果摘到手！据说，有一条百头怪龙守在那棵树下，那一百个可怕的

---

① 金苹果园（the garden of the Hesperides），据希腊神话载，这座果园位于阴间洋神河旁。赫斯珀里得斯（Hesperides）为守护金苹果园的众仙女。

龙头，经常有五十个头醒着看守那棵苹果树，另外五十个头则轮班睡觉。

在我看来，冒这么大的危险去摘一个纯金的苹果，是非常不值得的。假如这苹果是甜蜜多汁的成熟果子，那又另当别论了——要是这样，即使有那条百头怪龙守护着，也值得前去一试。但就像我前面说过的那样，寻找金苹果园里的金苹果这样的事，对于那些闲极无聊的少年来说，原是很平常的事儿。有一次，一位英雄承担了这桩冒险的事儿。这位英雄，从出生以来，便很少能享受到那种悠闲自在的欢乐日子。当时，他手执一根巨棒，肩挎强弓和箭袋，正在意大利的田野到处流浪。他身上裹的那张狮子皮，是从一头被他杀死的凶恶大狮子身上剥下的。虽然，从表面上看，他是一个温和豪爽而不喜言笑的人，但却有一颗像狮子一样勇猛的心。他一边走，一边问路遇的乡民，怎么走才能到达那座著名的果园，可没人知道。而且，要不是看到这个陌生人手里握着一根大棒，他们似乎还会嘲笑他提的这个问题哩。

他继续向前走，继续向人问着同样的问题。后来，他来到一条河边，看到几位少女正坐在那里编花环。

“你们能否告诉我，美丽的小姐们，”这位陌生人问道，“这条路可以通到金苹果园吗？”

少女们正聚在一起愉快地编着花环，然后把编好的花环戴在对方头上。她们的手指似乎有一种魔力——那些从枝条上采下来的花儿，一到她们手里，便显得比原来更新鲜、莹洁，色彩更鲜艳、气味更芬芳。可是，当她们听到这个陌生人的问题时，却把手里的花儿都掷在地上，吃惊地望着他。

“金苹果园！”一位少女大声说道，“我们还以为，在那么多人都没找到之后，再不会有人去找了呢。请告诉我，冒险的旅人，您去那里干什么？”

“我的堂兄是一位国王，”他答道，“他命我替他摘三只金苹果。”

“很多少人都想摘那几只金苹果，”另一位少女说道，“不过，他们不是为了自己，就是为了送给他们的心上人。这么说，您很爱这位国王了？”

“并非如此，”陌生人叹了口气，答道，“他对我总是很严厉凶狠，但我注定要服从他。”

“您可知道，”刚才那位少女问道，“有一条可怕的百头怪龙，一直守护在那棵金苹果树下？”

“我知道得很清楚，”陌生人平静地回答，“不过，我从小就跟毒蛇和恶龙打交道，这是我的工作，几乎也是我的爱好。”

少女们望着他手里的大棒，看着披在他身上的毛茸茸的狮子皮，看着他英雄般的体魄，交头接耳地议论道，这个陌生人，看起来要比其他人强壮得多，很有希望能完成这个使命；可是话又说回来，那可是一条百头怪龙啊！即使有一百条命，也很难逃脱这样一个怪物的魔爪。这些好心的少女，不忍心看着这个英俊勇敢的旅行者冒这样的风险把他自己献出去——这是完全可能成为那条怪龙一百张饥饿大嘴里的一顿美餐。

“回去吧，”她们一齐嚷道，“回您自己的家里去吧！如果您妈妈见到您平安无事回到家里，一定会高兴得流泪的；看到您平安回到她身边，她除了高兴之外还能做些什么呢？世上没有金苹果这样的东西！不要理会那位国王——您那凶狠的堂兄吧！我们不愿看到那条百头怪龙把您吃掉！”

陌生人似乎对这些劝告听得不耐烦了，只见他漫不经心地提起大棒，敲在身边一块半截埋在土里的石头上。随着这无心的一击，大石头裂成了碎片。这个动作展现了他巨人般的力量，那轻而易举的样子就像少女们用花儿轻撩姐妹们绯红的脸颊般轻松。

“你们难道不相信，”陌生人微笑地望着那些少女，说道，“这样的一击，肯定能把那条怪龙的一百个龙头一个个都敲碎吗？”

之后，他坐在草地上，尽他记忆所及，把他一生的经历讲给她们听。他说，他记得的第一件事，是他还只有几个月的时候。有一次，他正在一位勇士的铜盾上躺着，忽然有两条巨蛇从地板上爬了过来。它们张开血盆大口，想把他吞掉，而他居然伸开两手，将这两条毒蛇抓住并把蛇弄死了；当他还是一位孩童的时候，他杀死了一头巨狮。那头狮子是那么大，从它身上剥下来的蓬松毛皮，几乎可以裹住他的全身；还有，他曾和一个可怕的九头蛇妖进行了一场恶战——那蛇妖每个蛇头的嘴里，都长着尖利的毒牙。

“可是，您也知道，金苹果园里的那条龙可长着一百个龙头啊！”一位少女说道。

“纵然如此，”陌生人答道，“我还是宁愿跟两条这样的百头怪龙恶斗，也不愿去对付那个九头蛇妖。因为，只要砍下九头蛇妖的一个蛇头，那个伤口马上就会生出两个蛇头；还有，虽然可以用刀剑割下那些蛇头，但它们即使落地很久，照样可以凶狠地咬人。所以，我不得不把那个蛇头压在大石下面。但可以肯定地说，现在这个蛇头还活着，不过它的躯体和其余八个蛇头，以后再也不会危害人类了。”

赫拉克勒斯和九头蛇

那些少女觉得陌生人的故事不会很快讲完，便拿出一些面包和葡萄，让他在讲述间歇时润润喉咙、填填饥肠。她们很乐意送给他这些简单的食物，同时又怕他因独自一人吃东西而觉得不好意思，所以她们每人口里也含着一粒鲜甜的葡萄。

旅行者又继续讲道，他曾经连续十二个月一刻不停地追赶一只跑得飞快的雄鹿，最后终于抓住了鹿角，把它活捉回家；他还曾经和一个马面人身的种族打过仗，为了人类的利益，把他们全部彻底消灭干净了——人类再也不会见到他们的丑恶形象了。此外，他还为打扫了一座马厩而颇觉自豪。

“您把打扫马厩也当成一项奇功吗？”一位少女笑着问他，“乡下每个农民都干过这种事啊！”

“他们打扫的是普通的马厩，”陌生人答道，“如果是这样平凡的事，我绝不会提起。我打扫的是一座巨大的马厩。要不是我想到一个办法，把一条大河引到马厩门前来的话，恐怕要花一辈子时间才能打扫干净。由于河水在马厩门口流过，不消多少时间我便把事完成了！”

看到这些美丽的女听众那么认真地听着，他又继续讲道，他还射杀过一些巨鸟，活捉过一只凶恶的公牛——后来又把它放走了；他驯服过一群野马，打败了女将国的皇后希波吕忒[①]，还夺走了希波吕忒的魔法腰带，把它送给了国王堂兄的女儿。

战神阿瑞斯

“是阿佛罗狄忒[②]的那条腰带吗？”最美丽的那位少女问道，“围上它，可以使女人变得更美丽的那条？”

“不，”陌生人答道，“这条腰带原是阿瑞斯[③]的宝刀带，系着它

① 希波吕忒（Hippolyta），希腊神话中亚马孙族的女皇。

② 阿佛罗狄忒（Aphrodite），司人间爱情之女神，相传女神自波浪中出现，非常美丽，专司世间爱情及容貌美丽之事。

③ 阿瑞斯（Ares），希腊神话中的战神，是希波吕忒的父亲。

能让人更勇敢。”

“原来是一条旧刀带！”那位发问的少女抬起头大声说，“我对它可不感兴趣！”

“您说得没错。”陌生人说。

接着，他又继续对这些少女讲述他和六足妖人革律翁[①]战斗的惊险故事。你们要知道，那个六足妖怪是个非常可怕的老妖怪。

不管是谁，只要见到他留在沙滩和雪地上的脚印，都会以为是三个走在一起的亲密伙伴留下的；如果您在近处听到他的脚步声，一定会认为是几个人一起走来发出的，可这只是革律翁怪物的六条腿发出的！

一个六条腿的巨人！诚然，这必定是一个非常可怕的怪物。我的天，这个怪物要穿坏多少双鞋子啊！

陌生人讲完了他的冒险故事，便环视着那些凝神聆听的少女的脸。

“也许你们以前也听过我的名字，”他谦虚地说道，“我叫赫拉克勒斯[②]！”

“我们早就猜到了，”少女们议论道，“因为您的功业是举世闻名的。对您去找寻金苹果园的金苹果这件事，我们并不觉得惊奇。来吧，姐妹们，我们把花环给这位英雄戴上吧！”

于是，她们把美丽的花环套在他威严的头上和壮实的肩上。

---

① 革律翁（Geryon），希腊神话中一个三头六身的怪物。

② 赫拉克勒斯（Hercules），据希腊神话载，他是主神宙斯和阿尔克墨涅所生的私生子，力大无比，以十二项业绩闻名于世。

披在他身上的狮子皮上，几乎全部缀满了玫瑰。她们扛过他那根宝贝大棒，在上面缠满了最鲜美、最柔嫩、最芬芳的花儿，使它看上去根本不像一根橡木棒，而完全像一个花球。她们手拉着手，围着他跳起舞来，还合唱了一首自编的赞美诗，歌颂这位威名远扬的赫拉克勒斯。

赫拉克勒斯非常高兴。像别的英雄人物一样，他知道这些漂亮的少女，已经听过他千辛万苦冒险完成的英勇业绩了。然而，他还是对自己不太满意。他认为，此时，世上还有其他更困难、更需要勇气去完成的冒险事业，他完成的这些业绩，没什么了不起的。

“亲爱的姑娘们，”当她们停下来休息时，他问道，“如今，大家既已知道了我的名字，能否告诉我，到金苹果园去的路该怎么走呢？”

“啊，您这么急着要走吗？”她们齐声嚷道，“您已经建了这么多的奇功，度过了那么多艰苦的岁月，难道就不能在这安静的河滨，稍稍休息一会儿吗？”

赫拉克勒斯摇摇头。“我现在就得和你们告别。”他说。

“那么，我们会尽我们所知，给您最正确的指引。”少女们答道，“您得走到海滨去，找到一个孤老头，逼着他告诉您到哪里能找到那些金苹果。”

“孤老头！”赫拉克勒斯重复着这个奇怪的名字，笑了起来，“那么请告诉我，这个孤老头是什么人呢？”

“哎，说得确切点，孤老头就是海老头！”一位少女答道，“他有五十个女儿。有人说，他的这些女儿都很漂亮，但我们不那么认为，因为她们长着海绿色的头发，身材像鱼儿那样尖溜溜的。因为那座花园就在一座海岛上，这个海老头是个生活在海里的人，而他也时常到那个岛上去做客，所以您必须跟他打交道。”

赫拉克勒斯问她们在什么地方最有可能碰到那位海老头，少女们告诉了他。他对她们的热心表示了感谢：感谢她们给他吃了面包和葡萄，感谢她们给他戴上美丽的花环，感谢她们唱歌跳舞赞美他——而他要特别感谢的，是她们告诉了他这条正确的道路……感谢完之后，他便踏上了征途。

但还没走多远，一位少女又在后面叫住了他。

“您捉住海老头后，一定要紧紧地抱住他啊！”她一边大声说，一边微笑着做着手势，以示强调，“不要被可能发生的任何事情吓住。只要紧紧抓住他，他就会告诉您您想知道的答案。”

赫拉克勒斯向她致谢后，继续前行。少女们继续扎花环，等他离开很久之后，她们还在谈着这位英雄的事儿。

“等他杀死那条百头怪龙，再从这里经过的时候，”她们说道，“我们要给他戴上最美丽的花环。”

赫拉克勒斯继续前进。他翻山越岭，穿过人迹罕至的森林。有时，他高举木棍，迎头把一棵高大的橡树劈碎。他一心只想着与那些巨人和妖怪战斗的事，因而很可能把那棵大树当成巨人或妖怪来打了。他急着去完成使命，因为跟那些少女讲冒险故事时，花了他许多时间和精力，这使他非常烦恼。这种心情，是那些被指派去干大事业的人所常有的。他们总觉得自己做的事太少了，总觉得他们正在进行的事是生活中更有价值、更有冒险精神的事业。

那些在森林里经过的人，如果看到他用大棒敲击树木时的情景，必定会大吃一惊：只见那些树木经他这么一击，就像遭到雷轰一样裂为碎片，枝叶稀里哗啦地跌下地来。

他头也不回、步不稍停地急速前进，渐渐听到了海涛的吼声。于是他加快脚步，很快便来到了海滨。只见巨大的海浪翻滚而来，冲击着坚实的沙滩，留下一道长长的白色泡沫。在海滩的另一头，有个很显眼的地方，那里有一些绿色灌木树丛。这些树丛沿着一座峭壁攀缘而上，使那座石壁看上去并不那么峥嵘可怕了，反而显得很是美丽。一片散发着香甜气味、混杂着苜蓿花的平滑草地，像一床毯子铺在岩石和海洋之间那片狭窄的地面上。赫拉克勒斯朝那边瞥了一眼，发现有一个老头子，正躺在草地上酣睡！

那真是一个老人吗？乍一看，确实很像个老人，但再仔细一瞧，倒像一种生活在海里的动物。他的脚上和手上都长着鳞片，就像长在鱼儿身上的鳞片一样；他的脚趾与手指间都长着蹼，就像鸭子脚上的蹼一样；他的长须呈淡绿色，看来更像一簇海草，而不像普通人的胡须。你们是否见过那种长期被海浪冲刷、遍身缠满螺蛳、从海洋深处抛上来的桅杆？啊，那个老头子，看起来就像一根被风吹浪打的桅杆哩！但赫拉克勒斯对这奇怪形象仔细研究一番后，便认定这正是那个能给他指明道路的海老头无疑。

不错，这正是那群殷勤好客的少女对他讲过的海老头。谢天谢地，这个老家伙现在正在酣睡。于是，赫拉克勒斯踮着脚尖走到他身边，抓住了他的双臂和双脚。

不难猜到，海老头被惊醒了。但是他吃惊的程度，远不如赫拉克勒斯所受的惊吓。因为突然之间，海老头似乎从他怀里消失了，他发觉自己抓住的，是一只雄鹿的前后蹄。他还是紧紧地抱住不放。接着，雄鹿又不见了，代替它的是一只海鸟，拍着翅膀，尖声怪叫着。然而，赫拉克勒斯还是紧紧地抓住海鸟的翅膀和爪子不放！这只大鸟也没能飞走。可是之后，这只大鸟立刻又变成了一只丑恶的三头犬，对着赫拉克勒斯一阵狂吠，凶猛地咬他的手！但赫拉克勒斯还是没有松手。于是，三头犬又变成了六足巨人革律翁，他用五只脚踢着赫拉克勒斯，企图把那只被他抱住的脚解救出来！但赫拉克勒斯紧紧抱住这只脚不放。随后，革律翁不见了，只见一条大蛇——就像赫拉克勒斯儿时打死的那条蛇一样，不过比它要大一百倍——紧紧地缠住他的脖颈和身体。它的尾巴在空中高高扬起，张开口露出致命的毒牙，好像马上就要把他吞掉一样。这情景真是非常吓人！但赫拉克勒斯毫不畏惧，仍旧紧紧地握住这条巨蛇，迫得它立刻发出了嗞嗞的痛苦叫声。

大家要知道，虽然海老头平时总以船头破浪神的样子出现，但他有随意变化的能力，当发觉自己被赫拉克勒斯粗暴地抱住的时候，希望用这些奇怪吓人的邪术变化，迫使这位英雄把手放开。如果赫拉克勒斯稍稍松手，海老头自然会马上潜入海底，绝不会浮上来自找麻烦，去回答那些突如其来的问题。我想，百分之九十九以上的人，看到他最初那副怪样子，都会吓掉魂，马上溜之大吉。世间最困难的事情之一，就是如何区分真正的危险与幻觉造成的危险。

但赫拉克勒斯顽固地抱住海老头，紧紧抓住他每一次幻化出的形体。为此，海老头吃了不少苦头，终于认为最好还是变回原形为妙。于是他又变成一个像鱼一样、长着鳞片蹼趾、下巴长着如海草般胡须的怪人。

“请告诉我，您要我干什么？”海老头嚷道。这时，他刚喘上一口气来，因为要变幻多次，也不是一件轻松的事儿，“您为什么把我压得这么紧？马上放开我，否则我将断定您是个最无礼的人！”

“我叫赫拉克勒斯！”这个强壮的陌生人声如雷吼，“在您还没把到金苹果园去的捷径告诉我之前，您可别想挣脱我的掌控！”

老家伙一听这个名字，便明白了，觉得还是有求必应、告诉他为妙。你们应当还记得，海老头是生活在海里的。像其他以海为生的人那样，他经常到处游荡。当然，他经常听到声名远扬的赫拉克勒斯的名字，知道他在世界各地干下的种种奇功伟业，也知道他对自己所担负的任务总会坚决完成。于是，海老头不再逃了。他把如何到金苹果园去的道路告诉了这位英雄，还警告他说，在到达目的地之前，还要战胜许多困难。

“您应该如此这般。”海老头指路给他，之后说道，“您会碰到一个高大的巨人，肩膀顶着天。如果他碰巧高兴，会告诉您金苹果园的确切地点。”

“要是碰巧这个巨人不高兴的话，”赫拉克勒斯把他的大棒放在指尖上玩弄着，说道，“也许我会找到一个让他高兴起来的方法哩！”

谢过海老头，并请他原谅自己抱住他的粗暴举动后，这位英雄继续上路了。一路上，他又碰上了许多奇怪的险事，如果有空的话，我会把这些险事都详细叙述出来，那也是相当有趣的。

如果我没记错的话，在这段旅途中，他又碰到了一位巨人，名叫安泰俄斯[①]。这个造物主的奇异产物，只要一接触大地，便会生出比他原有力量大十倍的力气。你们要知道，战胜这样一个家伙，可不是一件容易的事儿。这个道理极易明白：因为，当他被人打倒在地，重新站立起来之后，就会变得比原先更强有力、更为凶猛，对他的敌人来说，他手里的兵器也就更加可怕了。因此，纵使赫拉克勒斯可以用大棒攻击这个巨人，还是无法取胜。我也曾遇到过这样的人，但从来没和人家打过架。如果想取胜，唯一的办法就是把安泰俄斯的双脚举离地面，并且还要一而再，再而三地把他的力气从那巨大的身躯里挤出来，直到挤完

海神波塞冬

① 安泰俄斯（Antaeus），据希腊神话记载，安泰俄斯是大地女神盖娅与海神波塞冬的儿子，力大无比。当他与大地接触时，能从大地母亲身上汲取力量。

为止。

赫拉克勒斯打败这个巨人后，又继续前行，来到了埃及，在这里被俘入狱。要不是他把埃及王刺死后逃出来，就会死在那里了。他越过非洲的沙漠，尽快前行，最终来到大洋之滨。看来，除非能踩波踏浪前进，他的路途似乎已到了终点。

在他面前，除了狂涛怒浪之外，便是一望无际的汪洋。但突然之间，在他往前的地平线方向望去的时候，发现远方有一件东西。这个东西金光灿灿、光亮异常，犹如日出日落之时天际的金色日轮。显然，这个东西正向他逼近……渐渐地，这个奇怪的东西变得越来越大、越来越亮了。等来到眼前，赫拉克勒斯发现，它就像一只用黄金或用磨光的黄铜制成的大杯或大碗。这只大金杯或大铜碗漂浮在海洋上的那种奇观，简直无法描述：只见它在波涛中上下翻滚，高高的浪头扑向它的边缘，但却没有一点浪花溅进这只大杯或者大碗之中。

“有生以来，我见过不少巨人，”赫拉克勒斯想，“但从未见过用这么大的大碗来喝酒的巨人！”

真的，这只大碗确实大极了！它是那么大……那么大……总之，一句话，我甚至不敢说它大到何种程度。简而言之，它比一只大水车的车轮还要大十倍。虽然它是由金属制成的，但在波涛汹涌的大海上漂浮时，却轻快得如同一只在小河里向下游漂去的橡子壳。波浪把它推向前来，一直推到赫拉克勒斯站立着的海滩面前。

无须多加思索，赫拉克勒斯就明白自己该怎么办了：因为，在他完成的许多值得大书特书的冒险事业中，他从没错过任何一个奇奇怪怪的微小机会。不用说，这只被某种看不见的神力驱到这里来的奇异大碗，分明是来搭载赫拉克勒斯漂洋过海到金苹果园去的。于是，他毫不犹豫地攀上碗沿，溜进大碗。他把狮子皮铺在碗底，准备稍事休息。自从在那条河边与那些少女告别之后，他几乎一直没有睡过觉。波浪快乐地扑打着这只空碗的边沿，发出叮叮当当的响声，轻轻地在海上漂来荡去，很快就把赫拉克勒斯送进了甜蜜的梦乡。

赫拉克勒斯在大碗里睡了好一会儿。后来，大碗轻轻地碰上了一块石头，它那或黄金或黄铜的碗壁，发出了一阵轰鸣，比教堂的钟声还要响亮一百倍。这声音惊醒了赫拉克勒斯，他马上站起身来，注视着四周的景物，对自己来到的这个地方颇觉惊奇。他很快就发现，这只大碗已经越过了无边的大海，漂到一座海岛边。你们想一想，他在这个岛上看到了什么呢？

即使你们猜上五万次，也绝对猜不到他看到了什么！我敢担保，赫拉克勒斯眼前的事物，乃是他这次旅行和冒险中见到的最最惊人的：他比那个被人砍下一个头，又能从原处长出两个头来的九头蛇妖还要吓人；比那个六足妖怪还要可畏；比巨人安泰俄斯还要巨大。总之，他是赫拉克勒斯有生以来所见过的，也是别的旅行家所曾见过的大怪物中最大的怪物。他是一个巨人！

这个巨人是这么巨大无比！他如高山一样高大：停在他腰间的云彩，就像他的腰带；挂在他面颊上的白云，就像他雪白的胡子。因为有一些云块在他巨大的眼睛前飘来飘去，所以他根本没看到这只金碗和乘着金碗漂来的赫拉克勒斯。然而，最令人惊奇的是，这个巨人高举巨大的双手，仿佛托举着天空。透过那些云彩，赫拉克勒斯看到他的头顶正好顶住了天空！这番景象，实在令人难以置信。

这时，那只光灿灿的大碗继续向前漂去，终于靠近了岸边。一阵微风吹开巨人面前的云彩，赫拉克勒斯终于看清了他的真面目：他的两只眼睛，就像两座湖泊；他的鼻子有一英里长，嘴巴有一英里宽。他那巨大的令人恐怖的脸庞，露出一副闷闷不乐、疲劳不堪的神色，就如您从那些肩上压着力不能及重担的人脸上看到的表情一样。对于巨人来说，天空的重负，犹如人世的忧患对于世人一样沉重。凡是肩负着力不能及重负的人表现出来的表情，都可以从这个可怜的巨人脸上看到。

可怜的家伙啊！显然，他已经在这里站了好长时间了：一座古老的森林在他足下自生自灭着；许多六七百年的老橡树，在他脚趾缝间互相簇拥着。

这时，巨人从高空向下望去，终于看到了赫拉克勒斯。他大吼一声，就像从那些在他脸上浮过的云团中发出的雷鸣一样。

“我脚下的那个人，你是谁？你想乘那只小碗到哪里去？”

“我叫赫拉克勒斯！”那位英雄回答，声音也如雷鸣，足可与巨人的吼声相抗衡，“我在找金苹果园！”

“哈！哈！哈！”巨人狂笑道，“真的，这可是一场明智的冒险哩！”

“那当然啰！”赫拉克勒斯大声答道。对于巨人的讽刺，他有点生气，“您以为我害怕那条百头怪龙吗？”正当他们互相对答的时候，巨人的腰间聚集了一堆黑云，霎时间雷电交加，下起了一场暴风雨。巨人的脸庞，在雨雾中若隐若现。在这段时间里，巨人似乎一直在说着话，可是他那巨大、深沉、粗暴的嗓音，与雷声混杂在一起，从群山上滚走了。这个愚蠢的巨人，在这个不适宜的时刻，白白喊干了嗓子，因为雷声和他的声音一样响亮。

巨人阿特拉斯

终于，暴风雨像它突如其来时那样，又突然消失了。只见这个疲劳不堪的巨人，仍旧支撑着明亮的蓝天。怡人的阳光照耀着他高大无比的身躯，照耀着他背后黑沉沉的雷雨云。在他高高耸起的头上，没有一根头发沾到一滴雨水！

待巨人看清赫拉克勒斯仍站在海滨时，又吼叫起来：

“我是阿特拉斯[①]，世界上最强大的巨人。我把青天顶在了头上！”

“这个我知道，”赫拉克勒斯答道，“不过您能否告诉我，到金苹果园怎么走呢？”

“你去那里干什么？”巨人问道。

“我要去摘那园里的三只金苹果，”

① 阿特拉斯（Atlas），据希腊神话记载，巨人阿特拉斯因与主神宙斯交战，失败后宙斯令其双手捧天，顶于头顶，以为处罚。

赫拉克勒斯大声回答，“然后拿回去献给我当国王的堂兄。”

“除非我本人，谁也摘不到那几只金苹果。要不是担负着顶住天空的小差事，不消几步我就能跨过这座大海，把金苹果摘回来给你。”巨人答道。

“您真好，”赫拉克勒斯回答，“您能不能把天空暂时搁到一座山顶上？”

“没那么高的山，”阿特拉斯摇摇头，说道，“不过，假如你站到最近的一座山顶上，你的头顶便刚好和我的头顶处在相同的高度。你似乎也是一个有点力气的伙计。如果你能替我一下，我可以去帮你摘来金苹果，岂不更妙？”

你们已了解得很清楚，赫拉克勒斯也是一个力大无穷的男子。他明白，要举起天空，需要有很强的臂力。在那些有能力把天空举起的人中，他也可以算上一个。然而，他有生以来似乎第一次碰到这么艰巨的任务，于是有点犹豫。

“天空很重吗？”他探问道。

“哎，开始时也不怎么重，”巨人耸耸肩膀，答道，“不过顶上一千年之后，就觉得有点重了！”

“您去摘那几个金苹果，需要多长时间呢？”这位英雄问道。

“啊，这件事几分钟就可完成，”阿特拉斯大声说道，“我一步便可跨出十到五十英里。在你的肩膀开始觉得疼之前，我就可以从那座果园回来了。”

“那好吧，”赫拉克勒斯答道，“我想好了，可以爬上您背后的那座山顶，把您的担子接下来。”

事实上，心地仁慈的赫拉克勒斯认为，能顶替巨人举起天空，让他有机会出去散散心，也是一件善事；另一方面，他认为能举起天空，比单纯去征服一条百头怪龙，更加光彩。于是，话不多说，天空的担子便从阿特拉斯的肩上移过来，放到了赫拉克勒斯的肩膀上。

移交工作完成之后，巨人做的第一件事便是伸伸懒腰——你们可以想象，他做这个动作时得有多么惊人；随后，他慢慢从包围着他的那座森林中抬起一只脚，接着又抬起另一只脚；然后，他突然手舞足蹈，为重获自由而欢呼雀跃起来。他向上跳起，没人能说出他跳了多高，只知道他落地时，震得地动山摇。他大笑了三声，声如雷鸣，远近群山都发出了回响，好像这个巨人有许多兄弟，和他一起快活地哈哈大笑一样。等他的兴头稍减之后，便举步走下海去：第一步跨出十英里，海水只没到他的小腿；第二步又跨出十英里，海水才漫到他的膝头；第三步又跨出十多英里，海水才只浸到他的腰部——这里已是海洋最深的地方了。

赫拉克勒斯目送巨人在海中继续涉水前进。他望着三十多英里外海面上半身没入海洋的巨人，感觉的确是个奇观：巨人的上半截身子，犹如浮在远方海面上的一座雾蒙蒙的蔚蓝色大山。终于，这个巨人的身影完全消失了，赫拉克勒斯开始忧虑起来：如果阿特拉斯在大海里淹死了，或是被看守金苹果园的那条百头怪龙咬死了，他可怎么办呢？假如真发生这样的不幸的话，他怎么撑得起天空这副担子呢？而且，渐渐地，天空的重量越来越重，他的头和肩膀觉得有点受不了了。

“真同情这个可怜的巨人，”赫拉克勒斯想，“才不到十分钟，我就感觉压得难受，巨人被它压了一千年了，可以想见得有多难受！”

啊，我亲爱的小朋友们，你们不会想到，我们头顶这看上去那么松软、轻飘的蓝天，竟有那么沉重！如今，那呼啸的风，那凉飕飕充满水汽的云，以及那喷着火焰的太阳，所有这一切都使赫拉克勒斯感到难受！那个巨人不再回来怎么办？他开始担心起来。他依恋地望着足下的大地，觉得与其站在这令人目眩的山巅，竭尽全力地支撑苍穹，倒不如到山脚下去做一个羊倌——那样会更加快乐。你们肯定也想到了，赫拉克勒斯的心情沉重，压力很大，就如他头顶、肩膀上的重压一样。喂，要是他没站稳脚跟，不能保持平衡的话，太阳就将无所适从了！而且，入夜之后，天空的繁星肯定会离开原位，像火星一样纷纷跌到人们头上！如果因自己不胜重负，而使天空裂开一条大缝的话，对他这位英雄来说，该是怎样的奇耻大辱啊！

说不清过了多久，赫拉克勒斯终于欣喜若狂了，因为他终于看到那个巨人的影子出现在了远方的海面上。终于，巨人的身影越来越近了，他举起手来。赫拉克勒斯看到，他手里提着一根树枝，上面挂着三只美丽的金苹果，每只苹果都和南瓜一样大。

“很高兴再次见到您，”当巨人走近时，赫拉克勒斯高声叫道，“这么说您已经把金苹果摘来了？”

“那还用说，”阿特拉斯回答，“它们是多么漂亮的苹果啊。我敢担保，我摘的是那棵树上最好的苹果。哎，金苹果园可真是个好地方。呃，那条百头怪龙也是值得一观的怪物。总之，您最好还是亲自去摘那些金苹果吧。”

“没关系，”赫拉克勒斯回答，“您已经去散了一会儿心，圆满完成了任务。我的任务也完成了。我衷心感谢您的劳苦。现在，我还要急着赶路，我的国王堂兄正渴望得到这几只金苹果，您会再做做好事，把天空从我肩上接回去吧？”

“喂，像您这个样子，”巨人说着，把苹果抛上几英里的高空，等它们落下来时又接在手上，“像这个样子，我的好朋友，我觉得您可有点傻里傻气。我可以把这几只金苹果给国王，也就是您的堂兄带去，不是比您自己带去更快吗？既然国王陛下如此着急想得到它们，那我答应您，可以用最快的速度送去。而且，还有，我现在对担负天空这事，已不再感兴趣了。”

赫拉克勒斯听得不耐烦了，他用力耸耸肩膀，只见电光一闪，三颗星星离开了原来的位置，抛了出去。所有地球上的人都恐惧地望着天空，以为天马上要塌下来了。

“啊，这样可不行！”巨人阿特拉斯纵声狂笑着，“最近五百年间掉下来的星星，都没这么多。您只要像我一样站那么久，就会有耐心了！”

“什么！”赫拉克勒斯大怒道，“您想让我永远顶着这副担子吗？”

“我们走着瞧吧，就是这么回事。”巨人答道，“即使再顶一百年，甚至一千年，您无论如何也不应抱怨。我已经顶了它好长时间，顶得脊背都有点发疼了。好了，就这样吧。等一千年后，如果有兴趣的话，我可以再把担子换回来。您无疑也是一位很有力气的人，再也没有比这更好的机会，可以证明您的力气了。我敢肯定，子孙后代一定会赞颂您的！”

“呸！胡说八道！”赫拉克勒斯又耸了耸肩膀，嚷道，“那请您再用头把天空顶一会儿，好不好？我要把狮子皮垫在头上，这样天空压在头上时会舒服一点。要不然，在这里站上几百年，很可能会引起麻烦，头皮会磨伤。”

“这个办法再好没有，我同意！”巨人道。他对赫拉克勒斯并无恶意，而仅仅是出于私心，完全为自己的快乐着想而已，“只要再顶这么五分钟，然后我就把天空还给您。只顶五分钟，记住了！我可不想再像从前那样，在这里消磨另一个千年了。听好了，变化无常乃是人生的乐趣。”

哈，这个巨人真是个大笨蛋！他丢下那几只金苹果，从赫拉克勒斯的头顶和肩膀上接过天空，放回自己的头顶和肩膀上，和原来一模一样。接下来，赫拉克勒斯捡起那三只像南瓜一般，甚至更大的金苹果，毫不理睬巨人如雷鸣般要他回来的呼喊，头也不回地踏上了归途。于是，另一座树林又在巨人脚边迅速生长起来，长得越来越茂盛。随后，又可以看到许多五六百年的橡树，在他脚趾缝间互相簇拥着。

如今，那个巨人还站在那里，或者至少可以这么说，在他站立的那个地方，是一座像他那么高大、用他的名字命名的高山。当隆隆的雷声从峰顶滚过的时候，我们可以设想，那就是巨人阿特拉斯在呼喊赫拉克勒斯回来！

牛头怪物弥诺陶洛斯[①]

很久很久以前，有一座特罗曾尼老城，坐落在高山脚下。这里住着一位叫忒修斯的小男孩，他的外祖父庇透斯国王非常聪明，是这个国家的元首。忒修斯在王宫里长大，在老国王的教导下，他理所当然地长成了一个聪明伶俐的小伙子，养成了争强好胜的性格。他的母亲叫埃特拉，至于他的父亲，孩子却从未见过。但从记事起，埃特拉便常带他走进一片树林，坐在一块长满青苔、深深陷进地里的石头上，跟他谈他的父亲。母亲说，父亲名叫埃勾斯[②]，住在世界上最著名的雅典城里，是一位统治着阿提卡国的伟大国王。忒修斯很喜欢听有关埃勾斯国王的事，并时常问他亲爱的妈妈埃特拉，为什么爸爸不来特罗曾尼跟他们住在一起。

“啊，我亲爱的儿子，”埃特拉叹了口气，回答道，“君王要

---

① 弥诺陶洛斯（Minotaur），据希腊神话载，为牛首人身的怪物。它被关在克里特岛的迷宫里，每年要吃掉雅典送来的七个少男和七个少女，本篇叙述它被后来成为雅典国王的忒修斯杀死的故事。

② 埃勾斯（Aegeus），据希腊神话载，他是雅典国王，忒修斯之父，因误以为爱子忒修斯已被弥诺陶洛斯所杀，遂投海而死，此海因而得名为 The Aegean Sea，即今日之爱琴海。

照顾他的子民。在他统治下的男男女女，对他来说都是他的孩子。因此，他不能像别人的父亲那样，有许多时间来爱自己的孩子。你的父亲决不能因为要看望他的小儿子而离开他的王国。”

“既然如此，那么，亲爱的妈妈，”孩子问道，“为什么我不能到那个著名的雅典城，去告诉埃勾斯国王说我是他的儿子呢？”

“这事得慢慢来，”埃特拉答道，“耐心点，我们会见到他的。你年纪还小，还没有足够的力量去完成这样的任务。”

“要过好久才能有足够的力量吗？”忒修斯坚持要问个明白。

“你现在还是个小孩子，”母亲答道，“来试试，看你能否举起我们坐的这块大石头。”

小家伙对自己的力量很是自信。于是，他抓住那块粗糙不平的石头，使出全身的力气想搬动它。可是，即使累得气喘吁吁，也无法把这块沉重的石头撼动分毫。石头仿佛长了根，紧紧地钉在地上。毫无疑问，他搬不动。看来，即使是一个很有力气的人，也得拼尽全力才能把它从地上举起来。

妈妈站在一旁，看着雄心勃勃的儿子和他那微不足道的力气，眼里露出哀戚的神色，脸上的笑容很是无奈——看到小儿子已经迫不及待地想要开始他在这个世界上的冒险，禁不住悲从中来。

“你看到了吧，我亲爱的忒修斯，”她说，“在去雅典认埃勾斯国王为父之前，得让我看到，你已有了比现在强大得多的力量才行。如果你能举起这块石头，并让我看到石头下面藏着的东西，那时，我才会答应你离开我。”

从此以后，忒修斯经常问他的母亲，是否可以去雅典了，而母亲总是指着那块石头对他说，必须得再等几年，他才能有足够的力气搬动这块石头。这个脸颊绯红、头发卷曲的孩子，一次又一次地努力想撼动那块巨石。他还是一个孩子，而这项任务，即使是一个巨人用两只巨手，也很难完成。与此同时，这块石头似乎越陷越深，石头上的青苔也越长越厚，只有从几处孔隙，才能看出它是一块花岗岩石。每当秋天来临，那些高悬在石头上空的大树枝，会把它们棕色的落叶撒在石头上；大石头脚下，长出了蕨类植物和野花，它们有的已爬到了石头上。看起来，这块石头正如地上的其他东西一样，紧紧地贴住了大地，一动也不动。

虽然困难重重，忒修斯还是长成了一个精力非常充沛的少年。在他看来，有能力举起这块顽石的时刻，很快就会到来了。“妈妈，我觉得是时候了！”他尝试了几次之后，对母亲说道，“石头周围的泥土有点松动了！”

“不，不，孩子！”母亲急忙回答，“你还是个小孩子，根本搬不动！”

忒修斯领着她，让她看了他摇动石头时把边上花儿带起的现场，但她还是表示不相信。埃特拉叹了口气，显得忧虑不安，毫无疑问，她开始意识到，儿子已不再是个孩子了，用不了多久，她就得把他送到那个充满危险和麻烦的世界中去。

差不多一年之后，他们又坐到那块长满青苔的石头上，埃特拉又一次对他讲起她时常重复的有关他父亲的故事，说父亲要是能在自己的王宫里接待忒修斯的话，肯定会非常高兴，他会把他介绍给他的国家和人民，告诉他们此人就是王国的继承人。忒修斯的眼里发出热烈的光芒，几乎坐不住了。

“亲爱的妈妈，”他叫起来，“我从没感到像现在这样强壮有力！我不再是个孩子，也不再是个单纯的少年了！我觉得自己是个男子汉！现在，我决定要搬石头了。”

“啊，亲爱的忒修斯，”母亲答道，“还不到时候！时候还不到！”

“不，妈妈，”他坚决地说，“时候已经到了！”

于是，忒修斯热情饱满、全神贯注地准备搬石头了。他展现了男子汉的气魄和决心，绷紧了身上的每一块肌肉，把全部勇气都集中在这件事上。他跟那块又大又笨的石头角力，好像它是一个有生命的敌人一样。他奋力地摇呀摇，决意要么成功，要么毁灭，让这块石头成为永恒的纪念碑留在这里！埃特拉站在一旁看着他，双手紧握，既有作为母亲的骄傲，也有作为母亲的悲伤。大石动了！是的，石头慢慢从长满苔藓的地面升了上来，长在它旁边的灌木和野花也跟着被连根带起，翻倒在一边。忒修斯胜利了！

他喘了口气，快乐地看着母亲，而她也流着泪，对他微笑着。

“是的，忒修斯，”她说，“时候已经到了，你不必再待在我身边了！快去看看你的父亲埃勾斯国王给你在大石下留了什么吧。当年，他用强有力的双手把这块大石举起来，然后又放回你刚刚移开的地方。”

忒修斯看了看，这才看清那块石头是放在另一块石板上面的，石板下面是一个洞穴。洞穴的样子有点像一只工艺粗糙的箱子或柜子。压在它上面的这块石头，实际上起着盖子的作用。洞穴里面，放着一把金柄的宝剑，还有一双鞋子。

“这是你父亲的宝剑，”埃特拉说，“那是他的鞋子。他到雅典去当国王的时候，吩咐让我照顾你，一直到你能举起这块沉重的石头，证明自己是个男子汉为止。现在，我就要完成这个任务了。你快穿上他的鞋子，沿着你父亲的足迹前进；佩上他的宝剑，这样你就可以像埃勾斯年轻时那样，去跟巨人和恶龙战斗。”

“我今天就出发到雅典去！”忒修斯叫道。

但是，母亲劝他过一两天再走，这样她就可以为他的旅途准备些必需的用品。他的外祖父、聪明的庇透斯国王，听说忒修斯打算亲自到他父亲的宫廷去，便认真地建议他乘船由海路前往，因为从海路到雅典只有十五英里，不会疲劳，也没有危险。

“陆路很不好走，”可敬的老国王说道，“而且会碰到许多可怕的强盗和妖魔鬼怪。这样危险的旅行，不适合像忒修斯这样的小伙子只身一人去，还是让他从海上走吧。”

但忒修斯一听到强盗和妖魔鬼怪，便竖起了耳朵，迫切希望沿陆路前往，这样便能遇到他们。于是，到第三天，他恭恭敬敬地向外祖父告别，感谢他的仁慈关爱，然后亲切地拥抱了母亲，带着母亲留在他双颊上的闪闪泪花，出发了。说句实话，他自己的泪水也夺眶而出了。他任凭阳光和微风把泪水晒干吹干，坚定地向前走去。一路上，他穿着父亲的鞋子，把玩着那把黄金的剑柄，阔步前进。

在忒修斯前往雅典的路上，随时都可能有危险降临。庇透斯国王警告过他，告诉他那些强盗在此地的活动情况，他对此心知肚明。强盗中有个名叫普罗克汝斯忒斯的坏蛋，确实非常可怕——他会用卑鄙的方式，拿那些碰巧落入他手里的可怜的旅人取乐。在他的洞穴里有一张床，床上有许多他“待客”的用品。他让那些自己“邀请”来的客人躺在这张床上，要是客人的身高没有床那么长的话，这个恶棍就会用暴力把客人的身子拉长，要是客人的身材太高的话，他就会哈哈大笑着把他们的头或脚砍掉——他觉得这是一种绝妙的笑话。因此，不管如何疲倦，谁都不希望躺到普罗克汝斯忒斯的床上去。另一个强盗，名叫西尼斯，也同样是个大恶棍。他总是把他的牺牲品从高高的悬崖扔到海里，以此取乐。于是，为了让他得到应得的惩罚，忒修斯抓到他，来到那座悬崖上，想把他扔进海里。不过，说真的，大海怕把海水弄脏，不愿意让这个坏蛋沉入海底，大地也巴不得摆脱他，不同意让他回来。因此，西尼斯就这样悬在大海和悬崖之间，只有空气支撑着他那邪恶的躯体。

完成这些值得纪念的善举之后，忒修斯又听说有一只跑得飞快的大母猪，成了附近农民可怕的灾害。他认为做些好事不会妨碍赶路，于是便去杀死了这只巨大的畜生，把它送给穷苦的农民做咸肉。在践踏地里的庄稼时，这只大野猪是一只可怕的野兽，可当它被切成肉块、做成熏肉时，便成了众多餐桌上的美食。

就这样，忒修斯到达旅途的终点时，已经用父亲的金柄宝剑完成了许多英勇的壮举，获得了当世最勇敢的年轻人的名声。他的名声比他跑得更快，赶在他前面传到了雅典。当他进入这座城市时，听到当地人在街角议论说，赫拉克勒斯[①]是勇敢的，伊阿宋[②]也是勇敢的，卡斯托耳和波吕丢刻斯[③]同样是勇敢的，但是他们自己国王的儿子忒修斯，将成为他们之中最伟大的英雄。忒修斯边听着这些赞美之词，边阔步前进。他认为自己会在父亲的宫廷里受到隆重的接待——因为他是带着如雷贯耳的英名来到这里的，他要在埃勾斯国王面前高呼："瞧瞧您的儿子吧！"

作为一个天真的少年，他根本不知道，这里就是他父亲统治下的雅典城，有一件危险的事正在等着他，其危险程度甚至超过了他在路上遇到的任何危险。确实是这样，忒修斯父亲的年纪虽然不是很大，但他为政事几乎操碎了心，而且也确实一年比一年老了。他的侄子们不希望他太长寿，都打算把王权掌握在自己的手里。他们听说忒修斯已来到了雅典，还了解到他是一个英勇的少年。他们明白，忒修斯是不会容许他们从他父亲手里把王冠和王杖偷走的，因为他本人才是有权接过王冠和王杖的合法继承人。于是，埃勾斯国王的这些坏心肠的侄子，也就是忒修斯的叔伯兄弟们，马上变成了他的敌人；还有一个更危险的敌人，那就是女

---

① 赫拉克勒斯（Hercules），据希腊神话载，他是主神宙斯和阿尔克墨涅所生的私生子，力大无比，以完成十二项业绩而闻名于世，事迹参阅《三只金苹果》。

② 伊阿宋（Jason），据希腊神话载，他曾率领阿耳戈英雄们到海外觅取金羊毛，故事见《金羊毛》。

③ 卡斯托耳和波吕丢刻斯（Castor and Pollux），据古希腊神话记载，他们是主神宙斯的一对双胞胎儿子。

巫美狄亚。她是国王现在的妻子，她想把王权交给她的亲生儿子梅杜斯，而不是给她憎恨的埃特拉的儿子忒修斯。

就在忒修斯到达王宫门口的时候，国王的侄子们正巧碰到了他，并发现他就是他们的敌人。他们一肚子坏水，却假装是这位堂弟最好的朋友，并说很高兴结识他。他们提议，让他去晋见国王时先别暴露身份，看看埃勾斯国王能不能通过他的相貌，看出他与国王自己以及他母亲埃特拉之间有什么相似之处，从而认出自己的儿子。忒修斯同意了，他觉得凭国王心里对儿子的爱，肯定一眼就会认出自己。但是，就在他在门外等待的时候，这几个侄子却跑去见埃勾斯国王，说有一个年轻人来到雅典，据他们获得的确切情报显示，此人企图谋杀他，以夺取他的王冠。

“他现在正在等待国王陛下的接见。”他们又说。

“哈哈！”老国王听到这个消息时大叫道，“啊，他一定是个坏透了的小恶棍！请说说，你们要我怎么对付他？”

对此，邪恶的美狄亚自有看法。我已经讲过，她是个有名的女巫。按照一些故事的说法，她喜欢把老年人放到大锅里蒸煮，说这样能使他们恢复青春。但我猜想，埃勾斯并不希望用这样一种不舒服的方式让自己变年轻，或者他也有可能乐于做个老年人，因此从没去这只大锅里蒸煮一番。要不是还有更重要的故事要讲，我很乐意告诉你们，美狄亚还有一辆由几条火龙拖着的火焰战车，她经常坐在这辆车里，飞上云端兜风。事实上，她就是坐着这辆火焰战车来雅典的。自从她来到雅典，没做过一件好事，坏事倒是干了不少，不过这些故事且留在以后再讲。可以说，在美狄亚干过的成百上千的坏事中，最拿手的就是下毒。不管是谁，只要嘴唇稍微沾上她下的一点毒药，便会立刻丧命。

所以，当国王问她要如何处置忒修斯时，这个坏女人早就有了答案。

“我来处理，国王陛下，”她回答道，“只要传令让这个坏心肠的小伙子来见您，然后赐他喝一杯葡萄酒就行了。陛下您也了解，有时我会提炼一些很有效力的药品玩玩，这只小瓶子里的就是。至于它是用什么东西制的，这是我的一个秘密。到时，我只消在这只酒杯里倒一点药，叫那个小家伙尝一尝——我敢担保，那时，他带来的那些恶毒计划，马上就会全部落空。”

美狄亚说这话的时候，尽管笑容满面，心里却只有一个想法：一定要在忒修斯的父亲面前，把可怜天真的忒修斯毒死。而埃勾斯则像其他国王一样，本想用什么比较温和的办法，惩罚那个被指控谋害他生命的人。后来，他同意了美狄亚的计划。等那毒酒一配好，他马上下令接见那个年轻的陌生人。

那杯毒酒就摆在国王宝座旁边的一张桌子上。有一只苍蝇，打算在杯沿啜上一口，却立刻跌进杯子里，死掉了。美狄亚看到这个情景，对那几个侄子扫了一眼，脸上又露出了笑容。

忒修斯被带进了王宫，他视线唯一的焦点，似乎就是那位长着白胡子的老国王。国王就坐在他高贵的宝座上，头上戴着金碧辉煌的王冠，手里握着权杖，样子虽然显得尊贵庄严，但很明显，他已年老体衰了——年龄就像一块一块铅，衰老就像一块一块石头，它们全都加在一起，压在他瘦弱的肩膀上。看到自己亲爱的父亲如此衰老，他觉得非常悲哀，但想到马上就可以用自己年富力强的力量来支持他，又觉得非常快乐，精神不由得大大振奋起来。所以，在这个年轻人的眼里，情不自禁流出了悲喜交加的泪水。当儿子把父亲拥进自己温暖怀抱的时候，老人也会恢复青春，这比美狄亚魔锅的效力要好得多。忒修斯非常想这么做，所以他顾不上埃勾斯是否会认出他来，便急切地想投进他的怀抱里去。

他踏上台阶，向王座奔去，打算向国王诉说几句早就想好的心里话。可是，从心底涌出的温柔话语太多，一齐涌上喉咙，都想脱口而出。可怜的忒修斯知道，除非他能把自己那颗澎湃的心完整地放到国王的手里，否则他什么事也做不成、什么话也说不出。狡猾的美狄亚看着这个年轻人，对他此时的心情一目了然。此时此刻，她比以往任何时候都更加邪恶，她要用最歹毒的手法（我真怕将这个实情告诉你们），将忒修斯这种无法表达的爱，转变成毁灭自己的激情。

“陛下，您看出他烦躁不安的心情了吗？”她在国王耳边低语道，“他因为要犯罪而心绪不宁，因此浑身战栗说不出话来。这家伙活得不耐烦了！快！赐他酒喝！”

等忒修斯走近王座，埃勾斯认真地注视着这个年轻的陌生人。他隐约觉得，在这年轻人白皙的额头上，在他欲言又止的漂亮嘴巴上和他那美丽温存的眼睛里，好像有一种东西，是那么熟悉。是的，好像在他还是个婴儿的时候，他曾带着他跑步，并看着他长成了一个坚强的男人，而自己则变老了。虽然这种感觉只存在于他心田最深处，有个声音却清楚地告诉他，面前的少年就是埃特拉和他所生的儿子，他是前来寻认生父的。不过，美狄亚察觉到了国王的心情——即使是这种自然的感情，她也决不允许出现。她又在国王耳边叽咕着，还施展了魔法，这样一来使国王看到的每一样东西都蒙上了虚假的外衣。

于是，国王决定赐忒修斯喝下那杯毒酒。

“年轻人，”他说，“欢迎你的到来！我为能款待这样一位少年英雄感到非常骄傲。请你赏脸，干了这杯酒吧。你看到了吧，这样满满的一杯美酒，是我款待有身份的客人用的！没有谁比你更有资格喝这杯酒了！”

说着，埃勾斯从桌子上端起那只金酒杯，准备递给忒修斯。但由于他身体虚弱，同时又觉得结束这个年轻人的性命似乎太残忍，毫无疑问，还有一个原因，那就是——他的心要比脑袋更聪明些，因此他受到了良心的谴责。总之，他觉得自己也许太邪恶了。正因为这些原因，国王手抖得非常厉害，杯子里的酒溅了出来。为了让他快点决断，又担心浪费那么好的毒药，他的一个侄子便对他耳语道：

“陛下，您难道还怀疑这个陌生人的罪行吗？您看那把剑，他想用它来刺杀您。多么锋利，多么耀眼，多么可怕的一把剑啊！快——让他喝了这杯酒吧，要不然他可能就要动手了。”

这些话驱散了埃勾斯心中的一切疑虑，觉得理当处死这个年轻人。他皱着眉头在宝座中坐直身子，坚定地把端着酒杯的手伸出去，向忒修斯显示出王者的威严——不管怎么说，他都要保持一种很高贵的精神，即使是谋杀一个叛国的敌人，也不能在脸上露出欺诈的笑容。

“喝吧！”他用一种对死刑犯说话时常用的严厉声调说道，“你有资格接受我赐予你的这杯酒！”

忒修斯伸出手去接酒杯。但就在他的手就要碰到杯子的时候，埃勾斯的手又发起抖来。这时，他的目光落在年轻人挂在腰间的那把金柄宝剑上，那端着杯子的手又缩了回来。

“这把宝剑！”他叫道，“你是怎么得来的？”

“这是我父亲的宝剑，”忒修斯声音颤抖地说，“这是他穿过的鞋子。在我还是个小孩子的时候，我亲爱的妈妈埃特拉就对我讲过他的故事。不过，仅仅在一个月前，我才有足够的力气举起那块大石头，并从石头下拿出这把宝剑和这双鞋子，前来雅典寻找父王。”

“我的儿子！我的儿子！”埃勾斯叫道。他掷掉那杯毒酒，从宝座上跑下来，扑进了忒修斯的怀里，“不错，这双眼睛像埃特拉，你就是我的儿子。”

当美狄亚看到事情变成这个样子的时候，使急忙走出宫殿，来到她的私人密室，马上施起妖法来。不久，窗外便响起了嗞嗞声。看呀！窗外是她那辆由四条长着翅膀的大毒龙拖着的火焰战车，那些毒龙扭动着身躯，尾巴高扬在宫殿的上空，正准备向空中进发。美狄亚立刻找来她的儿子梅杜斯，偷偷拿走王冠上的宝石和国王最好的袍服，还有很多她拿得到的其他贵重东西，然后将它们一起放进战车，扬起鞭子，驱赶着毒龙们飞上了高空。

国王听到那些毒龙的嗞嗞叫声，急忙奔到窗前，大声责骂那个讨厌的女巫，叫她永远别再回来。全雅典的人民也都跑出门来，观看这个奇异的场面，为摆脱美狄亚的管制而纵情欢呼。美狄亚也像她那些毒龙那样，发出愤怒的咝咝叫声，可她比那些毒龙还要恶毒十倍。她恶狠狠地从那辆烈火熊熊的战车里向外看着，向下面的民众挥着手，好像要把无数的诅咒撒到他们中间去似的。然而，就在她挥手的时候，无意中却把她从国王的宝箱里偷出来的五百颗最好的钻石，连同一千粒硕大的珍珠，两千粒绿宝石、红宝石、蓝宝石、猫眼石和黄玉石撒落下来。这些珠宝就像彩色的冰雹一样，纷纷落到大人和小孩的头上。人们立刻把它们拾起来，送回了王宫。埃勾斯国王却对他们说，欢迎大家的到来，因为找到了自己的儿子，又因为大家摆脱了邪恶的美狄亚的控制，他乐意将这些珠宝送给他们——要是他还有更多珠宝的话，愿意都送给他们。真的，在美狄亚那最后的一瞥里，充满了深深的仇恨，要是你们看到的话，就不会奇怪国王和民众为什么都认为她的离去是一件好事了。

如今，忒修斯王子得到了国王的极大宠爱，老国王让他坐在他宝座旁边（他的座椅宽阔得足以坐下两个人），不知疲倦地听他讲他亲爱的母亲、他的童年，还有为了举起那块沉重的石头，他所做的许多孩子气的努力的事儿。然而，忒修斯是个非常勇敢活泼的年轻人，他不愿将光阴花费在讲述已经发生的故事上。他的抱负是去干其他更有英雄气概、足以载入史册的事业。他来到雅典不久，就降服了一只可怕的疯狂公牛，在公众面前露了脸，赢得了慈祥的埃勾斯国王和他的臣民的惊奇和赞扬。不久，他又做了一件事，更使他先前所有的冒险事业，似乎都成了纯粹的小孩的游戏。且听我细细道来：

一天早晨，忒修斯王子醒来后，觉得自己一定做了一个很悲伤的梦。现在，他已睁开眼睛，心里还在想着这个噩梦：梦里，空中好像充满了悲惨的哀叫。再仔细谛听，还能分辨出那些声音，有的来自国王的宫殿，有的来自大街小巷和神庙、来自城里的每座房子，有哭泣声、呻吟声和悲哀的呼叫声，其中还混杂着无可奈何的长长叹息声。所有这些发自千百万人内心的悲哀的哭叫声，汇聚成一阵巨大的痛苦的噪声，把忒修斯从睡梦中惊醒。他尽快穿上衣服、鞋子，佩上金柄宝剑，急忙赶到国王那里去，询问这个梦到底是什么意思。

“唉！我的儿子，”埃勾斯长叹一声说道，“这里将要发生一件很可悲的事！今天，将是一年中最悲哀的日子，我们要选一些少男少女，然后把他们送给可怕的牛头怪物弥诺陶洛斯吃，这会吸引许许多多的雅典人出来观看。”

“牛头怪物弥诺陶洛斯！”忒修斯王子叫了起来。这个勇敢的年轻王子，手按宝剑的剑柄说道，“那是一个什么样的妖怪？即使冒着生命危险，也不能杀死他吗？”

埃勾斯摇着头，向他解释了这个事件的前因后果，还要他相信，这事仅仅用宝剑是不可能改变的。原来，在克里特岛上，住着一个叫弥诺陶洛斯的可怕妖怪，它部分像人，部分像公牛。一想起它那丑恶的样子，就令人厌恶——如果说真要让它存在的话，就应该让它生活在某个荒岛或某个黑暗的深深洞穴中，这样人们就不会因为看到它那可怕的样子而饱受折磨了。可是，统治克里特岛的国王弥诺斯，却仅仅因为恶作剧，花费大量的金钱为弥诺陶洛斯建造了一处住所，还无微不至地关心着它的健康和舒适问题。几年前的这个时候，雅典和克里特岛之间发生了一场战争，在这场战争中雅典人被打败了，被迫向对方求和。然而，残酷的弥诺斯却提出，除非雅典每年送七个少男和七个少女给他的这个妖怪宠物吃，否则就没有和平。这就是最后的结果。过去三年来，这个令人忧伤的灾难一直上演着。现在，充斥整座城市的哭泣声、呻吟声和尖叫声，都是悲哀的人们发出的。这个不幸的日子已经来临，要从许许多多的少男少女中挑选出那十四位不幸的人。大人们担心他们的儿女被选中，而少男少女们则害怕自己被选中，变成那个可恶的人形怪物贪婪胃肠中的美食。

听完这个故事，忒修斯立即站了起来，显得似乎比以往更高大了。他百感交集，愤怒、为难、勇敢、温柔和同情，一下子涌现在他的脸上。

“今年只选六个男孩，不要选七个，”他说，“我自己来充当这第七个，看看弥诺陶洛斯能不能把我吞下去！”

“我亲爱的儿子啊，”埃勾斯国王嚷道，“你为什么要去面对这么可怕的命运？你是王子，有权超脱于普通人的命运之外。”

“正因为我是王子，是您的儿子，有权继承您的王国，所以我才有责任负起您这些臣民的不幸，”忒修斯回答，“而您，我的父亲，是这些人民的统治者，有责任向上苍保证他们的福祉。如果可以免除那些最可怜的市民因失去儿女所受到的伤害，您即使献出自己最亲的亲人，也是值得的。”

老国王涕泗横流，恳求忒修斯不要在他老年时留下他孤身一人，特别是现在他刚刚拥有了一个善良勇敢的儿子，感到非常幸福。然而，忒修斯觉得他责无旁贷，因此决意不肯放弃这一决定。不过，他向父亲保证说，自己不会像一只绵羊一样，毫不抵抗地让弥诺陶洛斯吃掉。也就是说，如果弥诺陶洛斯想把他当晚餐吞下的话，肯定会有一场恶战。最后，由于他的坚持，埃勾斯只好同意让他去。于是，他们备好了一艘挂着黑帆的帆船，忒修斯和其他六个少年，以及那七个温存美丽的少女，一起来到港口，要登船而去。一群悲伤的群众陪着他们来到海边，可怜的老国王也来送行。他斜倚在儿子的臂弯里，看起来悲不胜悲，仿佛承受了全雅典所有人的悲哀。

忒修斯准备上船时，父亲想起，要对他说最后一句话。

“我心爱的儿子，”他抓住王子的手，说道，“你看，这条船的船帆都是黑色的，说实话，这也是理所当然的，因为这次航行注定是悲哀绝望的。唉，你看，我的身体越来越虚弱了，不知道能否活到这船返回的时候。但是，只要我还活着，就要每天爬到那座悬崖的顶上，看看海上有没有船帆出现。还有，亲爱的忒修斯，要是你能侥幸逃脱弥诺陶洛斯的利齿活着归来，就把这些不祥的黑帆撕掉，换上其他色彩鲜艳的风帆。看到鲜艳的风帆出现在海面上，我们就知道你胜利归来了，雅典人会以前所未有的庆祝节日的盛情欢迎你们。”

忒修斯答应了。于是大家上船，水手们将黑色的风帆对准风向，帆船轻轻驶离海岸。在这个忧郁悲伤的时刻，大家都不忍大放悲声，只轻轻地叹息着。帆船慢慢驶向了大海，这时突然刮起了一阵强劲的西南风，只见帆船欢快地在白色的浪峰上起伏前进，看上去像是前去执行一项最愉快的任务。虽然这件事情相当悲惨，但我还是想问问，在没有任何大人带领的情况下，这十四名少男少女，能否走过这段悲惨的旅途呢？我猜想，在克里特岛蓝色的群山还没有在远方的云彩中显露出来之前，在颠簸的甲板上，这些牺牲品也曾举行过几场舞会，也曾发出过一些开心的笑声，以及其他一些不合时宜的嬉戏声吧？说句实话，这样反倒使大家都变得勇敢起来。

忒修斯站在水手们中间，迫切地向陆地方向望去，然而那座小岛仍像云彩一样虚幻，只有岛上的群山若隐若现。有一两次，他自以为看到了某个明亮的物体——只见它光芒一闪，一缕光线越过波涛远远地投射过来。

“您看到闪光了吗？”他问船长。

“没有，王子。不过我以前见过。”船长答道，“我猜，那是从塔罗斯身上射过来的。”

海风吹起，船长忙着调整风帆，没工夫回答问题了。帆船向克里特岛前进的速度越来越快。这时，忒修斯惊愕地看到，有一个像巨人一样的人，正沿着小岛的边缘阔步走着。只见他从一座悬崖跨到另一座悬崖，有时竟从一座海岬跨上另一座海岬，而大海，就在他脚下翻腾咆哮。黑色的浪花涌上来，溅在这个巨人的脚上。更加惊人的是，每当阳光照在这个巨人身上时，他浑身便闪闪发光。在那巨大的脸庞上，也有一层光滑的金属，在阳光下熠熠生辉。而且，他身上穿的衣物，并不是可以随风起舞的织物，而是某种镶在肢体上的金属。

帆船越驶越近，忒修斯也越来越惊讶：那是一个巨人无疑，但不知道他到底有没有生命。虽然他在走动着，动作和人类一样逼真，但那步态却有点僵直，再加上他那黄铜色的外貌，这位小王子便怀疑他并非是个真实的巨人，而只不过是个奇妙的机器人。他肩膀上还扛着一根巨大的铜棒，看起来的确非常吓人。“这是什么怪物？”忒修斯向船长问道。这时船长已有空回答问题了。

“他就是铜人塔罗斯。”船长答道。“他到底是活巨人还是铜人？”忒修斯问道。

“说真的，这个问题，”船长答道，“也一直困惑着我。有人说，这个塔罗斯是由最优秀的锻造师傅赫菲斯托斯①为弥诺斯国王打造的，是个大铜人。可谁见过一个铜人能每天有意识地绕岛步行三次呢？而这个巨人，总是绕着克里特岛环行，还对驶近海岸的每一艘船只发出警告。但从另一方面来说，又有什么样的活人（除非他的肌肉也是用黄铜造的），会像塔罗斯一样，能在二十四小时内走上八百英

火神　赫菲斯托斯

① 赫菲斯托斯（Hephaestus），希腊神话中火与锻冶之神。

里呢？他像一架不知疲倦的机器，从不坐下休息一会儿。这是一个令人迷惑的怪人，您愿意怎么想就怎么想吧。”帆船继续颠簸着前进。现在，忒修斯能听到巨人走路发出的叮叮当当的黄铜声了。只见他双脚重重地踩在那些海浪拍打着的岩石上，有的岩石因不堪重负竟裂成了碎片，落进了翻滚的波浪中。船驶进港口时，巨人的脚从船上跨了过去，稳稳地踩着海岬的两端。他高高举起大铜棒，铜棒较粗的一端居然没在了云端里。

阳光照在它的金属外壳上，闪闪发光。他就这么可怕地站着，看那样子，接下来的动作似乎就是把大棒砰一声打下来，将这条小船打成千百块碎片。他不会顾及有多少无辜的生灵会因此毁灭，因为你们知道，巨人是很少有同情心的——更何况一个用黄铜打造的机械铜人呢。但正当忒修斯和他的伙伴们以为大棒就要打下来时，铜人的嘴唇却自动张开，说道：

“陌生人，你们是从哪里来的？”

当那洪亮的声音停止时，回荡在你耳边的，就像在一座大教堂里听到钟锤敲过之后，大钟轰鸣的回声一样。

“从雅典来的。”船长高声答道。“有何公干？”铜人声如雷鸣般问道。

他挥舞着大铜棒，比原先更加可怕，好像马上就要用雷霆万钧之力向船的中腰打下来似的——雅典和克里特岛才休战不久，发生这种事是可以理解的。

“我们带来了七个少男和七个少女，”船长说道，“是给弥诺陶洛斯吃的！”

“通过！”黄铜巨人叫道。

每说一句话，巨人胸膛里就轰隆作响，仿佛一阵雷鸣。帆船在两座海岬间悄悄地滑进了港口，巨人则继续巡行。不久，这个不同寻常的哨兵便走远了。在远方的阳光下，只见他闪着金光，迈着巨大的步幅，绕着克里特岛走着——这是他永不完结的任务。

进入港口不久，弥诺斯国王的一队卫兵便来到海滨，接收了这十四名少男少女。全副武装的战士包围了忒修斯王子和同伴们，然后领他们到王宫去见国王。弥诺斯是一个严酷无情的国王。如果说那个守卫克里特岛的巨人是铜造的话，那么，这个统治铜巨人的君王的胸膛里，一定有一颗比铜人更硬的心，简直是铁石心肠。他浓眉紧皱，看着这些可怜的雅典牺牲品。如果换作其他任何一位君王，目睹这些温柔美丽、亮鲜活泼的少男少女，看到他们那副天真无邪的样子，一定会觉得，如果不把他们放了，让他们像夏天的风儿一样自由，自己坐在君王宝座上，一定会如坐针毡。但这个十恶不赦的弥诺斯国王关心的，只是这些少男少女长得是否足够肥嫩，能否合弥诺陶洛斯的胃口。至于我，我倒希望他自己成为唯一的牺牲品，而那个怪物也会觉得他是一份肥美的食物。

弥诺斯国王把这些吓得面色苍白的少年和啜泣的少女，依次叫到踏脚凳边来，用权杖在他们的肋上戳戳（看看他们是否长得肥嫩），便对卫兵点点头，把卫兵解散了。但当国王的目光落在忒修斯身上时，发现他的脸色显得又平静又勇敢，便用更认真的目光打量着他。

“小伙子，”他声调严厉地问道，“你不怕被可怕的弥诺陶洛斯吃掉吗？”

“为了那个崇高的理想，我甘愿献出自己的生命。”忒修斯答道，“因此，我觉得很放松很快乐。但是你，弥诺斯，年复一年地犯着同样的错误，把七个无辜的少年和七个无辜的少女送给那妖怪吃，难道你不觉得寒心吗？邪恶的国王，用你那明亮的眼睛看看你的心，难道不会颤抖吗？我要当面告诉你，你这个身着王袍，坐在王宫宝座上的弥诺斯，是一个比弥诺陶洛斯更可怕的怪物！”

“啊哈！你是这么看我的吗？”国王狞笑着嚷道，“明天吃早餐的时候，你就有机会判断哪个是更可怕的怪物了，是弥诺陶洛斯呢还是本国王！卫兵，把他们都带走。让弥诺陶洛斯先吃这个口无遮拦的少年。”

我刚才没来得及告诉你们，在国王宝座旁边，还站着他的女儿阿里阿德涅[①]。她是一位美丽善良的少女，此时，正怀着与那位铁石心肠的弥诺斯国王完全不同的感情，看着这些可怜的不幸俘虏。这么多正处于生命花季的少年男女，就这样毫无必要地被怪物吃掉，许多人的幸福会因此而毁掉。一想到这，她不禁悲从中来，悲泣难忍。完全可以用一头肥牛或一头肥猪来代替他们呀！她见这位勇敢英俊的忒修斯王子，竟能这么平静地面对如此可怕

① 阿里阿德涅（Ariadne），国王弥诺斯的女儿，她给了忒修斯一个线团，帮助他走出迷宫。

的危险处境，便生出了更多的悲悯之情。此时，卫兵正要把他带走，她忽然扑在国王的脚下，恳求他释放所有的少年，特别是这个年轻人。

“别说了，傻姑娘！”弥诺斯答道。

“你想干什么傻事呀？这是一项国策。还是把你那微弱的同情心远远丢开吧。去给你的花儿浇浇水，不要再想这些雅典胆小鬼的事了。弥诺陶洛斯会把他们当早点吃掉，就像我晚餐时吃掉一只鹌鹑一样。”

国王一边说着，一边露出残忍的凶相，好像即使没有弥诺陶洛斯，他也要亲自把忒修斯和所有俘虏都吃掉一样。他听不进别人的话，让人带走了这些囚犯，把他们关进了一座地牢。看守地牢的狱卒劝他们要尽快睡觉，因为弥诺陶洛斯的早餐时间总是很早。很快，那七个少女和那些少年便啜泣着入睡了，只有忒修斯没睡。他认为自己比同伴们更聪明、更勇敢、更有力量，因此有责任保护他们、挽救他们的生命。在这紧急的关头，他应该想办法拯救他们，所以就一直没睡，在地牢里来回走动着。

半夜时分，地牢的门轻轻打开了，只见温柔的阿里阿德涅手举火把出现了。

“忒修斯王子，您没睡吧？”她低声问道。

“是的，”忒修斯回答，“反正活不了多久了，我不想把这点时间浪费在睡眠上。”

“跟我走吧，”阿里阿德涅说道，“脚步放轻点。”

至于那个狱卒和卫兵哪里去了，忒修斯并不知道。最后，阿里阿德涅打开了所有的门，领着他走出黑暗的地牢，走进了敞亮的月光下。

“忒修斯，”少女说，“您现在可以登上帆船，驶回雅典去了。”“不！”年轻人说，“除非我能先杀死弥诺陶洛斯，救出我可怜的伙伴们，取消这项对雅典来说极其残忍的进贡要求，否则，我是决不会离开克里特岛的。”

“我就知道您会这么做，”阿里阿德涅说，“那么走吧，跟我来，勇敢的忒修斯。这是您的宝剑，是卫兵从您身上夺走的，您会用上它的，愿上苍保佑您好好地使用它。”

于是，她领着忒修斯，来到一片黑暗的树影森森的小树林。在这里，树冠挡住了月光，根本照不到他们足下的林间小路。穿过这座暗黑的小树林后，他们来到一堵高高的大理石墙前。石墙上长满了爬藤植物，使石墙显得有点蓬头垢面。这座石墙似乎没有门，也没有窗子，它高高耸立着，显得那么高傲、魁伟、神秘。正如忒修斯所见，看来这墙既翻不过去，也钻不过去。这时，只见阿里阿德涅伸出一根温柔的小手指，在一块大理石上轻轻按了一下，这块跟其他石头一模一样的石头竟露出一个缺口，正好能容他们两人通过。他们爬过石墙，那块大理石又恢复成原来的样子。

“现在，”阿里阿德涅说，“我们面前是著名的代达罗斯[①]迷宫。这是代达罗斯为自己建的，那时他还没造出翅膀，还没像鸟儿一

① 代达罗斯（Daedalus），据希腊神话记载，他是建筑师和雕刻家，为克里特国王设计建造了克里特岛上的迷宫。

样飞离我们这个海岛。他是个能工巧匠，但在他所有巧妙的发明中，这座迷宫最为奇妙。只要我们从入口走进几步，就可能一生都徘徊其中，再也找不到回头的路。弥诺陶洛斯就住在这座迷宫的中央，忒修斯，您必须到那里去找它。”

“可我怎么才能找到它呢？”忒修斯问道，“如果这座迷宫真如您说的那样，我会迷路的。”

正说着，他们便听到一阵粗野的、听来令人憎恶的吼叫声，很像一头凶恶公牛发出的，但又有点像人声。忒修斯甚至觉得，这吼声中分明有人类语言的意味。因为声音离得比较远，他的确分不出是更像公牛的吼声呢，还是更像人类刺耳的叫声。

“这是弥诺陶洛斯的叫声，”阿里阿德涅低声说道。她紧紧地抓住忒修斯的手，另一只手按住自己狂跳的心，“您应该循着这声音，通过迷宫绕来绕去的弯道。一步一步地来，您会找到它的。等一下！抓住这个线团的末端，我抓住另一端。要是您打胜了，丝线就会引您再回到这儿来。再见，勇敢的忒修斯。”

于是，年轻人用左手抓住线团的一端，右手握住黄金剑柄，准备随时拔剑出鞘。他勇敢地踏进了那座深不可测的迷宫。我说不清这座迷宫是怎么建成的，但这样巧妙的设计，在这世界上真是前所未有，从未见过。除了它的设计者代达罗斯的脑子和人类的心脏，世界上可能再也没有像它这样复杂的东西了。说实话，人类的心脏要比克里特岛的迷宫更神秘复杂十倍。忒修斯还没走出五步，就看不见阿里阿德涅了；而五步之后，他的脑子里就变得乱糟糟的。但他还是继续走着，一会儿爬过低矮的拱门，一会儿踏上一级级的台阶，一会儿走进一条拐弯抹角的过道，然后又进入另一条拐弯抹角的过道；有时一扇门会在他面前打开，有时另一扇门又在他身后重重地关上，直到他觉得四周的墙都在绕着他旋转，弄得他也跟着一起转了起来。就在他走过这些真真假假的路径时，时而觉得离弥诺陶洛斯越来越近了，时而又觉得距它越来越远，只听到弥诺陶洛斯的叫声四处回响。这声音是那么凶恶，那么残忍，那么难听，那么像公牛的叫声，同时又那么像人的声音，或者说两者兼而有之。他觉得，无论是对月亮、对天空，还是对我们亲爱而单纯的地球母亲来说，这个声音都是一种侮辱。这样的怪物，是无权活在人世间的。所以，每走一步，忒修斯那勇敢的心就变得更加严肃、更加愤怒、更加坚毅。

他继续往前走去。此时，乌云遮住了月亮，迷宫里变得朦胧阴暗，忒修斯再也辨不出路了。也许他已经完全迷了路，只好不抱希望地又走向一条笔直的小路。然而每时每刻，他都能感觉到手里的丝线在轻轻地动着。他知道，那个好心的阿里阿德涅还握着丝线的另一头，还在替他担心呢。她对他满怀希望，给了他那么多的同情，就像在他的身边一样。啊，真的！我敢向你们担保，有一股非常强烈的人类的同情心，正沿着这根柔弱的丝线传递过来。于是，他继续循着弥诺陶洛斯可怕的吼声，向前走去。每走入一条新的曲曲折折的小路，都觉得那吼声越来越大。接着，那声音大到极点，忒修斯以为自己已经来到它身边了。最后，在一片开阔地，也就是迷宫的中央，他终于看到了这个可怕的畜生。

应该说，它是一个丑恶的妖怪！虽然除了头上那两只公牛角，它身上其他地方都不像公牛，但总体看起来却非常像一头公牛，因为它步子蹒跚，和公牛走路一模一样。不过，要是你碰巧在另一种情况下看到它的话，它又似乎完全是一个人，是一个非常凶恶的人。然而眼前的它，只不过是个可悲的生物而已——它活在世上，只会干坏事，没有社交、没有友伴、没有配偶，根本不知道友爱为何物。忒修斯看着它，禁不住发起抖来，他憎恶它，但又觉得它有点可怜。不过，越觉得它可怜，就越觉得它是个可憎可恨的畜生。此时，它继续以一种目空一切的狂怒姿态，大步走来走去，继续发出半人半兽的狂呼怒喊。忒修斯听了一会儿，终于听懂了弥诺陶洛斯的意思。原来，它是在自言自语，说它是个很可怜的人，它非常饿，非常憎恨人类，非常渴望把活人吞下肚子里去！

啊！这个牛头恶魔！啊，我善良的小读者们，你们也许会明白，在我讲故事的这些日子里，每个容忍任何邪念掺入自己善良的天性并让它停留在那里的人，其实都是弥诺陶洛斯。他们与友为敌，最终将像这个可怜的怪物一样，自绝于全体善良的同类。

难道忒修斯害怕了吗？什么话，决不！我亲爱的听众，即使弥诺陶洛斯长得不是一个牛头而是二十个牛头，像忒修斯这样的英雄也不会害怕的。无论如何，我更偏向于认为，像他这样勇敢的人，在这种危险的时刻，信心反而会更足。此时此刻，他觉得那根仍抓在左手里的丝线，更剧烈地抖动起来，仿佛阿里阿德涅正把全部的力量和勇气都传递过来了。每当这力量传来的时候，即便很小，他似乎也能把它变成双倍的动力。坦诚地说，他需要

她全部力量的支持，因为此时，弥诺陶洛斯突然转过身来，看到了忒修斯。它立刻低下长着尖角的牛头，像一头发疯的公牛一样，准备冲向它的敌人。与此同时，它又发出一声巨吼，其中似乎夹杂着一些人类的语言，但这声音通过它那可怜而狂怒的咽喉时，却又全部变成含混不清的吼叫声了。

因为弥诺陶洛斯的角比它的脑袋更好使，也比它的舌头更好用，所以忒修斯只能根据它的姿势来推测它的想法。它似乎想说："啊，倒霉的人！我要用双角把你挑起来，抛上五十英尺[①]的高空，在你跌下来时把你吃掉。"

"那就来吧，试试看！"这就是忒修斯的全部回答。他很有雅量，不想用傲慢的话语去刺激敌人。

双方再没有更多的言语。于是，开天辟地以来，一场最可怕的战斗在忒修斯和弥诺陶洛斯之间发生了。最初，那个妖怪用头撞向忒修斯，但只因毫厘之差没有撞中，而是撞到了那堵石墙上——如果没有这个误差，我真不知道事情会有个怎样的结局——但因这一点误差，它忍不住大发雷霆，咆哮起来，震得迷宫的部分石墙崩塌下来。克里特岛的所有居民，还以为这咆哮声是暴风雨的雷声呢。由于恼羞成怒，它竟用一种非常可笑的步法绕着空地团团急转起来，即便在很久之后，忒修斯一想起这个情景，还是会哈哈大笑。接着，这两个死对头便站在那里怒目相视，宝剑对着双角，又对峙了好一会儿。最后，弥诺陶洛斯向忒修斯猛冲过去，左角擦到了他的左肋，把忒修斯带翻在地。它以为自

① 1 英尺约等于 0.3 米。

己的尖角已经刺中了忒修斯的心脏，于是向空中一跃，张开血盆大口，准备咬下他的头。不过，忒修斯此时已经跳了起来，一把抓住那个怪物并把它身上的护甲剥落。他用尽全身的力气，一剑挥去，正好砍中它的脖子，于是那颗牛头与它的人身脱离，蹦到六码[①]之外，跌落在平地上。

战斗结束了。顷刻间，明亮的月光又笼罩了大地，好像世界上所有的烦恼、困扰人类生活的一切邪恶和丑陋都永远地消失了。当忒修斯倚剑喘息的时候，觉得丝线的另一头又抽动了一下——他左手一直紧抓着这根丝线，即使在这场可怕的遭遇战正在进行时，也是如此。他急切想让阿里阿德涅知道他的胜利，便顺着这根丝线的引导往回走，很快便发现自己已回到了迷宫的入口。

“你已经成功地杀死了那个妖怪。”阿里阿德涅紧握双手叫道。“谢谢您，亲爱的阿里阿德涅，”忒修斯答道，“我胜利归来了。”

“那么，”阿里阿德涅说，“我们必须赶快把您的朋友们集合起来，天亮之前必须上船。天亮时要是我父王发现你们还在这里，他一定会替弥诺陶洛斯复仇的。”

闲话少说，他们唤醒那些可怜的“贡品”，忒修斯把他所做的一切都告诉了他们，并告诉他们必须在天亮之前返航回雅典去。这些少年少女简直不敢相信，几乎以为这不过是一个快乐的梦。大家急忙上了帆船，登上甲板，只有忒修斯王子还逗留在海岸上，紧紧地握着阿里阿德涅的手。

① 1 码约等于 0.91 米。

“亲爱的公主，”他说，“您还是跟我们一起走吧。您是一个非常温存可爱的孩子，可却有一个像弥诺斯这样铁石心肠的父亲。他对您的关心，还比不上一块花岗石对长在它缝隙间的花儿的关心。我的父亲埃勾斯国王，还有我的母亲埃特拉，以及雅典所有父母亲和男孩女孩，都会把您当成他们的恩人，爱护您、尊敬您。再说，要是弥诺斯知道了您做的事，他会非常愤怒的，您还是跟我们一起走吧。”

唳，有些卑鄙小人，他们在假模假式地讲述忒修斯和阿里阿德涅的故事时，曾厚颜无耻地说，这个可敬的公主，当时真的跟那个被她救了一命的陌生人一起逃走了。他们还说，在返航回雅典的半路上，忒修斯王子（他也许会比世上最卑鄙的人死得更快）忘恩负义地把阿里阿德涅抛弃在一座孤岛上。不过，要是高贵的忒修斯听到这些荒诞故事的话，一定会像对待弥诺陶洛斯一样对待这些造谣的作者！当勇敢的雅典王子恳求阿里阿德涅跟他一起走的时候，她是这么回答的：

“不，忒修斯，”公主按着他的手，后退了一两步，说道，“我不能跟您走。我父亲老了，除我之外，没人爱他。您知道的，他心肠很硬，但若失去我，他会心碎的。开始时，弥诺斯国王肯定会生气，但很快他就会原谅他的独生女儿的。之后，他会慢慢高兴起来的。我知道，从此雅典不必再送少男少女来给弥诺陶洛斯吃了。我救了您，忒修斯，既是为了您，也是为了我的父亲！别了！愿苍天保佑您！”

她用一种既甜蜜又庄严的声音说了这些纯洁的心里话，忒修斯羞红了脸，再也不敢劝她。至此，他已没有什么可留恋的，便亲切地与阿里阿德涅告别，登上帆船出发了。

他们的船乘着微风，驶出了港口。白色的浪花拍打着船头，不久船儿驶远了。此时，那个永不停歇的哨兵——黄铜巨人塔罗斯，正好又向这段海岸走来。照在他光滑表面上的月光反射过来，他们由此认出了他。这时，他距离船还有很远的一段距离。当这个铜人像机器人一样迈着不紧不慢的巨大步伐来到港口的时候，他们的船正好驶远了，他手里的大棒已经打不到船了。于是，按照塔罗斯的习惯，他从一座海岬跨到另一座海岬，企图追赶上去，痛击那条小船。可他走得太急，竟翻身跌倒在海里。他巨大的身躯激起了高高的浪花，就像一座冰山翻了个身似的。现在他仍躺在那里。要是有谁想发点铜财的话，最好带着潜水钟（一种早期的潜水器）前往那片海域，把塔罗斯打捞出来。

在回家的航程中，十四名少男少女个个精神焕发，那情形你们不难想象。他们把大部分时间都花在跳舞上，除非遇到打横吹过来的风把甲板吹得太倾斜了，他们才会停下舞步。后来，他们能看到艾提卡海岸了，那里就是他们的祖国。可是在这里——我悲痛地告诉大家——却发生了一件不幸的灾难。

你们也许还记得，忒修斯的父亲埃勾斯国王曾嘱咐过儿子（不幸的是，他完全忘记了），要是他打败了弥诺陶洛斯胜利归来，要把船上的黑色风帆，换成色彩鲜艳的彩色风帆。然而，处于胜利喜悦中的孩子们，正沉浸在运动、跳舞和其他游戏中。这些年轻人只知消磨时间，从未关注过他们的船帆到底是黑色的、白色的还是彩虹色的——事实上，他们把这件事完全托付给了水手们，根本不管他们升的是什么颜色的风帆。于是，这条船就像一只乌鸦一样，展开黑色的翅膀飞出去，又展着黑色的翅膀飞回来了。一天比一天年老体衰的可怜的埃勾斯国王，日复一日地爬上一座悬崖的顶端，坐在那里俯瞰着海洋，守望着忒修斯的归来。不久，他看到那些不幸的黑色风帆又出现在了海面上，于是得出结论：他所深爱并为之骄傲的儿子，已经被弥诺陶洛斯吃掉了。他再也活不下去了，于是把王冠和权杖丢进海里（如今，它们对他来说不过如两件玩具），接着便弯腰向前，头朝下栽下悬崖，跌到海里淹死了。他那可怜的灵魂，随着翻腾的波浪沉浮而去！

对忒修斯王子来说，这真是一个悲哀的消息。当他踏上祖国的海岸，发现自己竟成了本国的国王时，他不知如何才好。这样的命运转折，足以让任何一个年轻人感觉沮丧。不过，他还是派人把他亲爱的母亲请到雅典来，并在管理国家事务时，采纳了很多她母亲的建议，他成了一位深受子民热爱的优秀君主。

小人儿国①

很久很久以前，当时地球上到处都有奇迹出现。有个土里生土里长的巨人，名叫安泰俄斯，还有千千万万土里生土里长的奇怪的小人儿，他们全都叫小矮人。这个巨人和这些小矮人都是同一个母亲的孩子（也就是说，我们的地球老祖母是他们的妈妈），他们是同胞兄弟姐妹，都一起友爱地住在遥远而炎热的非洲中部。那些小矮人非常小，由于他们与其他人类之间有许多沙漠和高山阻隔着，所以人们在一百年里也难得见到他们一次。至于那个巨人，因为他身材非常高大，是很容易见到的，但为了安全起见，还是不见为妙。

我想，在小矮人中，如果有长到六或八英寸高的，便会被认为是大高个了。他们的小城市很漂亮，街道只有两三英寸宽（还铺着最小的鹅卵石），房屋像松鼠笼一样小。位于广场中央的王宫

① 本文原题 The Mygmies，译为“俾格米人”，是一种矮小的人种，身高不满五英尺，分布在中非、东南亚、大洋洲及太平洋部分岛屿。但本文故事中的 Mygmies 显然不是这种俾格米人，因为他们的身高只有俾格米人的十分之一，故译为“小矮人”。

要算最高大的建筑物了，但充其量也只有长春花的育婴室那么大，用我们壁炉前的一块踏脚地垫，就几乎可以把这座广场盖住。他们最重要的神庙，或者说大教堂，就像一个高高的衣柜，看起来非常庄严华丽。所有这些建筑物的材料既不是石头，也不是木头，而是鸟儿搭巢时用的那种材料，小矮人的工匠们用许许多多诸如稻草、羽毛、蛋壳和其他的小东西，用黏土代替灰泥，把它们巧妙地黏合起来。等炎热的阳光把它们烤干的时候，就成了小矮人想要的又暖和又舒适的房子了。

这个小王国坐落在野地里，出入很是方便，其版图充其量也就如甜羊齿的花圃那般大小。小矮人在这片领地里种植小麦和其他的谷物，当这些谷物长大成熟的时候，它们就像遮蔽着我们的松树、橡树、胡桃树和栗子树一样，也遮蔽着这些小人儿。他们也像我们在林地里散步一样，在这些谷物下面散步，到了收获的时节，他们就像我们的伐木者在森林里清理林地一样，带着他们的小斧头把谷物砍倒。如果有一根带着沉重麦穗的麦秆倒下来，碰巧砸在一个倒霉的小矮人身上的话，便是一起非常不幸的事故了。我敢断定，即使没把他砸得粉身碎骨，至少也一定会使这个可怜的小家伙脑袋开花。啊，我的小明星们！要是这些为人父母的小矮人是那么小的话，那他们的小孩和婴儿会小成什么样子呢？他们一家人可以在我们的一只鞋子里睡觉；也可以爬进一只旧手套里，在拇指和其他手指之间玩捉迷藏的游戏；还可以把一个刚满周岁的婴儿藏在一枚顶针下面。

就像我前面说的那样，这些有趣的小矮人，有一个巨人邻居和兄弟，如果可以比较的话，这个巨人要比这些小人儿大多了。他非常高大，手里总是拿着一截直径八英尺的松树树干当拐杖。我敢向你们保证，一个远视眼的小矮人，要是没有望远镜的帮助，是看不到巨人头顶的；有时在多雾的日子里，他们甚至看不到他的半中腰，只能看到他的两只脚在他们身边走过。在天气晴朗的中午，太阳光照亮了他的全身，巨人安泰俄斯才露出他壮观的真面目。他站在那里，俨然一座人山。之后，他那巨大的面庞上浮出笑容，那只巨大的独眼（这只眼睛像马车轮子一样大，位于额头正中央）向下望着他的小兄弟们，那友好的目光，投向了全体小矮人。

小矮人们喜欢跟安泰俄斯交谈。每天有五十次，他们中总会有一两个人爬到巨人的头顶，用双手合成话筒，对他叫喊道：“喂，安泰俄斯老兄！我的好兄弟，您好吗？”当这个小亲戚的尖叫声传到巨人的耳朵时，他就会答道：“我很好，小矮人弟弟，谢谢你。”他声如雷鸣，幸亏距离遥远，否则会把小人儿们最坚固的神庙震倒。

安泰俄斯很乐意成为小矮人们的朋友。他小手指的力量，比一千万个小人儿加在一起的力量还要大。要是他像对其他人一样发起脾气来，一脚就可以立刻把小人儿们最大的城市踏平，而他自己可能还毫不觉察；他呼一口气，就可能掀翻一百座民房的屋顶，把成千上万的小居民卷到空中；他的巨足可能踩到人群，当他重新抬起脚的时候，不用说那景象必定是惨不忍睹的。但是，作为地球母亲的儿子，他们都是平等的。巨人像兄弟一样对待小人儿们，用他所能给的最大的爱去爱这些渺小的生灵。而那些小矮人，也用他们小小的心所能容纳的最多的爱去爱安泰俄斯。安泰俄斯时刻准备用他的力量，替他们做些好事。例如，当小人儿们希望有风来推动他们的风车时，巨人便会吸一大口气，然后再呼出来，这样所有的风车都转起来了；阳光太热时，他往往会坐下来，让自己的影子挡住这个王国的领地。至于其他的事，他就让他们自己去做。由小矮人管理自己的事务，这相当聪明——毕竟，这正是巨人能为小人儿做的最好的好事。

闲话少说，如上文所述，安泰俄斯爱小矮人，小矮人爱安泰俄斯。巨人的寿命如他庞大的身躯一样，非常长寿；而小矮人的寿命则很短，活不了几年。因此，他们之间友好的交流已经维持了无数世代，这些都记录在小矮人的历史档案中，也出现在他们的古老传说中。如今，那个最受尊敬的白发苍苍的小矮人，从小就听说，在他的高曾祖父活着的日子里，这个巨人就是他们的朋友了。说实话，只有一次（在这场大灾难的发生地，竖立着一块方尖石碑，上面的铭文记载了一切），安泰俄斯曾一屁股坐在五千名正在进行军训的小矮人身上。不过，这只是那些不幸事件中的一件，并没有人该为此受到谴责。所以，那些小人儿从不把这事放在心上，他们只要求巨人以后小心些，在他准备蹲到地上去的时候，先仔细检查一下他要坐下的地方有没有人。

设想安泰俄斯站在小矮人中间的样子是件很有趣的事。安泰俄斯就像世界上最高的大教堂的尖顶，而小矮人则像在他脚下奔跑着的蝼蚁；再想一想，尽管他们的个子大小不同，但他们之间的爱心和同情心却是一样的！说真的，我总觉得，这个巨人需要这些小人儿，似乎更甚于小人儿们需要巨人。因为，要不是有小人儿们这些邻居，要不是他们会时不时地求助于他，并跟他一起玩的话，安泰俄斯在这个世界上可能连一个朋友也没有，因为像他那样高大的巨人还没创造出来。从来没有一种体形与他一样庞大的生物，和他面对面地用像雷鸣一样的声音交谈过，他很孤单。他站在地上，头没在云端里，已经这样站了千百万年，可能还要这样子一直站下去。即使安泰俄斯能碰到另一个巨人，他也许会认为，这个世界容不下两个像他们这样大的巨人。因此，他们不仅不能成为朋友，可能还会打起来，斗个你死我活。但跟小矮人在一起时，他却是个最乐观幽默、心情最愉快、脾气最温和并用潮湿的白云洗脸的老大人。

他的小朋友们，正像其他的小人儿一样，也都认为自己的存在对巨人很重要。因此，在巨人的面前，他们习惯于以恩人自居。

“可怜的人！”他们议论道，“世上就他自己一个同类，活得真累啊！我们不妨浪费一点宝贵的时间去逗逗他。说实话，他活得没有我们一半快活，所以他需要我们的照顾，这样他才能感到舒适和快乐。我们对这个老家伙和气点吧。啊，要是地球母亲没有对我们特别仁慈的话，也许我们也会全都变成巨人呢！”

小人儿们度假的时候，便跟安泰俄斯一起做些有趣的游戏。安泰俄斯常常伸展四肢躺在地上，看起来就像一座绵延的小山脉。对于脚短腿短的小矮人来说，毫无疑问他们要从巨人头部走到脚部，少说也要花上一个钟头。巨人会把大手平铺在草地上，向身材最高的小矮人发起挑战，要他们爬上他的手掌，并从一只指尖跳到另一只指尖上去。他们都显得那么英勇无畏，敢于在他的衣褶之间爬来爬去。当他枕在地上的头偏向一边的时候，他们便会大胆地爬上去，偷偷溜进那只像巨洞一样的嘴巴的深处，跟他开开玩笑（事实上也是开个玩笑）。安泰俄斯会突然合起嘴巴，好像马上就要把五十个小矮人一口吞下似的。看到小矮人的孩子们在他头发里钻进钻出捉迷藏，或者抓住他的胡子荡秋千的样子，你们一定会哈哈大笑的。他们跟这位大朋友玩的有趣的游戏，真是难以尽述。不过，我不知道有什么游戏，会比一群男孩在他额头上赛跑更有趣：他们绕着他那只巨大的独眼赛跑，看谁最先跑完一圈；他们喜欢的另一项运动，是沿着他的鼻梁前进，然后跳到他的上嘴唇。

要是非要说点真话，他们有时候也像一大群蚂蚁或蚊子似的，给巨人惹下麻烦。比如，他们喜欢恶作剧，喜欢用小剑啊、长矛啊刺他的皮肤，看看这皮肤到底有多厚、有多硬。虽然安泰俄斯一向非常和气，不过有一次他就要睡着了，他们还这么做，他这才埋怨了一两声，嘀咕着问他们的胡闹到底有完没完。对小矮人来说，这着实像一阵暴风雨。总之，大多数情况下，他只是看着他们玩乐嬉闹，一直到他那迟钝笨拙的才智被完全激发时，才发出一阵巨大的狂笑声。此时，所有的小矮人都会捂上耳朵，要不然就可能被震成聋子。

“啊！啊！啊！”巨人颤动着他山脉一样的身躯，说道，“身材矮小是多么有趣啊！如果我不是安泰俄斯的话，我倒喜欢做个小矮人，做做这种游戏也是好的。”

在这个世界上，矮人只烦恼一件事：从古至今，他们经常需要跟鹤作战。甚至这位长寿的巨人也记得这件事。这种战斗有时非常可怕，有时小人儿打赢，有时鹤打赢。按照一些历史学家的说法，小矮人出发去战斗的时候，总是骑在山羊和公羊背上，但像羊这样的动物，对小矮人来说未免太高大了，他们是骑不上去的。因此，我宁愿相信，他们是骑在松鼠、野兔、红雀，或者刺猬的背上去打仗的——刺猬的棘刺，对敌人来说是很可怕的。不管战争胜负如何，不管小矮人骑在什么动物的背上，我毫不怀疑，他们全副武装，带着剑和长矛、弓箭，吹着小喇叭冲锋陷阵喊杀的样子，看起来一定是非常吓人的。他们时刻牢记互相鼓励，英勇杀敌，以吸引世界对他们的注意。事实上，整个世界只有安泰俄斯一个旁观者。此时，他正用那只位于额头中央的愚蠢的独眼，观看着这场战斗。

双方战斗着。鹤拍打着翅膀，伸出长颈，向前冲击，有些小矮人便被它们拦腰叼在长喙上。每当这种事情发生的时候，那情景真是非常恐怖：只见那些小人儿伸开四肢在空中挣扎着，然后便消失在那只鹤弯曲的长颈中，被活活吞进喉咙里了。你们知道，小人儿英雄们必须控制住自己，时刻准备应付各种不幸的命运。毫无疑问，在他们看来，即使被吞进鹤的砂囊之中，也是一件光荣的事，是一种安慰。要是安泰俄斯看到他的小盟友很难有取胜希望的话，一般会停住笑声，跨出长达一英里的脚步跑过去帮忙。他挥动着手里的大棒，对着鹤群大声吆喝，吓得鹤们嘎嘎大叫，能跑多远就跑多远。于是，小矮人的军队凯旋。他们把胜利归功于自己的英勇善战和艺术的战争手法，以及那位恰巧担当军队的统帅的指挥策略。此后一段冗长的日子里，他们谈论着自己伟大的军队，其他什么事也不干；还举行庆功宴会，到处张灯结彩，并给那些著名的将领做了与真人一样大小的蜡像，进行巡回展览。

在上述战争中，如果哪个小矮人能拔下鹤尾巴上的一根羽毛，那么他帽子上就有权插上一根大羽毛。要是你们相信我的话，就得明白这个道理：在这个国家里，对小人儿们来说，他们认为带一根这样的羽毛回家，比当一两次国王更加光荣。

对于小矮人的英勇善战，以及他们和他们的祖先（没有人知道他们已经经历了多少世代）跟巨人安泰俄斯幸福地生活在一起的情况，我已经说得够多了。在剩下的故事中，我要向你们讲述小矮人与赫拉克勒斯之间一次最为惊人的战斗。

有一天，强壮的安泰俄斯正伸展四肢懒洋洋地躺在小朋友们中间，那根用松树做成的拐杖就摆在地上，紧靠在他的身边。他的头枕在这个王国的一个地方，而双脚却伸到王国边界外的另一个地方。他尽可能让自己躺得舒服些。而这时，小矮人们却爬到他的身上，窥视着他那只像巨穴一样的嘴巴，或在他头发间游戏。有时候，这个巨人会睡上一两分钟，发出像旋风一样的鼾声。就在他这样小睡片刻的时候，有个小矮人乘机爬上他的肩膀，就像站在山顶一样，瞭望着四周的景色。他看到在很远的地方好像有什么东西，于是赶忙擦亮眼睛，想仔细看看。起初，他误以为那是一座高山，心里还奇怪为什么地上突然冒出这座山来。可是不久，他就发现这座山一直在移动。它移得越来越近，突然变成一个人形。这人虽然没有安泰俄斯那么高大，但与小矮人和我们现在见到的人类相比，要高大多了。

等这个小矮人确信自己没看错后，便尽快跑到巨人耳边，弯腰俯在他耳洞上方，大声喊叫起来：

“喂，安泰俄斯老兄！快醒来，拿上您的松树拐杖。有一个巨人来与您决斗了。”

“噗，噗！”半睡半醒的安泰俄斯嘟囔着，“朋友，别瞎说了！你没看见我在睡觉吗？世上没什么巨人能烦劳我，让我从睡梦中起身。”

那个小矮人又看了一下，这次他看到，那个陌生人正笔直地朝卧在地上的安泰俄斯走来，距离越来越近了。看上去，他并不像什么蓝色的高山，而更像一个巨大无比的巨人。很快，他来到跟前，不用怀疑了，他就是一个巨人。他站在那里，阳光照耀着他金色的头盔，胸甲也闪着亮光；他腰挎宝剑，背上披着一张狮子皮，右肩上还扛着一根大棒，看起来比安泰俄斯的那根松树拐杖还要大得多。

这时，全国的小矮人都看到了这个新怪物，上百万的小人儿一齐叫了起来，汇聚成一阵像模像样的尖叫声。

“起来，安泰俄斯！打起精神来，你这个懒惰的老巨人！另一个巨人到这儿来了，他跟你一样强大，要跟你打一架呢。”

“胡说八道！”睡眼惺忪的巨人安泰俄斯发着牢骚，“我睡我的觉，谁要来就来吧。”

陌生巨人越来越近了。这时，小矮人们可以很清楚地看到，他的身材虽没有巨人安泰俄斯那么高，但肩膀却比安泰俄斯的要宽阔得多。要知道，那是一副怎样的肩膀哟！就像我前面讲过的，在很久很久以前，这副肩膀曾经扛过蓝天。那些比他们的大笨蛋哥哥聪明十倍的小矮人们，看着这个新巨人慢慢地走来，实在忍无可忍，便决定唤醒安泰俄斯。他们不停地对他高声叫嚷，甚至不惜动用利剑要把他刺醒。

“起来，起来，起来，”他们叫嚷道，“你快起来，懒骨头！这个陌生巨人的大棒比你的还要大，他的肩膀是世界上最宽阔的。我们觉得，在你们两人中，他的力气更大。”

即使小人儿们说别人的力气有他的一半大，安泰俄斯都不能容忍，这句话，比利剑给他的伤害更大。于是，他有点生气地坐起身，打了一个大大的呵欠，又擦擦眼睛，转过他笨笨的脑袋，向小矮人急迫指示的方向望去。

他一看到那个巨人，就立刻抓起拐杖跳起来，一步跨出一两英里，迎了上去。同时，他还呼呼作响地挥舞着手里的那根结实的松树拐杖。

“你是谁？”巨人安泰俄斯声如雷鸣，“你想在我的领地里做什么？”

我还没有告诉你们，安泰俄斯有一个神奇的秘密——要说一个笨人身上有这么多的怪事，你们可能会半信半疑。这秘密就是：

每当这个可怕的巨人的手脚或身体的其他部位接触到大地的时候，他的力气就会比原来变得更大。你们肯定还记得，大地女神是他的母亲，而且非常喜欢他，把他视为她最大的孩子，因此她用这个方法，让他时刻保持旺盛的精力。有些人断定，他每接触一下大地，力量会增加十倍；有的人则说只增加两倍。不过，即使增加两倍，也够惊人了！每次安泰俄斯散步的时候，就算只走十英里，他每跨出一步便是一百码，你们可以算算，看看他的力气到底会变得多大；而等他再坐下来时，再算算又比刚刚开始走动时的力量大了多少。每当他扑倒在地小睡一会儿的时候，甚至就在他立刻站起来时，他的力气也要比原来大上十倍。全世界都知道，碰巧安泰俄斯是个行动迟缓、喜欢懒散更甚于活动的人，如果他能像小矮人那样活蹦乱跳，像他们那样时常接触大地的话，他的力气早就大到足以把天空拉下来压到人们头上了。之所以说这些庞大粗笨的家伙生来就像一座座高山，不仅是因为他们体积庞大，还因为他们都讨厌走动的缘故。

除了安泰俄斯现在遇到的这个巨人之外，任何一个普通人，都会被安泰俄斯这个巨人凶恶的容貌和可怕的声音吓个半死。但这个陌生的巨人对此似乎毫不在意。他若无其事地举起大棒，在手里掂了掂，又用眼睛从头到脚打量着安泰俄斯，好像并不为他惊人的身材所动似的。他觉得这个巨人就如他以前见过的许许多多巨人中的一个，而眼前的这个绝不是他们中最高大的一个。事实上，要是这个巨人没有这些小矮人（他们正站在地上，睁大眼睛竖起耳朵观察着、谛听着，猜测着将会发生什么事情）做对比的话，他见了安泰俄斯也许会感到害怕呢。

“我问你，你是谁？”安泰俄斯又吼道，“你叫什么名字，为什么到这儿来？说话，你这个流浪汉，否则我就要用拐杖试试你的脑壳有多硬了！”

“你这个很没礼貌的巨人，”陌生的巨人平静地答道，“在我离开之前，可能要教你学点文明礼貌了。我叫赫拉克勒斯，之所以到这里来，是因为这条路是我到赫斯珀里得斯守护的花园①最方便的路了，我要到那里为国王摘三只金苹果。”

“胆小鬼，你走不了！也回不来！”安泰俄斯低下头，以更严厉的眼光看着他说道。因为他听说过赫拉克勒斯的名字，并因为听说他力大无穷而痛恨他。

“我倒要看看你怎么阻止我。”赫拉克勒斯说道，“我高兴到哪里去就到哪里去。”

“看我怎么用这根松树拐杖敲你。”安泰俄斯叫道。他怒目而视，让自己露出最丑恶的妖怪的凶相，“我的力气比你要大五十倍。现在，我脚踏大地，力气又要比你大上五百倍！杀死像你这样一个小矮人，我似乎觉得羞耻。我要把你掳过来，做我的奴隶。同时，你也会成为我这里的兄弟们——小矮人的奴隶。现在，扔掉你的大棒和其他武器吧，至于这张狮子皮，我打算拿来做一副手套。”

“既然如此，就过来把它从我肩膀上拿去吧。”赫拉克勒斯说着，举起他的大棒。

---

① 见前篇《三只金苹果》。

巨人龇牙咧嘴地迈动像高塔一样的身躯，向这个陌生人走去，每走一步，力气就增大十倍。他用松树拐杖狠狠地向对方头上打下去，赫拉克勒斯也举起大棒迎击。由于他的动作比安泰俄斯更加熟练灵活，反而一棍打在巨人头上，把这座庞大笨拙的人山打翻在地。那些可怜的小矮人平时做梦也想不到，世上竟有拥有和他们的兄弟安泰俄斯一半大力气的人，因此见状大吃一惊。不过巨人安泰俄斯刚一跌倒，马上又跳了起来，力气也陡增十倍，面目也变得更狰狞可怕。他对准赫拉克勒斯又是一棒，可是由于愤怒盲目乱打，这一棒还是打歪了，只打中了他可怜无辜的大地母亲，使她不禁呻吟战栗起来。他的松树拐杖来势凶猛，深深地插进了地里。还没来得及拔出，赫拉克勒斯的大棒就从他肩膀上横扫过去，给了他狠狠一击。这一棒打得安泰俄斯嗷嗷大叫，从他深不可测的胸脯里，发出了一阵令人难以忍受的尖叫声和轰隆声。这阵叫声，传遍了高山深谷，据我所知，甚至传到了非洲沙漠的另一边。

再说那些小矮人，他们的首都已被这阵空气的震荡和冲击夷为平地。安泰俄斯的吼声本来就够吓人了，再加上三百万小矮人的小喉咙发出的尖叫声，至少又把巨人的吼叫声增大了十倍。这时，安泰俄斯又从地上爬了起来，拔出插进地里的松树拐杖。只见他怒火中烧，带着比原先更加凶狠的力量，奔向赫拉克勒斯，又打了一棒。

“这一次，混蛋，”他叫道，“你逃不了了。”

但是，赫拉克勒斯又一次用大棒挡开了巨人的攻击，巨人的松树拐杖被击成了千百块碎片。这些碎片大部分飞进了小矮人中间，给他们造成了意想不到的严重伤害。安泰俄斯还没来得及摆脱困境，赫拉克勒斯又举起大棒，打了下来。这次虽然把他打得双脚朝天，可结果却又增加了他那已经大得惊人的力量。此时，他的独眼已变成一圈红色的火焰，他的怒火已超过世上任何一座炉灶中燃烧着的炉火。他互相撞击着紧握的两只拳头（每只拳头比一只大桶还要大），以此为武器，怒不可遏地跳上跳下；他又挥舞起巨大的双臂，好像不只要杀死赫拉克勒斯，还要把整个世界都击成碎片。

“来吧！”巨人声如雷鸣地吼道，“我一拳打到你的头上，你就永远不会头痛了。”

现在，赫拉克勒斯开始认识到（虽然他的力量相当强大，如我对你们讲过的，他曾经举起过蓝天），要是他总把安泰俄斯打倒在地的话，他是永远打不赢的——因为，每次他这样狠狠地把安泰俄斯打倒，这个巨人就会获得大地母亲的帮助，用不了多久，对方的力气就会变得比自己更加强大。于是，这位英雄丢掉那根他在多次可怕战斗中使用过的大棒，站在地上准备与对手徒手决斗。

“走过来，”他大声叫道，“因为我已经打断了你的松树拐杖，所以来试试摔跤吧，看看谁胜谁负。”

“啊哈！我很快就会让你满意，”巨人嚷嚷道，“坏蛋，我会把你摔到一个你再也爬不起来的地方。”要说他有一样武艺比别人更强而值得自豪的话，那就要算摔跤了。

安泰俄斯满腔怒火，单脚跳着迎上去，他每跳一步，就获得可以用来发泄怒气的新力量。

但是，你们也知道，赫拉克勒斯比这个傻瓜巨人更聪明些，他已想出了一个打败对手——一个大地生出的巨大怪物，尽管他有大地母亲的帮助——并征服他的方法。他看准机会，当这个疯狂的巨人向他冲过来的时候，赫拉克勒斯便用双手揽住他的腰，把他举了起来，高高地举过头顶。

亲爱的小朋友们，想想当时的情景吧：那个凶暴的巨人四肢悬在空中，脸朝下踢动着两条长腿，扭动着又笨又大的身躯，就像一个被父亲用双手举向天花板的婴儿。那是一种怎样的景象啊！最奇怪的事情发生了，一经脱离大地，安泰俄斯就失去了接触大地时获得的力量。赫拉克勒斯很快就觉察到，他这棘手的敌人正在变弱，挣扎和踢蹬的猛烈程度正在减弱，如雷鸣般的巨大吼声也变成了低沉的嘟囔。事实上，要是这个巨人不能在五分钟内接触大地母亲的话，他不仅会失去超人一等的力气，就连他的生命，都将离他而去。赫拉克勒斯已经猜到了这个秘密。我们大家也应该记住，万一我们不得不跟一个像安泰俄斯这样的家伙战斗的时候，也要好好利用这个秘密。这些生于大地的怪物，只有与大地接触的时候才会给我们造成麻烦，如果我们能设法把他们举起来，让他们完全脱离大地，他们就无能为力了。这个可怜的巨人证明（我对他真的有点同情），凡是用不文明行为对待来访陌生客人的人，都将自食恶果。

等安泰俄斯的力量和呼吸完全消失的时候，赫拉克勒斯把他庞大的身躯一扔，丢出大约一英里远。安泰俄斯重重地跌在地上，像一座沙丘一样一动不动了。现在，巨人的大地母亲已经帮不了他了。如果他巨大的骸骨至今还躺在那个地方的话，人们会把它错当成一只罕见大象的骸骨——这一点都不奇怪。

但是，我的天呀！当那些小矮人看到他们的巨人兄弟死去的惨状时，他们是多么悲痛啊！赫拉克勒斯是否听到他们尖厉的哭叫声了呢？事实上，他并没有注意，也许他把这种尖叫声，误以为是小鸟受到他和安泰俄斯战斗的惊吓而在巢里发出的惊叫声了。

事实上，他的心思完全集中在那个巨人身上，根本就没有看到这些小矮人，甚至，他根本不知道世界上居然还有一个这么有趣的小种族。此时，他已走了一段路。由于刚才的这场战斗，他觉得有点疲倦，便把狮子皮摊在地上，躺了上去，很快便睡着了。

小矮人一见赫拉克勒斯准备睡觉，便互相点了点头，眨了眨他们的小眼睛。当他们听到他深沉而有规律的呼噜声响起时，便知道他已睡熟了。于是，他们大量集结起来，把一个大约二十七平方英尺的地方全占满了。他们之中，有一位最有口才的雄辩家(他也是一位很勇敢的战士——虽然除了有一条如利剑般的舌头外，他并没有其他武器)，便爬到一株蘑菇上面，从这个高高的位置上，向群众演说起来。他的说辞很有煽动力，在每一次诸如此类的事件中，他都会发表类似的演说：

“伟大的小人儿国和强大的小人儿们！大家都已看到，一场灾难已经发生了，这对我们国家的尊严是一种极大的侮辱。在那边，躺着安泰俄斯——我们伟大的朋友和兄弟，他被一个卑鄙小人杀死在我们的领地之内了。这个小人利用他的弱点，用一种不论人类、巨人还是小矮人都不齿的方法，一种我们做梦也想不到的方法，跟他决斗（如果这能称为决斗的话）。这个卑鄙小人干了这件令人伤心的坏事之后，现在又傲慢无礼地安心睡着了，好像对我们的愤怒毫不在乎似的！同胞们，现在，时机到了，是时候要考虑我们在世界面前的地位了！是时候要考虑历史对我们做出的公平的裁决了！是时候要报仇雪恨了！”

“安泰俄斯是我们的兄弟，与我们一样同为一母所生，从她那里获得了肌肉、力量和勇敢的心。他是我们值得骄傲的亲戚，是我们忠实的盟友。他为了我们民族的权利和安全而牺牲，正如为他自己个人的权利和安全而牺牲一样。我们和我们的祖先跟他友好地生活在一起，世世代代都保持坦率、亲切的交往。你们应该还记得，国人是如何在他巨大的阴影下休息，孩子们是如何在他如灌木丛一样的头发中捉迷藏，他有力的脚步如何在我们中间亲切地走来走去，而从不会伤及我们的一根毫毛。如今，这位亲爱的兄弟，这位可爱的亲切的朋友，这位勇敢忠实的盟友，这位善良的巨人，这位无可苛责的、优秀的安泰俄斯，就躺在那里，死去了！死去了！不会说话了！没有一点力气了！变成一座肉山了！让我们的眼泪尽情地流吧！对，我看着你们的眼睛呢。即使我们的泪水把世界淹没，世界也不会责备我们的。”

“还有，我的同胞们，我们是为这个地球的远方来客，这个邪恶的陌生人而忍受战乱之苦，为他背信弃义的胜利而欢呼呢，还是迫使他把他的骸骨，和我们被杀害兄弟的骸骨，一起留在我们的土地上呢？也就是说，当一座骨架将留存下来，成为我们悲痛的永恒纪念碑时，另一座骨架也必将永远留下来，作为小矮人可怕的复仇的标志，向全人类展览！这就是问题之所在。我充满信心地把这个问题的答案留给你们——这个光荣是我们的民族应该得到的，我们的祖先已经把这个光荣传统留给了我们，它的分量只会增加而不会减少，因为在与鹤群的战争中，我们已自豪地证明了这一点。"

说到这里，一阵压抑不住的热烈欢呼声打断了他的演讲，每个小矮人都高呼道，即使要冒着各种风险，也要把民族的光荣传统保留下来。他点点头，做了一个请大家安静的手势，然后继续慷慨陈词、长篇大论：

"那么，我们只有一个选择，是决定以全民族之力继续这场战争，以团结的民族之力反抗一个共同的敌人呢，还是从那些在以往战斗中涌现出的勇士中选出一位，单独与这个杀害我们兄弟安泰俄斯的凶手进行决斗呢？若是采用后一种方法，虽然我自知在你们中有比我更有力量的人，但我还是不揣冒昧，要毛遂自荐来担负这个令人羡慕的任务。请相信我，亲爱的同胞们，不管我是生是死，这个伟大国家的荣誉，还有我们英勇的祖先遗留给我们的声望，都将不会在我们的手里丧失。决不，决不，决不——即使那只杀害伟大的安泰俄斯的血手，也会像杀害他一样，在我用生命捍卫的土地上把我杀害，也决不会丧失！"

说着，这个勇敢的小矮人拔出他的武器（他的长剑是一把像削笔刀一样长的刀片，令人望而生畏），并用剑鞘在群众头上挥舞着。他的演说赢得了一阵欢呼声，他的爱国精神和自我牺牲的精神理所当然应该得到这种赞扬。要不是酣睡中的赫拉克勒斯的呼吸——通俗地说就是打鼾声——干扰的话，这阵叫喊声和鼓掌声必会长久地持续下去。

最后，他们做出决定：小矮人全民共同消灭赫拉克勒斯。之所以做出这个决定，并不是因为对任何一位勇士拔剑出鞘的能力有什么怀疑，而是因为这个巨人是大家共同的敌人，所以每人都希望分享打败他的荣耀。接着他们便讨论起来：为了民族的尊严，是否要派出一位使者，手持喇叭站在赫拉克勒斯的耳朵旁边，向他的耳孔里大吹一阵，以此向他宣战？但是，有两位年高德劭、经验丰富、精通国家事务的小矮人，对此发表了他们的意见。他们认为，战争事实既已存在，他们有权对敌人进行出其不意的奇袭。况且，要是把他弄醒，让他重新站立起来的话，那么在动手之前，赫拉克勒斯可能已使他们受到了伤害。因为，按照几位顾问的说法，这个陌生人的棍棒是非常厉害的，它已经像雷电霹雳一样把安泰俄斯的脑袋打碎了。于是，小矮人决定把所有愚蠢的繁文缛节放在一边，立刻向敌人发起攻击。

于是，这个民族的所有战士都拿起武器，勇敢地向赫拉克勒斯冲去。这时，他仍躺在地上酣睡，正梦见小矮人对他造成微不足道的伤害：只见两万名拈弓搭箭的射手，正在他面前向他齐步走来；另两万名勇士奉命爬到赫拉克勒斯的身上，有的用铲子挖他的眼睛，有的则用一捆捆干草和各种各样的垃圾，塞进他的嘴巴和鼻孔里，企图捂死他。然而，后面这项措施看来似乎无法完成，因为这个敌人从鼻孔里呼出来的气息，犹如任性的飓风和旋风一样，把靠到近前来的小矮人一下子就吹到很远很远的地方。于是，他们幡然醒悟，觉得需要想一些其他方法来继续这场战争。

在举行了一次参谋会议之后，首领们便命令他们的队伍去收集木材、稻草、枯枝败叶，以及所有能找到的各种易燃材料，然后围着赫拉克勒斯高高的头颅堆积起来。由于有成千上万的小矮人来做这件工作，他们很快就收集到大量的可燃材料，堆成了高高的一堆。

小矮人站在这个燃料堆顶部，正好与那个睡觉的人的脸部持平。与此同时，射手们被安排在他们弓箭的射程之内，奉命在赫拉克勒斯的身体一有动作时，立刻发箭。一切准备妥当，有人拿来一支火炬，立刻把柴草堆点着了——要是这个敌人还躺着不动的话，大火便足以把他烤焦。你们知道，小矮人的个子虽然那么小，但他们跟巨人一样，也可以轻而易举地放一把火，让整个世界都燃烧起来。因此，这当然是他们对付敌人的最佳方法——要是在大火烧起来时，他们能让他躺着不动的话。

但赫拉克勒斯并没有被烧焦，因为大火点燃不久，他就带着着了火的头发跳了起来。

“这是怎么回事？”他带着睡意嚷道。他边说边环顾四周，好像希望看到另一个巨人似的。

这时候，那两万名射手立刻拉紧强弓，一支支利箭像许许多多只蚊子一样飕飕地飞了出去，直射向赫拉克勒斯的脸。不过我想，能有十几支箭射进他的皮肤就不错了，因为你们都知道，英雄的皮肤显然是很坚韧的。

“坏蛋！”所有的小矮人立刻嚷道，“你已经杀死了我们伟大的兄弟，我们国家的盟友安泰俄斯。我们要与你血战，要让你葬身此地。”

赫拉克勒斯对这么多像笛子吹出的尖叫声很是惊奇，他把头发上的大火扑灭之后，便放眼四顾，可什么都没看到。不过，他再仔细地瞧瞧地下，终于看到脚下有无数的小矮人集合在一起。他弯下腰，用拇指和食指挟起距离最近的一个小矮人，放在左手的手掌上，伸到眼前仔细观察起来。

这个小矮人正巧是那个站在蘑菇上面发表演说，并自荐单独与赫拉克勒斯决战的演说家。

“我的小伙伴，”赫拉克勒斯突然说道，“你们到底是怎么回事？”

“我是你的敌人，”这个勇敢的小矮人，用他最有力的尖叫声答道，“你已经杀害了我们的同胞兄弟，我们伟大国家世世代代的忠实盟友——伟大的安泰俄斯，我们决定把你处死。至于我自己，我要向你提出挑战，立刻进行公平的决斗。”

这个小矮人的大言不惭和好战的姿态，让赫拉克勒斯忍俊不禁。他大笑起来，笑声几乎把小矮人从手掌震落到地下，差点把这个可怜的小东西吓昏。

“说实话，”他大声说，“在此之前，我本以为我已见过许多怪物——有长着九个头的九头怪蛇，长着金角的牡鹿，长着六条腿的怪人，长着三个头的三头犬，还有肚里安着熔炉，什么都能消化的巨人。但在这里，在我的手掌上，站着一个比他们更怪的怪物！我的小朋友，你的身材大约是平常人一个手指那么大。请告诉我，你的灵魂有多大？”

“跟你的一样大！”这小矮人答道。

赫拉克勒斯被这个小人大无畏的勇气感动了，他不禁为他们的这种兄弟情谊而产生惺惺相惜的感慨。

“我善良的小人儿们，”他向这个伟大的民族深深鞠了一躬，说道，“我根本无意伤害像你们这样勇敢的伙伴！在我眼里，你们的心灵是那么伟大，它赢得了我的敬意。我很惊奇，在你们那么小的躯体里，怎么装得下这么博大的心呢！我心有诚意，祈求和平。我将后退五步，到第六步时，我将退出你们的王国。再见。我会小心翼翼地后退的，以免在不知情的情况下一脚踩死你们四五十人。哈！哈！哈！啊！啊！啊！这是平生第一次，我赫拉克勒斯主动认输。”

有的作家说，赫拉克勒斯用他那张狮子皮，把这个小矮人民族的人全部包起来带回了希腊，供尤利修斯国王的孩子们玩耍。不过，这个说法是错误的。他离开了他们，一个不少地让他们留在自己的国家里。

我敢肯定，他们的后代子孙今天仍然生活在那里，继续建造他们的小屋，耕种他们的小片田地，抚拍着他们的小孩子，并跟

那些鹤群发生小规模的战争，做他们的小生意，做一切他们原来可能会做的事情。

他们还会研读他们古老的历史。在这些历史书里，肯定记录着这段史事：许多世纪以前，英勇的小矮人为替伟大的安泰俄斯报仇，竟把强大的赫拉克勒斯吓跑了。

龙牙勇士

阿革诺耳国王的三个儿子卡德摩斯、福尼克斯、喀利克斯和他们的小妹妹欧罗巴（她是个非常漂亮的女孩），正一起在父亲的腓尼基王国海岸边玩耍。他们从父母居住的宫殿一路走来，现在已来到海边一块翠绿的草地上。在阳光照耀下，海面上波光粼粼，喃喃自语的海水轻轻拍打着海滩。三个男孩非常高兴，他们采集野花，编成花环，戴到小欧罗巴的身上。这个坐在草地上的女孩子，几乎完全隐藏在繁花茂叶下面，只露出她那玫瑰色的小脸，向外张望着。正如卡德摩斯所说，她是所有花儿中最美的一朵。

就在这时，一只漂亮的蝴蝶飞了过来，绕着草地扑打着翅膀。卡德摩斯、福尼克斯和喀利克斯起身，边追着蝴蝶，边叫着嚷着，说它是一朵长着翅膀的花儿。因为玩了一整天，欧罗巴有点累了，所以没有跟哥哥们一起去追蝴蝶，而是留在原地，闭上眼睛休息。

海水发出快乐的喃喃声，好像在说“睡吧睡吧”。她很快就睡着了。不过，这个漂亮的女孩子并没有睡多久，因为她听到有脚步声，在距她不远的地方踩着草地向她走来。她从花草丛中偷偷往外望去，发现来者竟是一头雪白的公牛[①]。

这头公牛是从哪里来的呢？欧罗巴和她的哥哥们已经在草地上玩了好久，并没有看到草地上或附近的小山上有什么公牛，也没有看到别的动物。

“卡德摩斯哥哥！”欧罗巴在玫瑰和百合花花环中站了起来，叫道，“福尼克斯！卡德摩斯！你们都到哪里去了？救命！救命！快来赶跑这头公牛呀！”

可是哥哥们走得太远，听不到她的叫声。特别是欧罗巴由于惊骇过度，声音变了调，发不出更大的声音。她就这样站在那里，张着美丽的小嘴巴，脸色像花环上的百合花一样苍白。

由于公牛是突然出现的，因此欧罗巴所受到的惊吓，比见到别的任何动物都更严重。但是，接下来她又仔细观察了一番，开始觉得这动物非常好看，甚至还感觉它脸上有一种特别和蔼可亲的表情。至于它的气息——你们知道，牛呼出的气息，总是带着甜味的——闻起来，似乎是吃了玫瑰蓓蕾，如果不是，至少也应该是最鲜嫩的苜蓿花儿。它的眼睛如此明亮温柔，双角像象牙一样光滑。以前她从没见过这样的公牛。这头公牛轻轻绕着小姑娘跑着，跟她嬉戏着，使她完全忘记它是一头壮大的公牛。它动作温驯顽皮，欧罗巴很快就把它当作一只天真无邪的宠物羊羔了。

你们慢慢就会发现，欧罗巴不再害怕了，她用洁白的小手拍

① 据古希腊神话载，白牛为主神宙斯所变，它把欧罗巴诱上牛背送到克里特岛，后来，她成为宙斯的妻子。

着公牛的额头，还将自己的花环摘下来，挂到公牛的脖子和象牙一样的双角上。然后，她拔了一些青草，它则从她手里吃着这些草叶，好像并不是因为饥饿，而是表示要跟这个小女孩交朋友，喜欢吃她手里的东西而已。啊，我的小明星们！你们见过一头这样温驯、可爱、美丽而和蔼亲切的公牛吗？见过成为小姑娘玩伴的这么好的公牛吗？

这头动物知道（公牛很聪明，能明白事理，真的很令人惊奇），欧罗巴不再怕它了，它高兴极了，乐得几乎要发疯了。它在草地上到处欢蹦乱跳，一会跳到这儿，一会蹦到那儿，仿佛鸟儿在枝头上跳来跃去。真的，它的动作非常轻快，就像在空中飞翔一样，草地上似乎没有留下它践踏的蹄印。它那雪白的身躯，犹如一道随风飘舞的白练。有一次，它跑得那么快，离得那么远，欧罗巴误以为再也看不到它了，吓得她赶紧拉起尖尖的童音，喊它赶快回来。

“回来，美丽的牛儿！”她嚷嚷道，“这里有好吃的苜蓿花。”

这头温和的公牛充满了感激，快乐极了。它因感恩而高兴，比原来跳得更高。它跑了过来，在欧罗巴面前点着头，仿佛知道她是一位公主，或者懂得另一个重要的真理：小姑娘是每个男孩的女王。这情景真让人愉悦。这头公牛不仅低下头，甚至还完全跪在她脚下，非常聪明地点着头，并做出其他表示邀请的姿势，欧罗巴马上懂了它的意思，就像它会说话一样。

“来吧，亲爱的孩子，”这就是它要说的话，“骑到我的背上来吧。”

面对邀请，一开始的时候，欧罗巴不禁往后退去。但是紧接着，她聪明的小脑袋想：骑在这头温驯友好的动物背上奔跑，是不会有什么危险的，如果她想下来，它一定会把她放下来。她骑着它在绿色的草地上跑过，如果让她的哥哥们见到了，肯定会非常惊奇！要是他们四人轮流骑在它的背上奔跑，或者一起爬到它的背上，在原野上奔驰、纵情放声大笑，欢声笑语会传到远处的阿革诺耳国王王宫。

“我打算骑上去。”小姑娘自言自语道。

真的，为什么不呢？她放眼四顾，只见卡德摩斯、福尼克斯和喀利克斯仍在追赶那只蝴蝶，几乎快跑到草地的另一边去了。骑到这头白牛的背上追上去，很快就可以追上他们跟他们一起玩了。于是，她向它走近了一步。你看，它是多么友善啊，它对她表示信任的动作显得那么高兴。于是，小姑娘心中不再犹疑，她纵身一跃（这位小公主就像松鼠一样活泼），便坐到了美丽的白牛背上。她一手握住一只如象牙般的牛角，以免从牛背上摔下来。

“慢一点，美丽的公牛，慢一点！”她说着，对自己的行为还心有余悸，“不要跑得太快。”

小姑娘一骑到公牛背上，它立刻跃到空中，又像一片羽毛一样落了下来，当它四蹄落地的时候，欧罗巴竟毫无觉察。接着，它开始向她三个哥哥的方向奔去——他们就在鲜花盛开的草地那边，刚刚逮住那只美丽的蝴蝶。欧罗巴高兴地尖声叫嚷起来。福尼克斯、喀利克斯和卡德摩斯看到妹妹骑在一头白牛背上，都停住了脚步，不知是因为害怕，还是希望自己也有同样的好运气。

这头驯顺天真的动物（谁会怀疑它的天真无邪呢），就像一只小猫一样，绕着这几个男孩欢蹦乱跳，牛背上的欧罗巴看着站在地上的哥哥们，点着头哈哈大笑，玫瑰色的小脸上露出一种威严的神色。白牛又转了一圈，准备再次腾飞，飞奔过草原。小姑娘挥挥手，开玩笑似的说了声“再见”——她假装要到远方旅行，也许再也见不到她的兄弟们了，因为没人能告诉她这一去要花多长时间。

“再见。”卡德摩斯、福尼克斯和喀利克斯一齐高声答道。

尽管她玩得高兴，但在这个小姑娘心中，仍然心有余悸，因此，她最后看那三个哥哥的时候，眼里带了点点忧伤。这忧伤让他们觉得，他们亲爱的妹妹好像要永远离开他们了。你猜得到这头白牛接下来会干什么吗？啊，只见它像一阵轻风似的，笔直向海滨奔去。它奔过沙滩，腾空而起，直接跃入滚滚的波涛之中。白色的浪花像阵雨一样淋在白牛和小欧罗巴的身上，然后又散落在海水中。

可怜的小姑娘惊恐地喊叫着！与此同时，那三位哥哥也发出一阵惊叫声，在卡德摩斯的带领下，快速、威武地向海滨奔去。可是太迟了！等他们赶到海滩边时，那头背信弃义的畜生已经跃入蓝色的海洋，距离他们好远好远了。他们只看见那或隐或现的白色牛头和牛尾，而可怜的小欧罗巴，则处于牛头与牛尾之间，向她的哥哥们伸出一只手，另一只手则紧紧地抓住一只象牙般的牛角。卡德摩斯、福尼克斯和喀利克斯站在沙滩上，看着这悲惨的一幕，泪眼蒙眬。他们已无法从海洋深处卷起的白色浪头中，分辨出公牛白色的牛头了。白色的公牛不见了，那个漂亮的小姑娘也不见了。

这是一个悲哀的故事，你们也可以想象到，那三个男孩回家去见他们的父母时，会多么悲伤。他们的父亲阿革诺耳国王，是这个国家的统治者，但他爱他的小女儿更甚于爱他的王国，或者可以说，更甚于爱他的几个儿子，也更甚于爱世上任何其他的东西。因此，当卡德摩斯和他的两个兄弟哭着回家，告诉他一头白牛如何带走了他们的妹妹并游进大海里去的时候，国王真是又悲又怒，痛不欲生。虽时近黄昏，天很快就要黑下来了，他还是命令他们立刻出发去找她。

“除非你们把我的小欧罗巴给我带回来，让她的笑容和她美丽的容颜让我高兴，否则就永远别来见我。”他嚷道，“滚吧，在你们牵着她的手领着她回来之前，别再来见我了。”

阿革诺耳国王说这话的时候，眼里闪着怒火（因为他是个很容易激动的国王），显得非常愤怒。那几个可怜的男孩连晚饭也没敢吃，便溜出了王宫。他们在台阶上停了一会儿，想商量一下首先该到哪里去找。就在他们十分沮丧地站在台阶上的时候，他们的母亲忒勒法萨王后从后边赶了上来，他们报告国王时，她正巧不在旁边，她刚知道此事，说也要去找她的女儿。

“啊，不要，母亲！”孩子们叫道，“夜里很黑，谁也不知道我们会碰到什么麻烦或危险。”

“哎！我亲爱的孩子们，”可怜的忒勒法萨王后答道，伤心地啜泣着，“这正是我为什么要跟你们一起去的另一个原因。要是像失去我的小欧罗巴一样失去你们，我可怎么办啊！”

“让我也一起去吧！”他们的玩伴撒修斯也跑过来，要加入他们的队伍。

撒修斯是住在附近一位水手的儿子，他跟小公主一起长大，是他们亲密的朋友，他很爱欧罗巴。于是，他们同意了他的请求。就这样，他们组成一个找人的队伍，一起出发了。卡德摩斯、福尼克斯、喀利克斯和撒修斯都围在忒勒法萨王后的身旁，紧紧抓住她的裙子，恳求她如果累了，就靠在他们的肩膀上休息。就这样，他们走下王宫的台阶，开始了一个连他们做梦也没有想到的遥远的旅程。他们最后看了阿革诺耳国王一眼，只见一个拿着火把的仆人跟着国王站在王宫门口，看着他们走进了浓厚的黑暗中，高声喊道：

“记住！找不到那孩子，就永远别再踏上这台阶！”

“找不到绝不回来！”忒勒法萨王后啜泣着应道。那三个兄弟和撒修斯也回答道：“找不到绝不回来！绝不！绝不！”

他们果然信守诺言。年复一年，阿革诺耳国王孤独地坐在他漂亮的王宫里，徒劳地想听到他们回来的脚步声，希望能听到王后熟悉的声音，听到他的儿子们和他们的玩伴撒修斯的谈话声，还有夹在其中的小欧罗巴甜蜜的、稚气的童音，期待着他们一起走进王宫里来。但是，时间已过去太久，即使他们最后真回来了，国王也许已辨不出忒勒法萨王后的声音，也辨不出那些以前在王宫周围嬉戏玩耍时年轻欢乐的声音了。现在暂且让阿革诺耳国王坐在他的宝座上期盼着，我们要跟着忒勒法萨王后和她的四个小伙伴，看看他们的遭遇吧。

他们继续往前走，越过高山、涉过江河，走了一段好远的路程，还乘船渡过了海洋。每到一个地方，他们就会向人探听欧罗巴的消息。那些在地里劳动的乡下人，听了他们的问题，便会停下手里的活儿，显出很惊奇的样子。他们看到一个穿着王后礼服的女人（因为走得匆忙，忒勒法萨王后竟来不及脱下她的王后袍服），带着四个小伙子在乡下徘徊，似乎是为了找一个小女孩。但没人能给他们提供有关欧罗巴的任何信息，没人见过一个公主模样的小姑娘，骑在一头奔跑起来轻快如风的雪白的公牛背上。

忒勒法萨王后和她的三个儿子卡德摩斯、福尼克斯、喀利克斯以及他们的玩伴撒修斯，沿着大路和小道，有时还要穿过无路可走的荒野，一直走着。他们到底漫游了多久，我也说不清，不过，有一点可以肯定，那就是：他们华丽的衣服都磨破了。他们看上去满身征尘，鞋子上沾满了乡野的尘土——要不是在涉水过河的时候，河水把这些尘土冲掉的话，就更加污秽不堪了。他们走了一年之后，忒勒法萨王后干脆丢掉了王后的冠冕，因为它擦痛了额头。

“它只能让我经常头痛，”可怜的王后说道，“却治不了我的心痛。”

他们身上的皇家礼服很快就变得破烂不堪，于是他们换上了平民的衣服。渐渐地，他们变得像一群野蛮的无家可归的流浪者。如果你们看到的话，可能很快就会把他们当成一个吉卜赛人家庭，而不会知道，他们之中有一位王后和三位王子，还有一位住在宫廷、曾受过呼奴唤仆训练的年轻贵族。这四个男孩子都长成了青年，脸庞被阳光晒成了棕色。他们每人都身佩宝剑，用以自卫防身。当好客的农家主人需要他们帮忙收割地里的庄稼时，他们都乐于帮忙。而忒勒法萨王后（在宫中时，她除了会用金线代替丝线做些编织的活儿之外，什么都不用做）也跟在他们后面，把割下的谷物扎成捆。要是主人给他们报酬的话，他们会摇头谢绝，只要求他们提供有关欧罗巴的讯息。

“我们牧场里有好多公牛，”那些老农夫都会这样回答，“但我从没听说过你们找的那种公牛。一头雪白的公牛，背上还坐着一位小公主！啊！啊！对不起，好人们，我们从没在这附近见过这样的公牛。”

最后，福尼克斯干脆不再开口，因为这漫游确实漫无目的，他觉得厌倦了。有一天，当他们经过乡下一处美丽僻静的地方时，他便一屁股坐在一堆苔藓上。

“我走不动了。”福尼克斯说，“总是这样到处乱走，每次到天黑时，还找不到过夜的地方。我们这样做，真是浪费光阴，完全是在愚蠢地浪费生命。我们的妹妹失踪了，再也找不回来了。她可能在海里淹死了，或者，被那头白牛带到某处海岸了。现在过去了这么多年，即使我们重新相会，也可能互不相爱、互不认识了。既然父亲不许我们再回到宫里，那么我要在这儿搭一间茅屋住下来。”

“啊，福尼克斯呀，”忒勒法萨王后悲伤地说，“你已经长大成人了，理当做你认为最好的事。至于我，还是要去找我可怜的孩子。”

“我们三个会跟您在一起！”卡德摩斯和喀利克斯，还有他们忠实的朋友撒修斯都一齐大声说道。

不过，在出发之前，他们还是帮福尼克斯建起了一间住房。这是一间温馨的乡下小屋，拱形的屋顶是用新鲜的柔嫩树枝搭成的。屋里有两个舒适的房间，其中一个房间里，有一堆当睡床的苔藓，另一间里，有两件奇形怪状的乡下家具，是用弯弯曲曲的树根做成的椅子。这屋子看起来似乎相当舒适，像个家的样子，引得忒勒法萨王后和那三个同伴忍不住叹了口气，因为他们想到，自己还得用余生继续在世上漂泊，而不能住进像他们为福尼克斯建造的这样一间舒适的屋子。与大家告别的时候，福尼克斯忍不住流下了眼泪——也许是在为自己再也不能跟他们做伴而难过呢。

不管怎么说，他已经建了一个很舒适的地方住下了。慢慢地，其他一些没房子住的人也来到这里，他们看到这个地方很适合居住，便在福尼克斯的房子附近建起他们自己的小屋子。就这样，没过多久，这个地方就形成一座市镇。在市中心，可以看到一座庄严的大理石宫殿，宫殿里住着福尼克斯。他穿着紫色的王袍，头上戴着金王冠。原来，这座新城市的居民们，知道他的血管里流着王族的血液，便推选他当他们的国王。福尼克斯国王发出的第一道法令是：如果有一位骑着白牛、自称欧罗巴的少女来到他们的王国，他的臣民们必须以最大的善意和敬意款待她，并应立刻把她送到王宫里来。从这件事中，你们可以看出，福尼克斯的良心并未完全泯灭，他一直为放弃寻找妹妹而过上舒适的生活，却让母亲和兄弟们继续流浪而深感不安。

忒勒法萨王后和卡德摩斯、喀利克斯以及撒修斯等人，在每天疲倦的旅途就要结束时，总会想起福尼克斯那个舒适的地方。每当在必须出发的清早，或者夜幕降临的傍晚，这些流浪者就更加怀念那个像圣地一样的地方了。这些想法让他们很是伤感，尤其是喀利克斯。终于，有一天，当大家拿起拐杖准备出发的时候，他对他们说：

“亲爱的妈妈，还有你们，好兄弟卡德摩斯，我的朋友撒修斯，我觉得，我们就像一些活在梦里的人，我们正走向一个虚幻的世界。自从白牛带走妹妹欧罗巴以来，已过去好长好长时间了，我已经完全忘了她的模样，忘了她的声音。而且，说真的，我很怀疑她是否还活在人间。不管她是生是死，我断定，她不会回来了。因此，浪费我们的生命和幸福去找她，是最愚蠢的事。她现在可能已成为一个妇人了，即使我们找到她，也许会被她当成陌生人呢。所以，对你们说句实话，我已经决定在这里定居了。我恳求你们，妈妈，兄弟，还有我的朋友，也跟我一起住下来吧。”

“为了她，我不会留下来，”忒勒法萨王后说。虽然可怜的王后很坚决，但经过长期跋涉之后，她几乎走不动了，“为了她，我是不会留下来的！在我的心灵深处，小欧罗巴还是许多年前那个跑去采摘鲜花的脸色红润的孩子。她不会变成妇人，也不会忘记我。不管是中午还是晚上，不管是在旅途中还是坐下休息时，她稚气的声音总是在我耳边响着，叫着‘妈妈！妈妈’！谁愿意留下来都可以，但我是不会停下来的。”

“既然亲爱的妈妈乐意继续找，”卡德摩斯说，“我也不会留下来。”

他们那位忠实的朋友撒修斯，也决定支持他们，跟他们做伴。然而，他们还是留下来跟喀利克斯住了几天，帮他造了一间乡下的小屋，样子就像他们帮福尼克斯建成的那间一样。

告别的时候，喀利克斯泪流满面地对母亲说，他自己孤零零一人住在这里，跟继续走下去也没什么两样，等待他的，似乎也是一个忧伤的梦。如果她真的相信他们会找到欧罗巴的话，即使是现在，他仍然可以继续跟他们一起去找。但忒勒法萨王后吩咐他，要是他内心想留下来的话，就留下来快乐地生活。于是，这几位朝圣者跟他告别，离开了。他们走出没多远，一些流浪者就来到这里。周围还有广袤的未开垦的土地，他们也非常喜欢这个地方的环境，于是便建了些茅屋。很快，这里就形成了一个新的居住点，成了一座城市。城市的中央有一座辉煌的彩色大理石宫殿，每天中午，穿着紫色长袍、头戴饰有宝石王冠的喀利克斯，就会出现在宫殿的阳台上——因为，城里的居民发现他是一位王子，就认为他是最适合当国王的人。

喀利克斯王国成立后的第一次行动，是派出一支远征队（包括一位大使、一支由勇敢坚强的年轻人组成的卫队）。他们访问了地球上的主要国家，询问是否见过一位小姑娘骑在一头白色公牛背上，飞快地跑过他们的国土。很明显，喀利克斯为自己在还能走下去的情况下便放弃寻找欧罗巴一事，暗地里很是惭愧。

至于忒勒法萨王后、卡德摩斯和好心的撒修斯（我一想起他们，心里就觉得难过），则继续着他们的朝圣之旅。两个年轻人尽他们最大的努力帮助可怜的王后，帮她走过崎岖不平的地区，用他们忠实的臂膀扶她涉过溪流，为她寻找过夜的地方，而他们自己则躺在地上。他们询问每个过路人，有没有看到欧罗巴（自她被那头白色的公牛带走，已经很久了），这情景让人很是伤心。时光荏苒，在他们的记忆中，小姑娘的音容笑貌已逐渐模糊，然而这三颗忠实的心，即使在梦中，也坚守着寻找的信念，一点都没有放弃。

然而，有一天，可怜的撒修斯发觉他扭伤了脚踝，再也走不动了。

“我相信，过几天就会好的，”他悲伤地说，“我可以拄着拐杖往前走。不过这样只会耽搁你们的行程，毕竟你们的痛苦和烦恼要比我更甚。因此，你们只管往前走下去，我亲爱的伙伴们，我在后面跟着。”

“您是一位忠实的朋友，亲爱的撒修斯，”忒勒法萨王后吻着他的额头说，“您既不是我的儿子，也不是失踪的欧罗巴的兄弟，但您在我和她面前都表明了，您比留在我们后面的福尼克斯和喀利克斯更加诚恳。没有您和我挚爱的儿子卡德摩斯的帮助，我的双脚也不可能支持我走这么远。啵，休息吧，别过意不去。因为——这是我自己第一次承认——我也开始怀疑，我们还能在这个世界上找到我可爱的女儿吗？”

说着，可怜的王后流下泪来。因为，这位母亲心中承认，她的希望已越来越渺茫了——这太让人伤心了。卡德摩斯注意到，从这天起，旅途中的她，再也没有那种轻松愉快的情绪了——这情绪曾经一路支持着她。他感觉到，倚在他手臂上的母亲越来越沉重了。

出发之前，卡德摩斯帮撒修斯建起了一间小屋。忒勒法萨王后由于身体虚弱，帮不上什么大忙，只给他们提供一些家具布置方面的意见，让这间由树枝搭成的小屋尽可能舒适些。然而，撒修斯并没有整天待在这间绿色的小屋里。因为他碰到的情形正如福尼克斯和喀利克斯碰到的一样——其他无家可归的人们来到这个地方，也喜欢上了它，他们在邻近地区建起他们自己的屋子。于是，几年之后，这里也成为一座繁荣的城市，城市中央有一座石灰石建成的宫殿，撒修斯就坐在宫里的宝座上。他肩披紫色的袍服，手里握着权杖，头上戴着王冠，为人们秉公办事。居民们选他当国王，并非因为他有什么王族的血统（他的血管里并没有王族的血液），而是因为他是个正直、真诚和勇敢的人，适合当他们的统治者。

撒修斯国王处理完国事后，便把紫色王袍、王冠和权杖放在一边，吩咐他最信任的臣属代理朝政，然后拿起那根一直支持他朝圣用的木棍，又出发了——他仍希望能发现一些有关那头白色公牛和那个消失女孩的蛛丝马迹。一段长途跋涉后，他又回到王宫，疲倦地坐在宝座上。然而，在最后关头，撒修斯国王还是显示了他对欧罗巴诚心诚意的怀念：他令人在王宫里布置一个房间，壁炉里永远生着火，浴室里永远有热水供应，有准备好的食物，还有一张铺着洁白床单的床，以便那位女郎到来的时候，可以立刻使用。虽然欧罗巴一直没出现，这位仁慈的国王还是祝福每个穷苦的旅人，让他们享用他为童年时代王宫小玩伴准备的食物和住处。

忒勒法萨王后和卡德摩斯母子相依为命，继续疲惫地走着。

王后沉重地倚在儿子的臂膀上，一天只能走几英里。但是，不管她如何衰弱、如何疲惫不堪，还是不同意放弃这次寻亲之旅。她用忧伤的声调，询问着她失踪孩子的消息，每个陌生人听了，都忍不住掉下眼泪。

“你们见没见过一个小姑娘——不，不，我是说一个长大成人的少女——骑在一头雪白的公牛背上，像风一样在这条路上跑过？”

“我们没见过这样奇怪的动物，”被问的人会这样回答。然后，他们常常会把卡德摩斯拉到一旁，低声问他，“这位端庄而悲戚的妇人是您母亲吗？说实话，她的精神不大正常，您应该带她回家去，让她过得舒适些，尽您最大的努力让她从梦幻中醒过来。”

“她没有做梦，”卡德摩斯说，“即使一切都是梦，但这个不是。”

有一天，忒勒法萨王后似乎比平时更加虚弱，她几乎把全身的重量都倚在了卡德摩斯的手臂上，走起路来也比先前更慢了。

后来，他们来到一个偏僻的地方。她对儿子说，她需要躺下来，长久地好好休息休息。

“长久地好好休息休息！”她温存地看着卡德摩斯的脸，重复道，“你最亲的一位亲人，需要一次舒适的最长久的休息！”

“您愿意休息多久就休息多久，亲爱的妈妈。”卡德摩斯答道。忒勒法萨王后让他坐到身边的草地上，然后拿起他的手。

“我的儿子，”她用昏花的眼睛亲切地看着他，说道，“我说的这次休息真的是很长久的！你不必等我了。亲爱的卡德摩斯，你不懂我的意思。你应该在这里挖一座坟墓，将你母亲精疲力竭的骨架放在里面。我的朝圣活动结束了。”

卡德摩斯泪流满面。长久以来，他一直不相信他亲爱的母亲会去世。忒勒法萨王后跟他讲道理，亲吻他，他终于认识到：让她的灵魂摆脱一直压在她肩上的跋涉、疲劳、悲伤和失望，比让她继续走下去更好些。自从她失去孩子，一直备受折磨。于是他忍住悲哀，听她最后的吩咐。

“最亲爱的卡德摩斯，”她说，“你 直陪我走到最后的时刻，是母亲最忠实的儿子。你扶持着我衰弱的身体，一直走到现在，其他没人能这样！正是因为你这个最温存孩子的关心照顾，我才没有在许多年前，埋葬在我们身后某个遥远的山谷里，或者某个山坡上。这就够了，你不必再找了，已经没有希望了。不过，等你把我安葬入土后，我的儿子，你要到德尔斐神庙[1]去，问问那里

① 德尔斐神庙（Delphi），德尔斐为古希腊的一座城市，因阿波罗神庙建在这里而著名。

的哲人，你下一步该怎么做。”

“啊妈妈，妈妈呀，”卡德摩斯叫道，“您不能在这个时候，在没有看到妹妹之前离开我！”

“这事已经不重要了，”忒勒法萨王后答道，脸上露出了笑容，“我现在要到一个更美好的世界去，或迟或早，我都会在那里找到我的小女儿。”

我的小听众们，我不会告诉你们，忒勒法萨王后如何死去如何被埋葬的情形，那太让人悲伤了。我只会告诉你们，她临死时的笑容越来越灿烂，永远停留在她没有生气的脸上。卡德摩斯相信，在她踏进那个更美好世界的路上，已经把欧罗巴揽在怀里了。离开的时候，他在母亲墓上种了一些花儿，让它们在那里好好生长，把母亲的墓地装点得很美丽。

完成最后这件任务后，他便遵照忒勒法萨母后的吩咐，独自出发，向着著名的德尔斐神庙走去。一路上，他询问每一个碰到的人，有没有看到欧罗巴。说实话，卡德摩斯已经习惯了，这句话就像“今天天气怎么样”的口头禅一样，一见到人就自然而然地溜到了嘴边。他得到了各种各样的回答，有人说这样，有人说那样。在这些人中，有一位水手肯定地说，许多年以前，在一个远方的国家，他曾听人讲过一个关于一头白色公牛的传说，说它驮着一个女孩子游过大海，戴在女孩子身上的花环，在海浪中忽隐忽现……后来怎么样，他就不知道了。事实上，卡德摩斯看他眼神古怪，对他的说法很是怀疑，他认为，这个水手不过是跟他开玩笑罢了，实际上，他从没听说过这件事。

可怜的卡德摩斯发觉，这样的单独旅行，竟比跟他母亲做伴时，让母亲倚在臂膀上还要累得多。你们要理解，现在他心情沉重，有时候，那疲惫的心似乎不可能再带他走下去了。不过，他双脚强壮有力，还是不自觉地走着。他轻快地向前走去，一边想着阿革诺耳父王和忒勒法萨母后，想着他的两个兄弟和友好的撒修斯，他们全都留在他的后面了，留在他朝圣路上的某个地方，再也没有见到他们的希望了。他心中装满这些回忆，终于来到一座高山前。当地的居民告诉他，这座山叫帕纳塞斯山，卡德摩斯要去的那座著名的德尔斐神庙，就坐落在帕纳塞斯山的山坡上。

据说，这座德尔斐神庙位于世界的中央，而神谕之处则在山腰的一座洞穴中。卡德摩斯来到洞穴上方，发现那里有一间用树枝搭建的小屋。这间小屋使他想起帮福尼克斯和喀利克斯，还有后来帮撒修斯搭建的小屋。后来，由于远方大批民众前来祈求神示，于是这里建起了一座巨大的大理石神庙。可在卡德摩斯那个时代，就像前面所说，这里就只有这间用树枝搭成的乡村小屋。另外，这里还有一片茂盛的灌木林，遮蔽着山腰这个秘密的洞穴。

卡德摩斯钻进灌木林中那条被茂密枝叶覆盖的小径，然后走进那间小茅屋。一开始，他竟没找到那个半隐蔽的洞穴。但是不久，他就感觉到一股清风从洞里吹出来，那风扑上他的面颊，吹动了他头上的卷发。他拉开遮蔽着洞口的枝条，弯腰探进洞里，用一种清晰而尊敬的声调说起话来，好像是对山洞里某个看不见的人说的。

“神圣的神灵，”他说，“下一步我该到哪里去找我亲爱的妹妹欧罗巴呢？”

开始时万籁俱寂，接着，他听见一阵响声，像是一声长长的叹息，从地洞深处传了出来。应该让你们知道，这个洞穴就像一座真理的喷泉，有时会喷出一些清晰明了的话语来，不过大多数时候，这些话语很难解，没人能听懂，还不如一直留在洞底。卡德摩斯比其他到德尔斐神庙来寻求真理的人更幸运些，因为，这阵嘈杂的声音渐渐变成了清晰的语言——它一遍又一遍地重复着下面这句话。然而，这话听来很像一阵狂风呼啸声。事实上，卡德摩斯根本没听出它到底是什么意思。

“不要再找她了，不要再找她了！不要再找她了！”那声音说道。

“什么，那我该怎么办？”卡德摩斯问道。

你们也知道，他从童年开始，就把寻找妹妹当成最大的目标。

自从他在父亲王宫附近的草地上追赶那只蝴蝶之后，他就竭尽全力，一直翻山过海到处追寻欧罗巴。现在，要是他必须放弃这个任务的话，他在这个世界上似乎就没有什么事可做了。

但是，那阵像叹息一样的风声，似乎又变成了一阵嘶哑的说话声。

“跟着那头母牛走！”这声音说，“跟着那头母牛走！跟着那头母牛走！”这句话一再重复，卡德摩斯听得不耐烦了（因为他想象不出什么母牛，或者为什么要跟它走），这时，风洞里又吹出了另一句话：

“那只迷路的母牛躺在哪里，哪里就是你的家。”

这句话只说了一次，卡德摩斯还没能完全理解，那声音又变成了飒飒的风声。他又提了几个问题，但都没有得到回答，只有像叹息声一样的风声继续从洞里吹出来，卷起了落在洞口的树叶。

“这洞里真的传出一些话了吗？”卡德摩斯想，“还是我在做梦？”

他转身离开这个神示的洞口，觉得自己并没有比来之前变得更聪明些。他小心翼翼地沿着第一条出现在面前的小路往前走，脚步放得很慢，生怕碰到什么危险。既然此去没有什么目标，也没有什么理由另选一条路来走，因此，也就没有匆匆忙忙赶路的必要了。每当他遇到人，那个老问题还是挂在嘴边：

“您有没有看到一位穿得像公主一样的女孩，骑在一头雪白的公牛背上，像风一样快地飞奔过去呢？”

继而，他又想起了神明的暗示，这句话便只说了半截，后面的一半变成了喃喃的低语。看到他不知所措的样子，人们可能还以为这个长得很帅的年轻人得了神经病哩。

我不知道卡德摩斯到底走了多远，是在什么时候看到面前不远的地方有一头长着斑点的母牛的，也不知道他有没有告诉你们。只见那头母牛躺在路边，安详地反刍着，直到这个年轻人来到它身边时，它才注意到。之后，它懒洋洋地站了起来，轻轻点了点头，开始沿着路边，一边不紧不慢地向前走去，一边又时不时地停下来啃上一嘴青草。卡德摩斯跟在后边慢慢走着，懒懒地吹着口哨，几乎没有注意这头母牛，直到后来他才想起，这难道就是神明指示的那头要为他带路的动物？到底是不是神示的那头母牛，他并没有当真，因为它的步伐是那么安详，与其他任何一头母牛没什么两样。显然，它并不知道也不关心卡德摩斯的事情，它关心的是如何沿着路边吃到赖以活命的新鲜青草。或许，它正要回家去等着挤奶呢。

“母牛，母牛，母牛！”卡德摩斯嚷道，“嘿，花母牛，嘿！站住，好心的母牛！”

他想赶上这头母牛，以便确认一下它是否认识他，或者看看它有什么怪癖，与其他成千上万头只知挤奶、偶尔会把奶桶踢翻的普通母牛有什么不同。但只见这头花母牛继续向前走，还时不时甩甩尾巴赶走苍蝇，根本不理会卡德摩斯的叫喊。要是他走得慢，这只母牛也走得慢，趁机吃吃草；要是他加快步伐，母牛也走得更快。有一次，卡德摩斯跑过去想抓住它，它竟撒开四蹄，和其他受惊的母牛一样，伸直尾巴狂奔起来。

等卡德摩斯明白，自己不可能追上它时，只得恢复了正常的不紧不慢的步伐。那头母牛，头也没回，竟也放慢脚步，慢悠悠地走了起来。碰上最鲜美的青草，它便吃上一两口；走到一条水波闪闪的小溪时，便停下来饮水，然后舒服地吁一口气，又饮起水来。后来，母牛又以最适合卡德摩斯和自己的步伐，涉水到了对岸。

“我相信，”卡德摩斯想，“这可能就是神明指示给我的那头母牛了。如果它真是的话，我想它会在前方某个地方躺下来的。”

不管它是不是那头神示的母牛，似乎都没有理由再往前走了。每当他们走到一个看上去特别安逸的地方，例如一处通风的山腰，一个隐蔽的山谷，或者一片开满鲜花的草地，一座安静的湖，一道清溪的堤岸时，卡德摩斯都要急切地环顾四周，看看这里是否适合安家。但是，不管他合意还是不合意，那只花母牛却都没有躺下来的意思，还是用那安详的步伐走着，跟所有走回牛栏的母牛一样。每时每刻，卡德摩斯都希望看到一个提着奶桶的挤奶女郎，走到近前来，或者是一个牧人，跑到这头迷路的母牛前面，把它赶回牧场。但既没有挤奶女郎走来，也没有牧人来赶它回去。卡德摩斯跟着这头迷路的花母牛，累得几乎要倒下去了。

“花母牛啊，”他用失望的声调叫道，“你要永远走下去吗？”现在，他已经打定主意，不管要走多远的路，也不管有多疲倦，都要慢慢跟在后面。实际上，这只牲畜似乎有什么魔力，他们路上碰巧遇见几个人，见到这番情景后，也跟他一样，开始跟着它走起来。能有几个做伴聊天的人，卡德摩斯很是高兴。于是，他跟这些好心人敞开心扉，向他们讲述自己所有的冒险故事：他如何离开住在王宫的阿革诺耳国王，如何在一处告别福尼克斯，在另一处告别喀利克斯，在第三处告别撒修斯，还把他亲爱的母亲忒勒法萨王后留在了一处开满鲜花的草地下面，因此，他现在很孤单，既没有亲戚朋友，也没有家庭亲人。他还说道，神明已经吩咐他，让他跟随一头母牛的指引。他问这些陌生人，他们是否认为这头花母牛就是神示的那一头。

“啊，这真是一件怪事，”一位新同伴答道，“我对牛是很熟悉的，可我从没见过有哪头母牛，会按照自己的意志，走这么远的路，停都不停。要是我脚力允许的话，我一定要跟着走下去，一直跟到它躺下为止。”

“我也是！”第二个人说道。

“我也是！”第三个人嚷道，“我敢担保，它再走一百英里后，肯定就不会再走了。”

你们应该知道，这事背后是有奥秘的：其实，这头母牛被施了魔法，人们在不知不觉中，也会被它施法，然后会紧跟其后，与它始终保持六步的距离。他们不由自主地跟着它，还误以为是按自己意愿走的哩。这头母牛从不好好选路，有时，他们不得不爬过岩石，涉过泥潭，弄得全身污秽不堪，累得要死，也饿得要命。

真是一件烦恼的事啊！

但是，他们还是坚定地向前跋涉，一路上边走边谈。渐渐地，这些陌生人越来越喜欢卡德摩斯了，决定永不离开他。他们还决定，要在母牛躺下的地方，帮他建起一座城市来；还要在城市的中央，建起一座庄严的宫殿，让卡德摩斯住在里面，做他们的国王。他会拥有宝座、王冠、权杖、紫色王袍和每一件国王该有的东西——因为，他的身上流着王族的血液，有一颗高贵的心，还有一个知道如何治理国家的头脑。

就在他们谈论着这些计划，以讨论建设新城市方案的方式来排遣旅途的沉闷时，其中一人正巧向母牛看了一眼。

“喂！喂！”他拍手叫道，“花母牛就要躺下了。”

大家都看向母牛。果不其然，母牛已经停住脚步，就像其他母牛回到睡觉的牛栏时所做的那样，开始懒洋洋地在周围转来转去。它先屈下前腿，然后蹲下后腿，慢慢地卧在柔软的草地上。卡德摩斯和同伴们赶了上去，只见花母牛神态自若地反刍起来，安静地看着他们，好像这里就是它一直寻找的地方，是众人旅途的终点。

“这么说，这个地方，”卡德摩斯环顾四周，说道，“这个地方就是我的家了。”

这是一片肥沃的平原，巨大的树木摇曳着，斑斑点点的树影投在地面上，四周的群山像栅栏一样保护着它，使它不受恶劣天气的入侵。不远处有一道河流，水面在阳光下闪闪发光。一种到家的感觉，悄悄地潜入卡德摩斯可怜的心。他很高兴，因为从此后，在清晨醒来的时候，再也不必穿上肮脏的鞋子，越走越远了。那种不断跋涉的岁月就要结束了，他发现自己又到了一个令人愉快的地方。要是他的兄弟们、他的朋友撒修斯能跟他在一起，要是能看到他亲爱的母亲也住在自己的屋子里，那么在经历了所有的失望之后，他一定会感到很幸福的。终有一天，他的妹妹欧罗巴会静静地来到他的家门前，面对亲人，露出笑容。但是，事实上，既没有希望再见到他童年时代的朋友们，也不能再见到他亲爱的妹妹了。卡德摩斯决定，从此后，他要和这些跟他一起跟着母牛走，又非常喜欢他的新同伴一起，快快乐乐地生活。

“是的，我的朋友们，”他对他们说，“这里就是我们的家。我们要在这儿建造我们的房子。这头把我们带到这儿来的花母牛，会供应牛奶给我们。我们可以耕种附近的土地，过上清白幸福的生活。”

同伴们都同意这个计划。在这个初来乍到的地方，他们感觉又饥又渴。他们环顾四周，想找一些可以充饥的食物。他们发现，不远处有一片树林，想着树林里可能有泉水，于是便到那边去取水，留下卡德摩斯和那头花母牛一起躺在地上——现在，他终于找到一个可以休息的地方了——自从离开阿革诺耳国王的王宫，踏上寻找妹妹的朝圣之路后，积攒下来的所有疲倦，一下子都涌上来了。但那些新朋友还没走出多远，他就被一阵哭喊声、尖利的呼叫声和可怕的搏斗声惊醒了。在这些嘈杂的声音中，最可怕的是一阵咝咝声，听来就像是一把粗糙的锯子发出的锯木声一样。

他跑向树林，看到一条长着一双凶恶眼睛的巨蛇或毒龙。它宽阔的嘴巴里有一排排可怕尖利的牙齿。卡德摩斯赶到之前，这条残忍无情的毒龙已经咬死了他可怜的伙伴们，正忙着一口一个地把他们吞到肚子里去。

看来，那座喷泉也被施了魔法——他们不想让口渴的人喝到泉水，便派那条毒龙来守护喷泉。自从这个怪物破了斋戒之后，至今已有很长时间了（至少在一百年以上），附近的居民都不敢到这里来。很自然，它的胃口已经变得很大很大，虽然刚刚吃下那些可怜的人，但连半饱都算不上。所以，它一看到卡德摩斯，马上又发出一阵讨厌的嗞嗞声。只见它那巨大的喉头往后一缩，那只像红色洞穴一样的嘴巴张开了——喉咙深处，还能看到最后一个牺牲品的双脚，那是它还没来得及吞下的。

朋友们的惨死大大激怒了卡德摩斯，他既不理会这条毒龙的血盆大口，也不理会它那一百只尖利的牙齿。他拔出宝剑，向怪物冲过去，直扑进它大得像洞穴一样的嘴巴里。他这种勇敢的进攻方式令毒龙大吃一惊。只见卡德摩斯一下跳进它的喉咙深处，抡起宝剑在恶龙的肚子里乱刺乱砍，使得它那两排可怕的坚牙利齿完全没了用武之地。毒龙甩动着尾巴，把那片树林里的树木打成了碎片。战斗场景虽然看起来非常惨烈，然而，根本没伤到卡德摩斯一根毫毛。不久，这条长着鳞片的毒龙就想赶紧逃命了。然而，还没逃出多远，勇敢的卡德摩斯又给了它致命的一剑，结束了这场战斗。他从怪物那像门洞一样的嘴巴里爬了出来，看到它巨大的身躯虽然仍在扭动，可是连一个小孩也害不了了。

但是，你们肯定也想到了，卡德摩斯为这些和他一起跟着母牛走的可怜人的不幸命运，感到非常悲伤。看来，他命定要失去他所爱的每个人，或者注定要看到他们以这种或那种方式遭遇不幸。在这里，在经历了种种跋涉和苦难之后，在这样一个荒凉的地方，已经没人可以帮他搭建一间茅屋了。

“我该怎么办呀？”他大声喊道，“对我来说，还不如像我那些可怜的同伴一样，让那条毒龙吞下呢。”

“卡德摩斯，”一个声音说道。不过，年轻人说不出这声音是来自天上还是地下，或者是来自他自己的胸膛，“卡德摩斯，把这条毒龙的牙齿拔下来，种到地里去。”

这倒是一件新鲜事。我猜想，要把那些牙根长得很深的毒牙从死龙的嘴里拔下来，可不是件很容易的工作。他拼命地拉呀拔呀，最后用一块大石头，几乎把龙头砸碎，才终于收集到许多毒龙牙齿，足可装满一两只大筐。接下来，他要把龙牙栽到地里去——这同样也是一件单调乏味的工作，特别是在杀死毒龙又把龙头砸碎之后，卡德摩斯已经疲惫不堪了，更何况，他没有可以挖地的工具，只好用剑尖挖了起来。就这样，他最后还是挖出了一大片土地，并播上了这些新型的种子。不过，那天，他只种下一半的龙牙，还有一半要改日才能种下去。

卡德摩斯上气不接下气地倚着宝剑休息，心里好奇接下来会发生什么。他等了几个月，终于看到了伟大的奇迹——就像我曾经对你们讲过的奇迹那样——在眼前发生了。

这片田野被太阳光斜照着，就像其他新开垦的土地一样，露出了潮湿肥沃的黑土。不久，卡德摩斯便感觉看到一种闪闪发光的东西，这个东西先是次第出现，随后便突然出现在成百上千个地方。之后，他看到它们从地里萌发出来，越长越高，像长矛尖尖的钢铁枪头，又像谷物的茎秆；接着，它们都长成了许许多多亮闪闪的宝剑，用同样的方式直指蓝天；又过了一会儿，地面又冒出许多亮闪闪的铜头盔，像结出了巨大的豆荚。就在它们迅速长高的时候，卡德摩斯终于看清，在每顶头盔下面，是一张张凶神恶煞的脸。简而言之，在还来不及想这是怎样一件奇事之前，他就看到了一个丰收的场面：他要收获的，将是一队披盔戴甲，手持长矛、坚盾和利剑的全副武装的勇士；他们挥舞着手中的武器，互相碰击着，似乎在说，“趁还活着的时候，快去参加战斗吧，不要再浪费有限的生命了”；然后，他们从地里跳了出来——原来，每一颗龙牙，都长成了这样一个心中充满仇恨的战士。

这时，地里又长出许许多多的号兵。他们刚吸了第一口空气，就把铜号放到嘴边，吹了起来。在一片震耳欲聋的号声中，这片刚才还安静、寂寞、空旷的田野，响起了枪剑撞击声、战马嘶鸣声和冲锋喊杀声——看来，他们全都群情激昂。卡德摩斯巴不得他们用利剑把这个世界剁得粉碎。用一筐龙牙播种出这样的收成，他是多么幸运的征服者啊！

“卡德摩斯，”那个声音说道，“丢一块石头到这些战士中间去。”

于是，卡德摩斯搬起一块大石头，掷到这支从地里长出来的军队中间，眼见它正好砸到一个似容貌凶恶的巨人般的勇士的胸甲上。他似乎也感觉到被石头击中了，于是举起手中的武器，朝他旁边的人狠狠一击，把对方的头盔打成碎片后再把他打倒在地；与此同时，距离这个倒下去的勇士最近的另外那些勇士，也开始用他们的宝剑和长矛刺向其他的人——他们相互打斗着，很多人前一刻还在为自己的胜利欢呼若狂，后一刻就被击倒了——场面越来越混乱。在这场混战中，那些号手一直吹着号，号声越来越尖厉；每个士兵都喊着冲杀的口号，却常常在喊杀声尚未出口时便倒了下去。这是一场最奇怪的战斗，没有缘由的愤怒激发了它，是一场前所未见的结局悲惨的灾难。但历史上曾发生过的千百场战斗，也许比这更愚昧、更邪恶。在那些战斗中，人类就像这些由龙牙长出来的勇士一样，为了一些莫须有的原因而骨肉相残。这些龙牙的子孙，注定是为互相残杀而来到世上的，但人类是为了互相帮助才出生的呀，可人类的战争还是这么荒谬，到底是为什么呢？这个问题值得深思。

这场难忘的战斗就这样狂热地继续下去，直到地上丢盔弃甲、尸横遍野。几千名参加战斗的勇士中，最后只剩下五个还站在地上。这五位勇士又从不同的方向冲到田野中央，挥舞着宝剑，就像刚才一样，凶狠地向对方的心脏刺去。

“卡德摩斯，”那个声音又说，“命令这五个勇士收起他们的宝剑。他们将帮助你建起一座城市。”

没有片刻的犹豫，卡德摩斯立刻走上前去，露出王者和首领的威严，拔出宝剑架在他们中间，用命令的口吻严厉地对那五位勇士说：

“把你们的武器收起来！”

听了这句话，五个龙牙勇士立刻觉得自己应该服从他。他们手拿宝剑向他敬了一个礼，然后把剑插进剑鞘，在卡德摩斯面前站成一排，像士兵注视着统帅那样用眼睛注视着他，等待他发号施令。

这五个勇士可能是由那五个最大的龙牙长出来的，可能是这支军队中最强壮最勇敢的战士。事实上，他们都是巨人，要不然的话，在这场如此惨烈的战斗中，他们不可能活下来。此时，他们仍然满脸杀气，如果卡德摩斯从旁边一个个望过去，还可以看到从他们眼里冒出的火星。看到大地上竟然长出这些披盔挂甲、满脸尘埃的勇士来，的确是件怪事——正如你们拔甜菜和胡萝卜一样，它们从地里出来时，也是沾着泥巴的。卡德摩斯几乎弄不明白，他们到底是人还是一种奇怪的蔬菜。不过，从本质上来说，他认为他们身上有人类的天性，因为他们喜欢军号和武器，并随时准备流血牺牲。

他们迫切地望着他的脸，等待他的下一道命令。他们显然觉得，在这个广阔的世界上，再也没有比跟着他从一个战场转战另一个战场更好的职业了。但是，卡德摩斯比这几位从地里长出来的、带着那条毒龙强悍的基因的生灵更聪明，他知道如何更好地利用他们的力量和勇气。

“来吧！”他说，“你们都是英雄好汉，使出你们的力气来！用你们的宝剑挖出石头，帮我建起一座城市来吧。”

五个兵士嘀咕了一会儿，说他们的使命是摧毁城市而不是建设城市。卡德摩斯用严厉的眼光看着他们，用权威的声音重申了他的命令，他们明白了，他就是他们的主人，于是再也不敢违抗他的命令了。他们非常认真地工作起来，干得十分卖力。就这样，在极短的时间内，一座城市的雏形形成了。说实话，开始时，这些工人之间免不了像野兽一样争争吵吵，要是没有卡德摩斯的监督，他们无疑还会互相伤害。每当他发现他们野性的眼睛里露出凶光，知道那个恶毒的蛇妖的阴魂，又开始在他们心里兴妖作怪的时候，就予以镇压。随着时间的推移，他们也逐渐习惯了踏实

的劳动生活，并认识到，没有什么比和平的生活更快乐了；而为邻居做些好事，也要比用利剑把他们刺倒更加快乐。因此，我们希望其余的人类，也可以跟这五个由毒龙牙齿长出来的满面泥污的勇士那样，变得越来越聪明、越来越和善——看来，这也许只是奢望。

现在，这座城市已经建成了，五个工人在城里都有各自的住处。不过，卡德摩斯的宫殿还没有建成，因为他们要把它留到最后，目的是要用一切经过改进的建筑方法，把它建成一座最宽敞、最庄严、最美丽的王宫。完成当天的工作后，他们便及时上床睡觉，为的是明天天亮就起床继续工作，至少要赶在天黑之前，把王宫的地基打好。天亮时，卡德摩斯起床，带领着那五个强壮的排成一队的工人，向喷泉所在的工地走去。可是这时，你们猜一猜，他看到了什么？

世上有谁见过这么富丽堂皇的宫殿啊！这是一座用大理石和其他各种美丽石头建成的宫殿，它高耸入云，顶端有一个辉煌的圆顶，正面有一道雕刻着图案的柱廊。所有这一切，都显示出一所恢宏的帝王住所的气派——它和那队从地里长出来的龙牙勇士一样，也是短期内从地里长出来的。更令人惊奇的是，并没有人在地里播下这座庄严宫殿的种子呀！

当那五个工人看到那个在阳光照耀下金光闪闪、高贵显赫的圆屋顶时，都大声呼喊起来。

“卡德摩斯国王万岁，”他们欢呼道，“愿您永远住在这座美丽的宫殿里。”

于是，那五个肩上扛着镐头，站成一排的忠实随从（他们的行动中，还保留着士兵的习惯），在新国王的带领下，踏上了王宫的台阶。他们站在王宫门口，沿着一道高高的柱廊望过去，可以看到那些柱子一直排到大厅的另一头。这时，卡德摩斯看到一个女人的身影，正从大厅另一端慢慢向他走来。这个女人非常美丽，她穿着王袍，金色的卷发上戴着一顶钻石的王冠，脖子上挂着只有王后才会戴的最珍贵的项链。他的心高兴得颤抖起来。他想，这一定是他失踪很久的妹妹欧罗巴。现在，她已长大成人，她来到这里，想用她美好的兄妹之情，补偿他因为寻找她所受的全部流浪的苦难，想让他过上幸福的生活——自从离开阿革诺耳国王的宫廷，他遭遇了太多的不幸——与福尼克斯、喀利克斯和撒修斯的分别，让他流尽了眼泪，亲爱的母亲的去世，让他悲伤心碎，整个世界似乎都抛弃了他。

当卡德摩斯向这个美丽的女人迎上去的时候，他发觉并不认识她。尽管如此，他还是不得不迎上前去。但就在这一刻，他感受到了他们之间的情投意合。

“不，卡德摩斯，”在战斗的田野上跟他说话的那个声音说，“这并不是那个你诚恳地找遍了全世界的欧罗巴。她是哈耳摩尼亚[①]，是上天的女儿，是受命来代替你妹妹、兄弟、朋友和母亲的。你将发现，所有这些亲人的爱全都集于她一人之身。”

于是，卡德摩斯国王跟他的新朋友哈耳摩尼亚一起，住进了

① 哈耳摩尼亚（Harmonia），据古希腊神话载，她是爱与美的女神阿佛洛狄忒（Aphrodite）和战神阿瑞斯（Ares）的女儿。

爱与美的女神阿佛洛狄忒

这座宫殿。虽然他觉得这座堂皇的宫殿住起来很舒适，但他也觉得，那路边的茅屋，如果不是更好，至少也跟这座王宫一样舒适。不久，一群面孔红润的儿童（他们到底来自何处，我一直不清楚），出现在王宫的大厅里、大理石台阶上，在那里玩耍起来。每当卡德摩斯国王处理完国事空闲下来的时候，便快乐地跑上前去跟他们一起玩。他们叫他父亲，叫哈耳摩尼亚王后为母亲。那五个由龙牙变成的老兵很喜欢这些小顽皮，他们不知疲倦地教孩子们如何使棍弄棒、挥舞木剑，还教他们按军令行军。他们吹着小军号，敲打着令人讨厌的咚咚响的小鼓。

但是，卡德摩斯国王唯恐孩子们沾染上龙牙战士的好斗习气，总是在繁忙的国事之余，抽出时间教他们学习 ABC——这是他创造的有用知识。我们的许多小孩子，恐怕有一半人还不知道应该感谢他的发明创造呢。

女巫的宫殿[①]

不用说，你们中有些人肯定已经听过尤利西斯国王的故事，知道他如何包围了特洛伊城，在攻占并烧毁了这座著名的城市之后，又如何花了十年漫长的时间，回到他自己的小王国伊萨卡岛的。在这次乏味的航行中，有一次，他来到一座怡人的绿色小岛，可是他并不知道这个小岛叫什么名字。在此之前，他碰到一阵飓风，或者说是许多飓风合在一起的大狂风，

特洛伊木马

① 本篇原题为《喀耳刻的宫殿》*Circe's Palace*，喀耳刻（Circe）是古希腊神话中能将人变为畜生的女巫。

尤利西斯

把他的船队刮到一个陌生的海域。他和水手们都没到过这个地方。这起不幸事故，完全是由他的伙伴们的好奇心造成的——他们趁尤利西斯睡着的时候，解开了一些他们认为藏着值钱珍宝的大皮袋。但这些结实的皮袋里，各装着风神埃俄罗斯的一阵阵暴风。风神把这些袋子交给尤利西斯保管，为的是保证他在回伊萨卡去时有一条风平浪静的水道。因此，当袋口的绳子被解开时，就像空气从一个胀满的气泡中跑出来一样，那些狂风呼啸而出，海水翻腾着，变成白色的泡沫，把这个船队的船只吹散到无人知晓的地方去了。

逃过这场危险风暴后不久，一场更大的风暴又将降临到他的头上。这场飓风到达之前，他来到了一个地方，后来他才知道，这个地方叫莱斯特里冈尼亚。在这里，几个巨人吃掉了他的许多同伴，并把他们的船只全部弄沉，只有他亲自驾驶的那条船，躲过了来自海岸边悬崖顶上大石头的袭击。这艘逃过飓风袭击的船儿，在躲过这些麻烦之后，能安稳地停泊在我刚才向你们讲到的这座绿色小岛一个平静的港湾里，对此，尤利西斯已经很高兴了——你们肯定也能理解他的心情。他一生遭遇过许多巨人，还有独眼巨人库克罗普斯以及陆地、海洋里的各种妖怪，即便现在，在这个偏僻宜人的小岛上，一想起这些遭遇来，他还是心有余悸。然而，两天来，这些在飓风中劫后余生的航海者都很安静，他们或静静地待在甲板上，或沿着海边，在悬崖下爬来爬去。为了生存，他们还在沙滩上挖贝壳，寻找一些可能流向大海的淡水小溪。

两天后，他们很快就厌倦这种生活了。其实，尤利西斯的这些追随者——你们得记住，这事很重要——都是些可怕的贪吃鬼。他们肯定会抱怨说，要是正常饮食得不到保障，他们就要疯了。库存食物快没了，甚至连贝壳都快捡不到了，他们只有两条路可走：要么等着饿死，要么冒险深入小岛进入岛内。就算前方有三头怪龙，或者其他藏在洞穴里的可怕妖怪，也只能前行——当年，这类奇形怪状的怪物是很多的，所以，人人都知道，不管出海航行还是陆上旅行，都要冒着被妖怪吞噬的危险。

不过，尤利西斯不但是个勇敢的人，还是个小心谨慎的人。第三天早晨，他决定弄清这座小岛的情况，了解一下怎么才能为他饥饿的同伴们弄到一些食物。到了小岛中央，他看到一座由雪白的大理石建成的城堡，耸立在一片高大的树林中，像宫殿一样庄严。树林浓密的枝叶一直伸到城堡的正面，城堡半隐半现。仅从露出的部分看，这城堡又宽敞又美丽。尤利西斯判断，这可能是某位王公贵族或者王子的宅邸。城堡烟囱那里，一缕蓝色炊烟正袅袅升起，这对尤利西斯来说，是最令人兴奋的风景。从炊烟的浓重程度判断，此时厨房里的炉火正旺。现在正是开饭时间，厨房一定会为宫殿主人及可能顺道来访的客人，准备一顿丰盛的宴席。

尤利西斯满怀兴奋和期待，决定直接走进宫殿，告诉主人，距此不远的地方，正有一班在海上遇难的可怜水手，两天来，只吃了几只蛤蚌和牡蛎，现在已经没什么东西可吃了，要是他们能在这里弄到一点食物，一定会感激不尽。即使这个王子或者贵族碰巧是个很吝啬的老家伙，也会在他吃完后，让他们吃些残杯冷炙。

尤利西斯心情愉快，向宫殿走了过去。这时，他听到从旁边一棵树上传来一阵喳喳的叫声。过了一会儿，一只鸟儿向他飞了过来，在空中盘旋着，翅膀几乎碰上了他的脸。这是一只很漂亮的小鸟，长着紫色的羽毛、黄色的双脚，脖子上是一圈金黄色的羽毛，头顶也有一簇金色的羽毛，看起来就像一顶缩小的王冠。尤利西斯试图抓住这只鸟，但它却敏捷地飞开了，还用一种哀怨的调子喳喳地叫着——要是它能说人话的话，可能要向他讲述一个不幸的故事。他想赶走小鸟，但它飞不远，顶多飞到旁边的树上，等他打算再向前走时，又飞到他的头顶，用悲哀的调子喳喳地叫着。

“小鸟，你有什么话要对我说吗？”尤利西斯问道。

当年围攻特洛伊城时，以及其他时候其他地点，他都碰到过诸如此类的怪事。他认为，假设这只长着羽毛的小生灵，能像自己一样清楚地说话，也并不违反常理。他准备好好听听这只小鸟要讲些什么。

“啾啾！”小鸟叫道，“啾啾，啾啾，啾……啾！”没有其他的话，它只是用一种忧郁的调子，一遍又一遍地叫着“啾啾，啾啾，啾……啾”。等尤利西斯一向前走动，这只鸟儿就又发出严厉的警告，扑打着紫色的翅膀，尽力要赶他回去。这无法解释的举动使他悟到：总之，这只鸟儿知道前面有危险在等着他，而且这个危险是很可怕的——别的不说，单就这个危险甚至能引起一只飞鸟对人类的同情，就可知其危险的程度了。于是他决定，立刻回到船上去，把他见到的情形告诉伙伴们。

小鸟很满意他的举动。尤利西斯一转身往回走，它就飞到一棵树干上，用尖利的长喙去啄树皮里的虫儿。你们要知道，它是啄木鸟的一种，也必须跟它同类一样用这种方法捕食。这只紫色的鸟儿，边啄树皮边暗自想着一些私密的伤心事，每隔一会儿，便重复起那悲哀的调子：“啾啾，啾啾，啾……啾！”

在回海滨的路上，尤利西斯运气很好，用长矛刺中了一只大牡鹿。他把死鹿扛在肩膀上（因为他力气很大），拖着它回到船上，摔到饥饿的同伴们面前。我已经对你们提过，他们中有不少人很贪吃。我还猜想，他们喜欢的食品肯定是猪肉，因为他们是吃猪肉长大的，因此脾气跟贪婪的猪很相似。不过，对他们来说，来碟鹿肉也能接受，特别是现在，他们已经吃了好几天蛤蚌和牡蛎了。所以，一见到这只死鹿，他们就像嗅到了鹿排的香味，大家立刻心照不宣地捡拾枯枝干柴，烧起火烘烤起来。这天剩下的时间里，这些贪吃鬼就像过节一样，直到太阳下山，才从餐桌边站起来，因为他们已无法从这只可怜的动物的骨头上，再刮下一片肉来了。

第二天早晨，他们还像往常一样饥肠辘辘地看向尤利西斯，好像希望他再爬上那座悬崖，再用肩膀扛回另一只肥鹿似的。然而，他没有出门，而是把全体船员召集到一起，对他们说，不要希望他会每天杀死一只牡鹿给他们当饭吃，因此，最好还是想出别的能喂饱大家饥肠的方法。

“啾，”他说，“我昨天在悬崖看到，这座小岛是有人居住的。在距离海岸相当远的岛内，有一座大理石宫殿，这座宫殿显然很大，烟囱里还冒出很浓的烟。”

“啊呀！”他的一些伙伴咂着嘴唇，咕噜着说，“烟必定是从厨房的火炉冒出来的。那里肯定在烤肉。不消说，今天有好东西吃了。”

“可是，”聪明的尤利西斯继续说道，“我的好朋友们，你们应该记住，在塞浦路斯的时候，我们曾经不幸落入独眼巨人波吕斐摩斯的洞穴里！那天晚餐的时候，他没喝牛奶，却吃掉了我们两个弟兄，第二天早餐时，又吃了我们两三个弟兄，到晚餐时又吃掉了两个弟兄，难道你们忘了这事吗？我想，现在这个可怕的怪物，还在用他那只长在额头中央巨大血红的独眼，扫视着我们，想挑一个长得最肥壮的人充饥哩。还有，仅仅在几天前，我们落入莱斯特律戈涅斯国王的手里，他的那些臣属巨人，吃掉了我们更多弟兄，数目比幸存下来的还多，难道你们忘了吗？实话告诉你们吧，要是我们到这座宫殿去的话，毫无疑问，肯定会在餐桌出现——不过，是作为客人坐在餐桌旁呢，还是作为食物被摆上餐桌，倒是一个值得思考的问题。”

“不管是死是活，”船员中几个饿得不行的人说，“总比在这里饿死要好。特别是，如果被当成食物，肯定也是被养肥后才被吃掉。”

“那只是你的想法。”尤利西斯说，“至于我自己，我既不甘心被养肥，也不甘心被做成美味。我建议大家平分成两组，然后抽签确定哪组先到宫殿去寻求帮助和食物。要是这组人如愿以偿，大家便平安无事。反之，要是宫殿里的人像波吕斐摩斯或莱斯特律戈涅斯国王一样凶恶，那么我们也还能有一半人活命，可以扬帆启程逃脱。”

大家都同意这个建议，于是尤利西斯清点人数，包括他自己在内一共四十六人，分成了两组，每组二十二人，由欧律洛科斯（尤利西斯的一个主要头目，智力仅次于尤利西斯）带领一队，尤利西斯自己带领另一队。然后，他摘下头盔，放进两只贝壳，一只写着“去”，另一只写着“留”，由另一个人举起头盔，让尤利西斯和欧律洛科斯各抓出一只贝壳。那只写着“去”的贝壳正好被欧律洛科斯抓中，尤利西斯便决定带着他这一组的二十二个人留在海岸边，等待另一组带回确切消息，看看他们在那座神秘宫殿里到底能受到什么样的款待。理所当然地，欧律洛科斯立即走在前头，带着他那二十二个心情忧郁的弟兄，离开那些心情比他们好不了多少的朋友，出发了。

不久，他们爬到悬崖顶，看见了那座宫殿的几座大理石尖塔。它们像白雪一样，高高耸立在周围优美的绿树环绕之中。一股浓烟从宫殿后方的一支烟囱冒了出来，升上高空，一阵轻风吹过，烟雾便向大海的方向飘来，飘过了这些饥饿水手的头顶。当人们饿到极点的时候，对空气中的味道就更加敏感了。

“烟是从厨房出来的！”他们之中有一人说，“而且，凭我这个饿得半死的流浪汉的判断，我断定其中有烤肉的香味。”他尽可能把鼻子翘得高高的，贪婪地抽着鼻子。

“猪肉，是烤猪肉！”另一个说，“啊，可口的乳猪肉呀！我的口水都快流出来了。”

“我们走快点，”其他人也嚷道，“否则就赶不上这顿美餐了！”他们从悬崖那儿向前走去，但刚走出五六步，只见一只鸟儿扑着翅膀飞到他们面前。正是那只长着紫色羽毛、黄色双脚，脖子上围着一圈金色羽毛，头上也长着一撮金色羽毛的美丽小鸟——正是它的举动把尤利西斯吓退了。它在欧律洛科斯的头顶盘旋着，翅膀几乎触到他的脸。

“啾啾，啾啾，啾……啾！”小鸟叫着。

小鸟的声音是如此清晰而悲伤，似乎它要冒死进谏，说出一个不得不说的大秘密，而且，只能用这种可怜的方式说出来。

“我美丽的小鸟，”欧律洛科斯说——他是一个机警的人，不会让任何不祥的兆头逃过他的警戒——“美丽的小鸟，是谁派你到这儿来的？你带来的这个信息是什么意思呢？”

“啾啾，啾啾，啾……啾！”小鸟非常悲伤地回答。

接着，它飞到悬崖边，看着他们，好像迫切希望他们回到原来的地方去似的。欧律洛科斯和其他几个人倾向于返回去，他们怀疑，这只紫色的小鸟一定是向他们报警的，如果他们到那座宫殿去，就会有不幸落到他们身上，正是这个不幸触发了这只空灵的鸟儿对人类的同情和悲伤。但其他的水手，被那股来自厨房的香味吸引着，对这个走回头路的想法不屑一顾。其中有一个（他比同伴们更凶残，在全体船员中也是最臭名昭著的贪吃鬼）说了句残忍邪恶的话，使我不由得想，按照他说话的天性，他应该变成一头野兽才对。

“这只讨厌而多嘴的小东西，”他说，“可以做成餐前美妙的开胃食品。这样肥嫩的一口食物，塞进嘴里就会融化。要是它飞到我身边，我就要抓住它，拿给那座宫殿的厨子，插到肉叉上烤熟。”

这句话还没说完，那只紫色的小鸟就飞走了，一边还叫着：“啾啾，啾啾，啾……啾。”声音比原来更忧伤了。

“这只鸟儿，”欧律洛科斯说，“比我们知道得更多，它知道在那座宫殿里等着我们的是什么。”

“那么，走吧，”他的同伴们嚷道，“我们很快就会和它知道得一样多了。”

于是，这伙人穿过那座宜人的绿色树林向前走去。每隔一会儿，他们就会对那座大理石宫殿看上一眼，距离宫殿越近，它就显得越发漂亮。不久，他们走进了一条宽阔的大路。这条路似乎打扫得非常干净，弯弯曲曲地向前延伸着。阳光照在高高的树冠上，把摇摇晃晃、斑斑驳驳的光斑洒落在路中间。路边还长着许许多多发出甜蜜气味的花儿，它们是那么芬芳，那么美丽，都是这些水手以前从未见过的。要是这里的灌木都是土生土长的野生植物的话，那么这座小岛足可堪称世界花园了；如果它们是从其他地方移来的，也一定是从那座向着金色落日的幸福岛上移植过来的。

“在这些花儿身上花费大量的时间，太不值得了，”这群人中有一个说道，“如果我是这座宫殿的主人的话，我一定会吩咐园丁，只栽种用来烤肉的调料或炖肉用的香草，别的什么也不种。”我要告诉你们，你们要记住，他这句话说明他们都是些贪吃鬼。

“说得好！”其他人叫道，“不过我敢打包票，宫殿后边肯定有一座厨房。”

他们来到一个水清如镜的水泉边，停下来以水当酒，大喝一气。他们向水里望去，看到所有人的脸都模糊地映在水里，被涌动的泉水大大地扭曲了，每个人看来都像是在嘲笑自己和别的同伴似的。说真的，他们的形象是那么可笑，惹得大家都哈哈大笑，再也无法严肃起来了。喝过水后，他们比刚才更快乐了。

“这水有点葡萄酒的味道。”有人咂着嘴唇说。

“快点！”他的伙伴们说，“我们会在那座宫殿里找到真正的葡萄酒，要比泉水好喝一百倍。”

于是，他们加快步伐，高兴地想象着自己作为贵客参加丰盛宴会的情景。但是欧律洛科斯对他们说，他觉得自己好像走在梦里似的。

“要是我当真醒着的话，”他继续说道，“那么，在我看来，我们正走到某个更奇怪的冒险的节骨眼上。这个危险，比我们在波吕斐摩斯的洞穴，或者在吃人巨人莱斯特律戈涅斯的王国，或者在铜岛上的风神埃俄罗斯的宫殿里所遇到的危险，都更危险、更奇怪。每当有一些奇怪的危险发生时，这种梦幻的感觉就会出现在我身上。要是你们能听从我的劝告，还是回去为好。”

“不，不回去，”同伴们回答，“即使我们明知像高山一样的巨人莱斯特律戈涅斯国王会坐在首席，而独眼巨人库克罗普斯在下首作陪，我们也不会回去的。”他们边说边吸着空气中的香味，现在，这股从宫殿厨房飘过来的香味变得更浓香了。

最后，他们走近了，看到了整座宫殿。事实证明，这是一座非常宽阔高大的宫殿，屋顶上还耸立着许多尖塔。这时日正当午，阳光照耀着大理石墙的正面。然而，由于它雪白的外形和奇异的建筑风格，整体都显得有点虚幻，就像凝在窗框上的霜花，或月光下笼罩着云雾的城堡似的。正在此时，一阵风把那座厨房烟囱的烟雾吹到他们中间，人人都闻到了他喜欢的食物的香味。这香味让大家认定，反正这座宫殿和里面就要准备好的宴席是真实的，其他都无所谓了。

于是他们加快步伐向大门走去，可还没走到那宽阔的草坪中央，一大群狮子、老虎和豺狼便跳跃着向他们迎了上来。这些水手吓坏了，转身就跑，生怕被这些豺狼虎豹生吞活剥。然而接下来的场景让他们又惊又喜：这些野兽不仅甩着尾巴围着他们转，还快乐地伸出头来让人抚摸，很像许多驯养好的家狗，在欢迎主人或主人的朋友。那只最大的狮子舔着欧律洛科斯的双脚，其他的狮子、老虎和豺狼，则各自从那二十二个水手中选中一人，让他抚弄，好像它更喜欢这个生人而不喜欢牛骨头似的。

虽然如此，在这些野兽的眼睛里，欧律洛科斯还是看到了某些凶狠残忍的东西。他似乎看到这只大狮子可怕的坚牙利齿咬住了他，老虎正扑向他的同伴、豺狼正咬住抚摸着它的人的喉咙。这种感觉一直伴随着他，它们温驯的表现似乎并不真实，而是一种反常的行为，但它们的野性却和它们的坚牙利齿一样真实。

就这样，在这群野兽欢乐的陪伴下，这伙人毫发无损地安全越过草坪；然而，当他们踏上宫殿的台阶时，只听狼群中发出一阵低沉的吼声——那些狼好像觉得，不尝一尝用这些陌生人做成的美味佳肴就让他们通过，着实有点遗憾。

此时，欧律洛科斯和伙伴们已经穿过一座高大的门，从门口向宫殿里张望着。他们首先看到的是一座宽阔的大厅，大厅中央有一座喷泉，泉水从一只大理石盆里喷出来，向上直喷向天花板后，又落回水池里，激起连续不断的水花。喷泉向上喷出的水，每次都形成不同的形状，虽然不很清晰，但人们也足以快速想出它对应的物体来。此刻它的形状是一个穿白色长袍的男人，那洁白的长袍就是水花形成的；接着，它又变成狮子、老虎、豺狼、驴子等动物；有时像一头肥猪在大理石水池里打滚，好像这水池是它的猪栏似的。它就像变戏法或者某种奇怪的机器一样，让喷出的泉水幻化成各种各样的形状。但是，正当这些陌生人想仔细看清这些奇妙景色的时候，他们的注意力又被一个非常甜蜜悦耳的声音吸引了。这是一个女人优美的歌声，伴随着织布机的梭子声，从宫殿的另一个房间里传了出来。她很可能就坐在织布机前，一边织着纹理细密的布，一边将她抑扬顿挫的歌声织进了布匹中。

渐渐地，歌声停止了，很快又传出几个女人的声音，她们轻松快乐地交谈着，有时还爆发出阵阵笑声，就像你经常可以听到的，三四个年轻女人坐在一起工作时的嬉闹声一样。

“多么甜美的歌声呀！”一个水手嚷道。

“太甜蜜了，真的，”欧律洛科斯摇着头说，“不过还比不上海妖的歌声。那些小女人像小鸟一样，想把我们引诱到岩石上去。这样，我们的船只可能会撞上岩石，我们的骨头会沿着海岸漂流，慢慢变成白骨。”

“不过，听到这些少女快乐的歌声和织布机的嗡嗡声，就像看到梭子在来往穿梭一样。”另一个水手说，“这是多么亲切温馨、充满天伦之乐的声音呀！啊，在包围特洛伊城的那段让人厌倦的日子里，我经常听到自己家织布机的嗡嗡声和女人的说话声。难道我再也听不到这种声音了吗？难道我再也尝不到妻子为我准备的味道鲜美的菜肴了吗？”

“呸！我们在这儿会活得更好，”另一个水手说，“这些在一起闲聊的女人是多么天真呀，她们根本猜不到我们在偷听她们的谈话！听起来，其中有个最富魅力的声音，令人如此愉快、如此亲切，似乎是威严的女主人发出的。我们快点进去见她吧。这座宫殿的女主人和她友好的女伴们，能给我们这样的水手和勇士造成什么伤害呢？”

“记得吗？”欧律洛科斯说，“我们有三个朋友走进了莱斯特律戈涅斯国王的宫殿，正是一个少女引诱的。其中一人被那个独眼巨人吃掉了。”

然而，不管是警告还是劝说，对他的同伴已没有任何作用了。他们走到大厅对面一座双扇门那里，把门推开，走进旁边那个房间。这时，欧律洛科斯刚好走到一根廊柱后面。就在那两扇门被打开又关上的瞬间，他看到一个非常美丽的女人，从织机前站了起来。只见她脸上露出殷勤的笑容，伸出双手向那些被风暴驱赶到这里来的可怜流浪汉迎了上去，欢迎他们的到来。另外四个年轻女人，也合着双手快乐地跳着舞迎上前，向这些陌生人致敬。她们的美貌，似乎只比那位女主人稍逊一筹。但欧律洛科斯发觉，她们中有一个长着海青色的头发，而第二个女郎的紧身衣像树皮，另外两人的形象中也有某种奇怪的东西，但他一时无法细看，无法完全确定。

那两扇门很快就关上了，留下欧律洛科斯单独站在大厅外的廊柱后面等着。他急切地听着每一个声音，直到站累了，还是没有听到什么能与他朋友们的命运相关联的动静。说实话，脚步声倒是有，他们似乎在宫殿里来来去去地走动着。接着，他听到有金盘或银盘互相碰撞的声音。他想，可能有一场丰盛的宴会，正在一座堂皇的宴会厅里举行。不久，他听到一阵很大的咕噜声和尖叫声，随后又传来突然奔跑的声音，就像一种坚硬的小蹄子在大理石地板上奔跑时发出的声音一样。与此同时，那位女主人和她的四个女伴也齐声叫了起来，那声音既愤怒又带着嘲笑的意味，好像一群猪被宴席上的香味所吸引，冲了进去。他偶然又向那座喷泉望了一眼，发现它不像原来那样变换形状了，现在它既不像穿长袍的人，也不像狮、虎、豺狼或驴子了，现在，它只像一只肥猪，躺在大理石的水池里翻滚着，把池子里的水都溅了出来。

不过，我们暂且留下谨慎的欧律洛科斯在大厅外面等着，先跟着他的朋友们，走进这座神秘的宫殿内部去看看吧。我前面讲过，那位漂亮的女人一看到他们，就从织布机前站起来，笑着迎上前去，伸开双臂表示欢迎。她拉住走在前头的那个水手的手，向他们全体表示欢迎。

“恭候诸位很久了，我的好朋友们，”她说，“虽然你们一下子认不出我们来，但我们早就认识你们。看看这幅织锦，就知道我们一直很熟悉你们的面容。”

海员们仔细看着这位漂亮女人在织机上织出的布。令他们大为惊奇的是，这匹布上，居然有他们自己的形象，是用不同颜色的丝线织上去的。这些活生生的图画，记录着他们近来的几次冒险经历：一幅描绘了波吕斐摩斯的洞穴，在那里，他们如何逃过那只月眉形独眼的监视；另一幅画面中，他们正在解开那些皮袋，将飓风放了出来；又一幅画面上，他们看到，他们如何爬出巨人莱斯特律戈涅斯国王的洞穴，而其中一人的脚却被国王抓住了；最后一幅画，则是他们坐在这座小岛荒凉的海岸边，又饥又饿，垂头丧气，悲伤地望着昨天他们吃掉的那只牡鹿光秃秃的骨头。这可是他们迄今为止做的最近一件事。如果让这个美丽的女人再坐回织机前，她织出的画面，可能就是这些陌生人刚刚碰到的事情，以及接下去要发生的事情了。

“你们明白，”她说，“我知道你们所有的烦恼。你们不用怀疑，在你们和我在一起的这段时间里，我会让你们过得很快乐。为此，我尊贵的客人们，我已下令准备了一桌宴席，有鱼肉鸡鸭，有烤的、炖的，都是名厨烹调，味道鲜美。我相信，这些合你们口味的饭菜，都已备好并可以端上来了。如果你们的肚子告诉你们，吃饭的时间到了，那就跟我一起到宴会厅去吧。”

受到这样客气的邀请，这些饥饿的水手乐坏了。其中有人自告奋勇充当发言人保证说，不管好客的女主人今天什么时候跟他们一起进餐，他们都会尽情畅饮、一醉方休。于是，美丽的女主人在前带路，那四个少女（其中一个长着海青色的头发，另一个穿着橡树皮的紧身衣，第三个的手指头会喷出水滴来，第四个也有些怪异的特性，不过我已经忘记是什么了）也跟在后面，这些客人紧跟着她们，进入一座华丽的客厅。客厅呈椭圆形，光线从水晶圆顶上射进来。二十二个王座沿着四面墙脚摆放着，座位上方都有深红色或金黄色的华盖，座位里则铺着柔软的、饰着流苏镶着金边的坐垫。每人都应邀坐到一个王座上。于是，这二十二个遭遇风暴袭击、穿着破衣烂衫的水手，坐到了二十二只铺着坐垫、顶着华盖的王座上，那种富贵豪华的气派，就连最高傲的帝王也望尘莫及。

你们也许已经看到，这些客人们点着头，用一只眼睛互相传递着满意之色，用嘶哑的耳语传达着满足之情。

“好心的女主人已经把我们当国王来接待了，”有个人说，“哈！你闻到酒席的香味了吗？我估计，这酒席一定符合咱们二十二位国王的身份。”

“我希望，”另一人说，“这桌酒席主要的食物应该是实实在在的大块肉，比如牛腰肉、小排骨和后腿肉等，而不是太多填不饱肚子的精美菜肴。要是好心的女主人不见怪的话，我想请求她以炸咸肉片作为第一道菜端上来。”

啊，这些饥肠辘辘的贪吃鬼呀！你们应该想象得到，跟他们一起吃饭会是什么样子吧。坐在这些最柔软的王座上，他们所能想到的，便是如何满足他们贪婪的胃口，这正是他们本性中与豺狼和猪猡的相同之处。所以，他们更像这些可恶的畜生，而与他们扮演的国王角色——要是他们真的变成国王的话——毫无相似之处。

这时，那位美丽的女主人拍了拍手，立刻进来二十二个仆人。他们端着装满丰盛食物的刚从厨房灶火上取下来的盘子，从盘子里冒出的腾腾热气像一道道云彩一样，在水晶圆顶下面的客厅里翻腾着；还有二十二个侍者，端来装着各种各样葡萄酒的大酒壶。这些葡萄酒色泽明亮，进入喉咙时还泛着泡沫。还有一些非常清澈的紫色饮料，透过满杯的液体，甚至可以看到高脚酒杯底部精美的图案。在仆人们为这二十二个客人添酒上菜的同时，女主人和她的四个女伴则在王座前面来回走动，劝客人们吃饱喝足，让他们在这个宴席上，犒劳一下他们许多天来没吃过一顿饱饭的辘辘饥肠。但是，每当这些水手没有看到她们的时候（大多时间都是如此，因为他们总盯着汤盆菜碟了），那位美丽的女主人和她的女伴们便转身偷笑，就连那些跪在地上献上菜盘的仆人，也在龇牙咧嘴地冷笑着。而那些客人呢，还在一心吃着献上来的佳肴。

不过，此时这些陌生人似乎也吃到了一些他们不喜欢的东西。“这只碟子里有一种奇怪的香料，”一人说，“不太合我的胃口，还是撤下去吧。”

“喝一口好葡萄酒不就行了吗？”坐在他邻座的一个同伴说，“这酒可以让这食物的味道变得更可口。不过我也必须说，这种葡萄酒也有一种怪味道。可是我喝得越多，就越喜欢这种味道了。”

每当他们发现盘子里的食物有点怪味的时候，他们在餐桌上呆坐的时间就越漫长；而看到他们那鲸吞滥饮的样子，你会觉得羞耻。说实话，他们虽然坐在黄金宝座上，但是他们的举止就和猪栏里的猪猡一模一样。因此，要是他们有点头脑的话，他们也许已经猜到，这正是漂亮的女主人和那些女伴的想法。想起来真让我觉得脸红，在我看来，就是堆起一座肉山，蓄起一座酒池，这二十二个老饕兼酒鬼也会把肉山吃光，把酒池喝干。他们已经忘了他们的家庭，忘了他们的妻子儿女，忘了尤利西斯和其他的同伴，他们的心里只有这桌酒席，他们要将这个宴会永远持续下去。但他们最后还是放弃了，原因仅仅是因为他们的肚子，再也装不下更多的酒肉了。

“我吃不下最后这片肥肉了。”一人说。

“我肚子里已没有空地方装食物了，”他邻座的同伴打了个饱嗝，说道，“太遗憾了！我的胃口还是跟平时一样好呀。”

简而言之，他们都吃不下了，个个都斜倚在王座的椅背上，那愚蠢无能的样子显得非常可笑。女主人看到这个情景，便哈哈大笑起来，四个女伴也跟着哈哈大笑。接着，那二十二个端盘送菜的仆人，和那二十二个提壶倒酒的侍者，也一样哈哈大笑起来。他们的笑声越响亮，那二十二个贪吃鬼就显得越愚蠢无能。之后，那位美丽的女主人从客厅中央走开，举起手里的一根细木棍（她的手里一直拿着这根木棍，不过他们直到这时才注意到），一一向她的客人点去。那些被她的木棍点到的人，便立即倒在椅子里。她带着笑容的脸虽然很美，但看起来却像世上最丑恶的毒蛇一样邪恶凶残；而这些愚蠢的水手也开始怀疑，他们已经落入一个邪恶的女巫之手。

“不幸的人们，”她大声叫道，“你们已经玷污了一位女士的好意。在这个庄严的客厅里，你们的举动就跟猪猡一样。除了拥有一个人形之外，你们就是一群猪猡。你们玷污了人的形象，我本人也为继续与你们为伍感到羞耻。不过，把人类的外形变成贪婪猪猡的样子，只需用魔法略施小技。贪吃鬼，你们既然已经原形毕露，就滚到猪栏里去吧！”

说完最后这句话，她便挥动手里的木棍，庄严地迈动着脚步。每个客人都惊骇地看到，他那二十一位坐在黄金宝座里的同伴，已变成了二十一只肥猪。每个人（他以为自己还是人）都惊叫一声，可是却发现自己只能发出猪的哼哼声，这才发现，自己也跟同伴一样变成了肥猪。看到一群肥猪坐在铺着坐垫的王座上，真是太荒唐可笑了。于是他们急忙滚到地上，跟别的猪猡一样，四脚着地。他们试图哀求女主人的怜悯，但喉咙里却只能发出像猪

一样可怕的哼哼声和尖叫声。他们本想摆摆双手做出绝望的姿态，但是，当他们打算这样做的时候，却更加失望地看到，他们都用后腿蹲在地上，却用两只前爪伸在空中乱抓。我的天！他们的耳朵怎么这么长呀！他们的眼睛怎么这么小这么红，而且还深深陷进肥肉里呢！他们那些希腊式的鼻子，都变成了长长的猪嘴巴！

不过，虽说他们本来就凶悍得很，但在他们凶残的本性里，到底还有相当多人类的天性。他们还想呻吟叹息，发出的却是哼哼声和尖叫声，比刚才更加响亮。这些声音是如此难听刺耳，你们会以为此时屠夫正用尖刀刺进他们的喉咙，或者，至少有人正扯着他们有趣扭曲的小尾巴。

“滚到你们的猪栏里去，”那个女巫叫道。她用手里的木棍狠狠地抽打着他们，接着又转向那些仆人，“把这些猪猡赶出去，丢些橡子给他们吃。”

宴会厅的门被推开了，这群猪四处奔散，只是不肯走出门去——这正符合他们贪婪反常的性格。不过，最后他们还是被赶进了宫殿的后院。这些可怜的动物一路嗅着鼻子，这边捡吃一片菜叶，那边捡吃一只菜头，还用鼻子在泥土里乱翻找寻食物。看到此情此景，真是令人潸然泪下（但愿你们没人忍心嘲笑他们）。到了猪栏，他们的举动比起那些天生就是猪猡的猪还更像猪。他们互相喷着鼻子撕咬，把脚踩进食槽里，狼吞虎咽地争吃槽里的饲料，好像饿坏了似的。槽里没什么东西可吃时，他们便在一些肮脏的稻草上滚作一团，很快便睡着了。如果说他们还剩有一点人类的理智的话，那就是担心自己什么时候被杀、被做成什么样的咸肉了。

正如前文所说，此时，欧律洛科斯还等在宫殿门口。他等啊等啊，根本不知道不幸已落在他的朋友们身上。最后，他听到宫殿后传来猪猡的嚎叫声，又看到那座大理石喷水池里映出一只猪的影子时，便觉得最好还是赶快回船，把这些奇怪的现象告诉聪明的尤利西斯为好。

“为什么只有你一个人回来？”尤利西斯一见到他便问，“那二十二个伙伴呢？”

听到这个问题，欧律洛科斯不禁泪流满面。“天呀！”他叫道，“恐怕我们再也见不到他们了。”

于是他便将他的所见所闻告诉了尤利西斯，并且说，照他看来，他怀疑那个漂亮的女人是个可恶的女巫，而那座看起来华丽堂皇的大理石宫殿，事实上不过是一座阴森的洞穴罢了。至于他的伙伴们，他想象不出他们已经变成了什么样子，很可能已经被猪猡生吞活剥了。听到这些消息，所有的水手都吓得要命。尤利西斯立即挎上宝剑，右手握住一支长矛，把强弓和箭袋搭到肩上。他的伙伴们看到他们睿智的首领正在准备战斗，便问他要到哪里去，并恳求他不要丢下他们。

“您是我们的国王，”他们嚷道，“而且，您是全世界最聪明的人，只有您的智慧和勇气能救我们。要是您丢下我们，到那座女巫的宫殿去的话，您将遭到和那些可怜的伙伴一样的命运，我们就没人能再见到我们亲爱的祖国伊萨卡了。”

“正是因为我是你们的国王，”尤利西斯答道，“又比你们都更有主见些，我就更有责任去看看那些同伴到底发生了什么事，看看有什么办法能够解救他们。在这里等着我，如果明天我还没回来，你们就赶快起航出海，尽力找到返回祖国的路。至于我，我要对那些可怜的水手负责。在以前的战斗中，他们一直支持我，与我一起劈波斩浪、奋不顾身。我要么带着他们一起回来，要么跟他们同归于尽。”

那些随从想用武力留下他，可是又没那个胆量。因为尤利西斯晃动着手里的长矛，严厉地皱起眉头看着他们，命令他们不要冒险阻止他。看他这么坚决，他们只好放他走了。然后，他们坐在沙滩上，闷闷不乐地一边等待，一边祈祷他的归来。

就像之前一样，正当尤利西斯从悬崖边走出几步的时候，那只紫色的小鸟又扇着翅膀向他飞来，一边叫着：“啾啾，啾啾，啾……啾！”竭力劝他不要再向前走。

“小鸟，你是什么意思？”尤利西斯嚷道，“你穿得像个国王一样，披着紫色的羽毛，头上戴着金色的王冠。莫非因为我也是个国王，你才这么急切地想和我交谈？要是你能说话，就告诉我该怎么做吧。”

“啾啾！”这只紫色的小鸟哀伤地回答，“啾啾，啾啾，啾……啾！”

这只小鸟心里肯定有一些非常痛苦的话要说，它看上去那么悲哀，想说但无法说出。可是，尤利西斯等不及去探寻这个秘密。他加快步伐，很快便走上那条平坦的林间小路。在这里，他遇到一个机敏伶俐、穿着有点怪异的少年。他披着一件短斗篷，戴着一顶似乎长着两只翅膀的怪帽子；他脚步轻飘，让人感觉他的脚上也同样长着翅膀。为了能更方便地走路（因为他总在行走中），他还带着一根长着翅膀、缠着两条毒蛇的拐杖。不用多说，你们一定猜到了，他就是水银仙人。尤利西斯也立刻认出他来了。因为他早就认识这个少年，还从他身上学到许多智慧。

“智慧的尤利西斯，您这么匆匆忙忙的，是要到哪里去呢？”水银问道，“您难道不知道，这座小岛已经被施了魔法吗？那个邪恶的女巫叫喀耳刻，是埃厄忒斯国王的妹妹，就住在树林那边那座大理石宫殿里。她能用魔法把每个人变成与其性格最相近的飞禽或走兽。”

“我在悬崖边上遇到的那只小鸟，”尤利西斯惊叫道，“也是人变的吗？”

“是的，”水银答道，“他原来也是一位国王，名叫皮库斯。他是个好国王，只因过分炫耀自己的紫色王袍、王冠和脖子上的金链，所以才被变成一只炫耀羽毛的小鸟。那些在宫殿前面跑上来迎接你们的狮子、豺狼和老虎，原先都是些凶恶残忍之人，现在都披上了相应的兽皮，变成了与他们个性相符的野兽。”

“那么，我可怜的伙伴们，”尤利西斯说，“他们被喀耳刻的魔法，变成什么了吗？”

“您也清楚，他们都是些狼吞虎咽贪吃的人，”水银装作对这个玩笑忍俊不禁的样子，说道，“所以，如果您听到他们都变成猪猡的消息，也不必惊讶！如果这就是喀耳刻干过的最坏的事，我想也不必过分谴责她。”

“不过，我要怎么才能帮到他们？”尤利西斯问道。

“这就全靠您的智慧了，”水银说，“再加上我的一点小聪明，这样，就可以保证高贵而远见卓识的您，不会被变成一只狐狸。不过您要按我的吩咐去做，这样结局可能会比开头更好些。”

他们交谈期间，水银似乎正在找什么东西。他弯着腰，沿着路边向前走去，很快便在地上拔起一株开着雪白小花的植物，凑到鼻尖嗅着。尤利西斯刚才就看到过这种小植物，正含苞待放，现在他发现，经水银手指的触摸，那朵花已经完全开放了。

“拿着这朵花，尤利西斯，”他说，“像保护您的眼睛一样保护它。我向您保证，这花非常稀有，非常珍贵，即使找遍全世界，您也找不到另一朵跟它一样的花。您去那座宫殿，跟女巫谈话时，要一直拿在手里，经常闻闻它。特别是她给您东西吃，或者用酒壶倒酒给您喝的时候，千万要让这花的香味充满鼻孔。按照我的吩咐去做，她的魔法就不灵了，您也就变不成狐狸了。”

水银又给了他一些忠告，告诉他如何行动，吩咐他既要勇敢，又要谨慎。之后又保证说，不管喀耳刻的魔法多么高强，他一定会平安地从这魔宫里走出来。尤利西斯认真地听完，向他致谢后，便继续上路了。但才走出几步，便又想起还有几个问题要问，于是又往回走。可到了水银原来站着的地方，已经不见他的人影了。原来，他借助那顶有翅膀的帽子，那双有翅膀的鞋子，还有那根有翅膀的拐杖，早已走得无影无踪了。

尤利西斯走到宫殿前面的草地时，那群猛兽都跑上前迎接他，舔着他的脚奉承他，但这位聪明的国王拿长矛吓退了它们，严令它们让路。因为他知道，它们都曾残忍嗜杀，要是害人之心还在的话，随时可能撕下逢迎的外表，把他撕成碎片。等他登上宫殿的台阶，这群野兽远远站在那里，瞪着他吼叫起来。

尤利西斯走进宫殿，看到了位于中央的那座魔术喷泉。现在，泉水上喷，变成一个穿着白色长袍的人形，正向他表示欢迎。他也听到了织布机的穿梭声和那个美丽女人悦耳的歌声，接着又听到她和那四个女孩子愉快的谈话声，听到她们像珍珠落玉盘一样欢乐的笑声。不过，尤利西斯并没有浪费时间去听这些歌声和笑声，他把长矛斜倚在大厅的一根柱子上，拔出剑来，勇敢地向前将那两扇门推了开来。他威严地出现在门口，那个美丽的女人马上从织机前站起来，伸开双臂，笑容可掬地跑过去迎接他。

“欢迎欢迎，勇敢的陌生人！”她大声叫道，“我们正盼着您的光临呢。”

接着，那个长着海青色头发的尼芙，上前行了一个屈膝礼，同样对他表示欢迎。随后，她那个穿着橡树皮紧身衣的姐妹，那个指尖会滴出露珠的姐妹，以及那个我也说不出有什么怪异的姐妹，也都上前一一施礼。“您的伙伴们，”美丽的被称为喀耳刻的女巫（她已经迷惑了那么多人，并坚信也一定能把尤利西斯迷住，却没料到他是那么聪明）对他说道“已经被我接进了宫殿，让他们享受了符合他们身份的殷勤款待。要是您乐意，您可以先用些茶点，然后到他们现在住的雅致寓所跟他们会面。瞧，我和我的女伴们，已经将他们的形象织进这幅织锦里。”

她指着织布机上那匹漂亮的布。自那些水手到来之后，喀耳刻和那四位尼芙一定又辛勤地织出了许多图案，因为那幅织锦比之前又长出许多码来。尤利西斯看到，在这新织出来的布面上，织着那二十二位伙伴坐在上有华盖、下有坐垫的王座上，狼吞虎咽地吞吃着美食、大口大口地猛喝着葡萄美酒的情景。这幅画还没有完全织好，对，还没有织好。这个女巫狡猾得很，她不想让尤利西斯看到她用魔法把那些贪吃鬼变成猪猡的可怜样子。

“至于您本人，勇敢的阁下，”喀耳刻说，“凭您高贵的风度，我愿把您当成一位国王接待。请屈尊随我走，您将得到符合您身份的款待。”

于是，尤利西斯跟着她走进那个椭圆形的宴会厅，他的二十二位朋友就曾在这里的宴席上大吃大喝，得了个悲惨的结局。在喀耳刻说话期间，他手里一直拿着那朵白花，一直闻着；当踏过宴会厅门槛的时候，他更是小心地深深吸了几口花儿的香味。宴会厅里，那二十二个座位已经没了，只在中央摆着一个王座——这的的确确是供帝王休憩的最堂皇壮丽的宝座，全部用纯金制成，还镶嵌着贵重的宝石，上面铺的坐垫柔软，像是由一大堆鲜玫瑰堆砌而成，顶上的华盖则用喀耳刻精心织造的云锦铺就。女巫拉着尤利西斯的手，让他坐到这张金碧辉煌的王座上去。接着，她拍拍手，召来了大管家。

“把那只专为国王们准备的酒杯拿来，”她说，“斟上我的王兄埃厄忒斯国王喝的那种葡萄酒。上次他带着我美丽的侄女美狄亚来做客的时候，曾对这种酒大加赞赏。要是那善良亲切的孩子看到我用这种美酒款待客人，一定会非常高兴的。”

等大管家去拿酒的时候，尤利西斯便把那朵雪白的花儿放到了鼻子边。

“是纯葡萄酒吗？”他问道。

听到这话，那四个少女便哧哧地偷笑起来。女巫神色严厉地扫了她们一眼。

“是纯葡萄汁酿造的，”她说，“虚伪的人喝不了这酒，这种酒会让他无可遁形，原形毕露。”

那个大管家最乐意看的，就是把人们变成猪猡或其他野兽的把戏。于是，他急忙取来那只王者专用的酒杯，向里斟满清澈的金黄色美酒，只见杯里泛着泡沫，泛着光的酒液溢出杯沿。虽然看来令人垂涎，但里面却混进了喀耳刻配制的最有效力的魔药：每滴纯净的葡萄汁里就有两滴纯净的毒汁。加了它，酒变得更可口了，这也是这种毒药的最危险之处——只要嗅一嗅冒出杯沿的泡沫，饮用者要么胡须变成猪鬃，要么手指变成狮爪，要么身后长出一条狐狸尾巴来。

“喝酒吧，尊贵的客人，”喀耳刻把酒杯端到他面前，微笑着说，“您将发现，只消一口酒，就会把您的百忧千愁一笔勾销。”

尤利西斯用右手接过酒杯，同时把左手里的白花举到鼻孔前面，深深地吸了一口花儿的香气，让肺里充满花香。然后，他举杯将酒一饮而尽，平静地看着女巫的脸。

“不幸的人，”喀耳刻叫了一声，敏捷地用木棍敲了他一下，“你竟然还敢保持人形！快把跟你本性最相符的畜生的毛皮披上。要是你愿当猪猡，就到猪栏里跟你的伙伴们会合；要是想做狮子、豺狼或老虎，就到草地上跟那群野兽一起咆哮；要是想当狐狸，就去练习偷鸡的技巧。你已经喝了我的毒酒，再也做不成人了。”

但是，因为闻了那朵雪白的花儿，尤利西斯就不会从王座上滚落下来，变成猪猡或其他野兽了；同时，这花更让他显出男子汉的气概，更有王者的风范。那只酒杯被他扔了出去，跌落在宴会厅对面的大理石地板上，裂成了碎片。接着，他拔出宝剑，一手抓住女巫美丽的卷发，做出一个要立刻把她的头颅砍下来的姿势。“邪恶的喀耳刻，”他愤怒地大喝一声，“这把宝剑将结束你的魔法生涯。你完了，可恶的卑鄙小人，你再也不能引诱人们进入这个罪恶的地方，把他们变成野兽的形状了。”

看起来，尤利西斯的声音和表情都令人生畏，宝剑也闪闪发光，锋利无比。还没等到那剑锋一击，喀耳刻就几乎吓得半死。那个大管家吓得爬出了宴会厅，顺便捡走了那只金杯的碎片。女巫和她的四个女伴，绞着双手，跪在地上苦苦哀求。

“饶了我吧，”喀耳刻叫道，“饶了我吧，尊贵智慧的尤利西斯。我现在才知道，原来您就是水银曾经警告过我的那个最谨慎的人。对您，什么魔法都没用。您已经征服了喀耳刻。饶了我吧，最聪明的人。我将真心实意地款待您，甚至愿意做您的奴隶，从今以后，这宫殿就是您的家了。”

那四个尼芙，这时也显得可怜而忙乱。特别是那个长着海青色头发的海尼芙，竟流出了大量带着咸味的眼泪；而那个喷泉尼芙，指尖喷出许多露珠似的泪水，几乎把全身浸透了。但尤利西斯丝毫不为所动。他要喀耳刻庄严发誓，一定把他的伙伴们和其他他点名的人，从现在野兽或小鸟的形状，恢复成原来的人形，这样才肯饶了她。

“只有答应这些条件，”他说，“我才会饶你一命。否则，只有死在我的剑下。”

眼见尤利西斯拔出的宝剑悬在她的头顶，女巫虽然有点不太情愿，但还是同意接受这些条件了。于是，她领着尤利西斯从宫殿的后门出去，到猪栏里去见他的伙伴们。在猪栏里，大约有五十只肮脏的猪，其中大部分是由真正的母猪生出并长大的猪，它们与新近才变成猪的猪兄弟们并没什么区别。说句真话，平心而论，后者似乎更喜欢在猪栏中最泥泞的地方打滚，其猪猡的习性比那些真正的猪猡更有过之而无不及。人类一旦变成野兽，他们身上的弱点便会放大十倍。

不过，尤利西斯的同伴们，并未完全忘记对直立行走的记忆。当他走近猪栏的时候，那二十二只大肥猪马上离开猪群，发出可怕的震耳欲聋的尖叫声，向他跑了过来。尤利西斯不得不捂住了耳朵。然而，它们似乎并不知道自己这么做的原因，也不知道自己感受到的痛苦是因为肚子饿呢，还是因为别的什么原因。令人吃惊的是，就算它们身处痛苦中，也还是不忘把鼻子伸进泥潭里，寻找些可吃的东西。那个身穿橡树皮紧身衣的尼芙（她原是橡树变成的树妖）给它们撒了一把橡子，于是这二十二头猪在地上争抢起这些额外的奖赏来，好像它们已经有一年没吃过东西似的。

“它们一定是我的同伴，”尤利西斯说，“我认得出它们的行为举止。它们几乎不值得麻烦您再把它们变回人形。不过，我们还是要把它们变回来，至少可以避免它们带坏其他的猪。让它们变回原形吧，喀耳刻夫人，要是你能胜任这个任务的话。我觉得，把它们变回人形的魔法，要比把它们变成猪的魔法更厉害。”

喀耳刻又挥动着她手里的木棍，口中念念有词。那二十二头猪下垂的耳朵立刻竖了起来，那场景真是令人惊奇。只见它们长长的猪嘴越缩越短（它们似乎觉得很遗憾，因为不能再那么快地狼吞虎咽了）、越来越小，接着便有一两头猪开始用后腿直立起来，并用两只前腿擦着鼻子。一开始，它们又像猪又像人，根本分不出是人还是猪，不过慢慢地，便越来越像人了。最后，尤利西斯的二十二位同伴都站了起来，看起来与离开大船时差不多。

不过，你们想象得到，那些猪猡的禀性并没完全从他们身上消失。一旦猪猡的品性混入人性，就很难摆脱了。这点也被那位喜欢恶作剧的树妖证明了——她在这二十二个刚恢复人形的人面前，又撒了一把橡子，于是，他们立刻滚到地上，以一种可耻的方式抢吃起来。之后他们才记起自己是人，又爬了起来，比平常的傻瓜更加可笑。

“谢谢您，尊贵的尤利西斯！”他们大声叫道，“谢谢您把我们从野兽变成了人。”

“不要忙着谢我，”这位聪明的国王说，“恐怕，我为你们做得太少了。”

说实话，他们的声音中似乎还有一点猪的哼哼声。据说，很久以后，他们说话的声音还是有点嘶哑，更像一种尖叫声。

“你们会不会再变回猪猡，”尤利西斯又说，“全靠你们自己未来的行动了。”

就在这时，一只小鸟在邻近的一棵树上叫道：“啾啾，啾啾，啾……啾！”

又是那只紫色的小鸟。这段时间里，它一直停在他们头顶的树枝上，观察着事情的变化，希望尤利西斯会记得，它是如何尽最大的努力，提醒他和他的朋友们远离伤害的。尤利西斯命令喀耳刻立刻把这只好心的小鸟变回人形，恢复他原来当国王的样子。话未说完，这只小鸟还来不及再叫一声“啾啾……啾啾”，变成人形的皮库斯国王就从树上跳了下来。就像世上所有威严的帝王一样，他身上穿着紫色的长袍，脚上穿着华丽的黄色长袜，脖子上围着一条做工精细的美丽硬领，头上戴着一顶金色的王冠。遵照他们这个级别的礼仪，他和尤利西斯互相致礼问候。不过从此之后，皮库斯再也不敢以他的王冠和服饰为骄傲，也不敢向人炫耀他是国王这个事实了；他觉得自己只是他的人民的高级仆人，他应该用漫长的一生，为他们过上更好更幸福的生活而工作。

至于那些狮子、老虎和豺狼（只要尤利西斯开口，喀耳刻就会马上恢复它们的人形），尤利西斯认为，现在明智的办法是让它们保持原状，给它们残忍的本性一个警告。因为在它们的心里，还保留着野兽残忍的习性，不必假装同情给它们披上人皮。所以，任凭它们尽其所好地咆哮，他也不再操心了。一切都安排妥当后，他又派人把留在海边的同伴召来。在欧律洛科斯的带领下，这些人来到这座魔宫后，一起舒适地住了下来，一直住到他们航海旅途中受到磨难和痛苦的身心完全恢复为止。

金羊毛

伊阿宋是被废黜的约尔柯斯王的儿子。当他还是个小孩子的时候，便被送到一个远离父母的地方，跟着一位老师接受教育。这位老师的古怪程度，你们肯定闻所未闻。这个有学问的人是个怪物，是半人马族的一员。他名叫喀戎[①]，住在一个洞穴里，下半身是马的身躯和四条马腿，却有一个人类的脑袋和一副人类的肩膀。尽管他形容古怪，却是一位优秀的教师，在世上享有很高的声望。后来还有几位学生，都得益于他——著名的赫拉克勒斯就是其中一位，此外还有阿喀琉斯[②]、菲罗克忒忒斯[③]和后来成为名医的阿斯克勒庇俄斯[④]。名师喀戎教的不是读写和算术，而是如何弹奏七弦琴，如何医治疾病，如何使用刀枪、盾牌，以及其他当

① 喀戎（Chiron），古希腊神话中半人半马的贤者，博学多才，医技高明，是希腊神话中多位英雄如赫拉克勒斯等的老师。

② 阿喀琉斯（Achillesn），古希腊神话中的英雄，全身除脚踵外刀枪不入。

③ 菲罗克忒忒斯（Philoctetes），古希腊神话中的英雄，在特洛伊战争中用其父大力神赫拉克勒斯（Hercules）所遗之弓和毒箭杀死特洛伊王子帕里斯（Paris）。

④ 阿斯克勒庇俄斯（Aesculapius），古希腊神话中之医神。

时年轻人必学的各种技能。

有时我会想，喀戎先生这位快活的心地仁慈的老人，与平常人应该并没什么不同。他常常把自己当成一匹马，四脚着地在学堂里走来走去，还让孩子们骑到背上。因此，那些学生年老时，经常向膝下爬行的孙子们，讲述他们上学时的这些玩法。这些孩子会想：自己的祖父还曾跟一个半人半马的怪人学过字母呢——你们知道，孩子们经常听不太懂一些话的意思，脑子里常常生出这种可笑的念头。

孩子们经常听说（只要世界存在，这件事就会被一直传说下去），这位喀戎长着一个学者的脑袋，却长着马身和四条马腿。想想当时的情景吧：这位严肃的学者用四条马腿嘚嘚嗒嗒地走进学堂，没准会踩到某位小朋友的脚；他还会甩着尾巴当教鞭，并时不时走到门外吃一口青草！有件事我很好奇，当年铁匠给他钉了什么样的马掌呢？

从几个月大的婴儿开始，直到长成一位高大的男子汉，伊阿宋一直跟这位四脚的喀戎老师住在那个山洞里。我想，他应该成了一个很好的琴手，十八般武艺样样精通，懂得各种药草和其他的医药知识。除此之外，他还应该是一位出色的骑手，因为，在教年轻人骑马这方面，喀戎是最好的老师。后来，伊阿宋长成一个高大而强壮的年轻人，便决定周游世界碰碰运气。他没有征求喀戎的意见，也没告诉他自己的计划，便不辞而别。说实话，这样做是很不明智的，我希望我的小听众们，不要学伊阿宋的样子。

不过，你们要知道，他已经清楚了自己的身世，知道他本人是一位王子，而他的父亲伊阿宋国王，已经被一个叫珀利阿斯[①]的人剥夺了约尔柯斯王国的王位，要不是他藏在这位半人半马的学者的洞穴里，也可能被杀害了。如今，伊阿宋已长成一个强健有力的男子汉，决定要恢复过去的荣光，惩罚那个篡夺了他亲爱的父亲的王位的恶人珀利阿斯，把他从王位上赶跑，自己来当国王。

计划好后，他左右两手各握一支长矛，肩披一张挡风雨的豹子皮，任由风儿吹动他金黄色的长发，就这样踏上了征途。他的衣着中，有一双父亲遗留下来的鞋子，是他最引以为傲的东西。这双鞋子装饰华美，绑在脚上的鞋带是用金线织成的。当他从人们面前走过时，由于这身与众不同的装扮，女人和孩子们都会跑到门口或窗前，争相观看这个肩披豹子皮、足穿系着金线鞋带的鞋子，两手各执一支长矛的英气勃勃的小伙子，好奇他要到什么地方去完成一番怎样的英雄伟业。

没走出多远，伊阿宋便来到一条水流湍急的大河前，只见河中卷着黑色的漩涡，河水泛着白色的泡沫，发出愤怒的吼声，急急地向前流去。大河拦腰截断了他的去路。每年旱季，河面并不宽，但因天下大雨，加上从奥林匹斯山上融雪流下的雪水，致使现在河面陡涨。如今，咆哮的河水声如雷鸣，看起来非常狂野，非常危险，连勇敢的伊阿宋，也谨慎地在河边停住了脚步。这条河的河床中，似乎布满了尖锐的岩石，有些石尖竟冒出了水面。

① 珀利阿斯（Pelias），古希腊神话中约尔科斯国王，是老国王伊阿宋的兄弟。

时不时就会有一棵连根拔起的大树，带着枯枝烂叶，沿着急流漂过来，卡在这些岩石之间。偶尔也有一头溺死的绵羊或母牛的尸体，从河面上漂过。

总之，这条暴涨的河流已经引起了不少灾难。显然，伊阿宋要涉水过河，则河水太深；要游水过河，则河水太急。河上没桥，河里没船——即使有船，那些岩石也会把它撞得粉身碎骨。

“瞧这个可怜的小伙子，”一个嘶哑的声音在他旁边响起，“他肯定没学到什么知识，连如何渡过这样一条小河都不知道。莫非他怕弄湿脚上那双系着金线鞋带的鞋子？真遗憾，要是那位四脚老师在这儿的话，他就可以骑到老师背上安全过河了！”

伊阿宋惊奇地环顾四周，想看看是谁在这附近说话。他看到自己身旁站着一个老妇人，老妇人的头上遮着一个破斗篷，手里拄着一根拐杖，拐杖头上还刻着一只杜鹃。她看起来年纪很大，满脸皱纹，弱不禁风，然而那两只眼睛，却像一对公牛的褐色眼睛一样，又大又美丽，当它们望向伊阿宋的眼睛时，他便完全被吸引住了。老妇人的一只手里还拿着一只石榴，虽然这时并不是石榴成熟的季节。

“你要去哪里，伊阿宋？”她开口问道。

你们看，她似乎知道他的名字。说真的，她那双褐色的大眼睛仿佛能洞悉一切，不管是过去还是未来。就在伊阿宋盯着她看的时候，一只孔雀走过来，在老妇人身边站住了。

“我要到约尔柯斯去，”年轻人答道，“把珀利阿斯国王从我父亲的王座上赶下来，我要代替他登上王位。”

“好啊，那么，”老妇人仍用嘶哑的声音说道，“如果您就这点事的话，也不必着急。好孩子，把我背到背上，带我过河去。我和您一样，要和我的孔雀到对岸办点事。”

“好大娘，”伊阿宋答道，“您的事不可能比把一个国王从王位上拉下来更重要。再说，您自己也可以看到，这条河河水很急，要是我不慎绊倒的话，河水会冲走我们，就像冲走那棵连根拔起的大树一样轻松。我很乐意帮助您，可我怕没有足够的力量背您过河。”

“既然这样，”她非常轻蔑地说，“您也没有足够的力量把珀利阿斯拉下台来。这么说吧，伊阿宋，除非您愿意帮一个老妇人的忙，否则您就不配当国王。国王是做什么的？难道不是扶助弱小、救苦救难的吗？不过，您高兴怎么做就怎么做吧。要么背我过河，要么就看着我这把老骨头拼着老命涉过河去。”

说着，老妇人把拐杖的一头戳进河里，好像要在那崎岖的河床上找个能下脚的安全地方。这时的伊阿宋，开始为自己不愿帮助她而感到羞愧。他觉得，如果这个在急流中艰难渡河的可怜老妇人有什么好歹的话，他将永远不能宽恕自己。那位好老师喀戎——不管他是人是马——曾教导他，力量最高贵的用处，就是帮助弱者；他还教导他，应该把每个年轻的女人当成自己的姐妹，而把每个老妇人当成自己的母亲。想起这些教导，这个精力旺盛的年轻人便跪了下去，请求这位老妈妈搭到他的背上。

“对我来说，这条河道似乎不太安全，”他说，“但是，既然您的事这么要紧，我就试着把您送过河去。要是河水把您卷走的话，我也逃脱不了。”

“毫无疑问，这就两全其美了。”老妇人道，“不过不要害怕，我们会平安过河的。”

于是，她用手臂搂着伊阿宋的脖子，伊阿宋把她从地上背起来，勇敢地踏进愤怒咆哮的急流里，开始涉水过河。至于那只孔雀，则跳上老妇人的肩膀。伊阿宋手里的两支长矛，正好可以当拐杖，可以用它探明藏在水下的岩石，以防把他绊倒；然而每时每刻，他都以为自己和同伴会跌进急流，跟那些断裂的浮木和牛羊的尸体一起被水卷走。从奥林匹斯山陡峭山坡流下来的冰冷雪水，汇成了这道急流，它愤怒地咆哮着，好像真的要与伊阿宋作对，无论如何都要把他肩膀上的那个活人拖走似的。当他走到河心的时候，那棵卡住的被连根拔起的大树（前面我已经提起过），从岩石间松动出来，那些折断的枝丫，就像百手巨人布里阿瑞俄斯一样，一齐向他扑来。不过最终，这棵树从他身边冲了过去，并没有碰到他。但是，他的一只脚却被两块岩石夹住了，他急忙把脚拔出来，却失去了一只鞋子。

面对这个事故，伊阿宋不禁苦恼地叫了一声。“伊阿宋，怎么了？”老妇人问道。

“出事了，”年轻人说，“我有只鞋子掉到石缝里了。如果我一只脚穿着系金鞋带的鞋子，一只脚却打着赤足去到珀利阿斯的宫廷，会不成体统的。”

“不必把这事放在心上，”他的同伴快活地说，“掉了鞋子，您会碰到好运气的。我很满意，你正是多嘴橡树神对我说过的那个人。”

虽然来不及问多嘴橡树神说了些什么，但她轻松的语调却鼓舞了这个年轻人。而且，此刻背着这个老妇人过河，他感到精神焕发，浑身是力量，一点也不觉得累，还越走越有力气——在他一生中，这还是第一次有这种感受。就这样，他努力跨过急流，终于走到对岸，爬上河岸，把老妇人和她的孔雀平安地放到草地上。然而，做完这些后，他忍不住看了看那只赤脚，只有一根金鞋带还缠在那只脚踝上。

“要不了多久，您就会得到一双比这更漂亮的鞋子，”老妇人褐色的眼睛里，露出了慈祥的光芒，“我向您保证，只要让珀利阿斯国王看一眼您的这只赤足，他就会吓得脸色灰白。您应该走这条路。快走吧，我的好伊阿宋，祝福您。当您坐上王位时，别忘了您帮着过河的这个老太婆啊。”

说罢，她蹒跚着走了，还回过头来对他笑了一下。

也许是她美丽的褐色眼睛发出的光辉环绕着她，也许是别的什么原因，伊阿宋觉得，在她的容貌中，有一种很尊贵很威严的东西。总之，她虽然步态蹒跚，有点像风湿病人，但她走路的样子，却比世上任何一位女王更优雅、更有尊严。那只孔雀，现在已经从她肩膀上飞了下来，正以一种十分夸耀的姿态，昂首阔步跟在她后面——它还展开美丽的尾羽，想博取伊阿宋的赞美。

老妇人和她的孔雀走远了，伊阿宋也开始了自己的旅程。他走了很远，来到一个山脚下的小镇，这里离海滨很近。小镇外面，聚集了男女老少一大群人，他们全都穿着最漂亮的衣服，向海滨的方向涌去。显然，他们正在欢庆节日。伊阿宋看到，在人们的头顶上，有一圈黑烟正袅袅地升上蓝天。他问一位群众，这座小镇叫什么名字，为什么有这么多人聚在一起。

“这里就是约尔柯斯王国，”那人答道，“我们都是珀利阿斯国王的臣民。今天，他要把一头黑色公牛献祭给他的父王波塞冬，于是把我们召集到一起，让我们来观看这个盛况。您看到了吧，国王就在那边黑烟升起的祭坛上。”

这人一边说，一边好奇地看着伊阿宋。因为这个年轻人肩膀上披着一张豹子皮，两只手里各握着一支长矛，服装与约尔柯斯国人完全不同，让人感觉非常怪异。伊阿宋也觉察到，这人还特别看了看他的双脚。你们肯定还记得，它们其中有一只是赤裸的，另一只则穿着他父亲的那只有金鞋带的鞋子。

“快看他！快看呢！”这人对他旁边的人说，“你们看到了吗？他只穿了一只鞋！”

听了这话，人们开始一个接一个地盯着伊阿宋看。所有人都似乎被他的形象震惊了。不过，他们更关注的是他的双脚，而不是他的容貌。他听到大家低声窃窃私语起来。

“一只鞋子！一只鞋子！”他们不停说道，“这人只穿着一只鞋子！他终于来了！他是从哪里来的？他想干什么？国王对这个只穿一只鞋子的人会说些什么呢？”

可怜的伊阿宋窘极了。这个约尔柯斯国的人竟然这样对待他穿着上的缺陷，他认为只有病态种族才会这样大惊小怪。与此同时，不知是人们推着他向前走的，还是伊阿宋自己向前冲的，只见人群中很快闪出一条路来。他马上发现，自己离那座冒着黑烟的祭坛已经很近了——珀利阿斯国王就是在那里祭献那头黑色公牛的——这时，国王手握大刀，正准备割断公牛的喉咙。人群发出了嗡嗡的喧闹声，因为他们都对伊阿宋的那只赤脚感到惊讶。他们的大惊小怪扰乱了祭典仪式。国王生气地转过头来，盯住了伊阿宋。这时，人们纷纷往后退，只剩下那个年轻人站在空旷的广场上。他离冒烟的祭坛很近，正与愤怒的珀利阿斯国王面对面地对视着。

“你是谁？”国王可怕地皱起了眉头，斥责道，“在我正祭拜父王波塞冬的时候，你怎么胆敢来制造骚乱？”

“我并没做错什么，”伊阿宋答道，“陛下应该责备您的臣民，是他们引起这场骚乱的，只因为我打着一只赤足。”

听了伊阿宋的话，国王急忙低下头，惊奇地看着他的双脚。“嘿！”他咕噜道，“那个穿一只鞋子的人就在这儿，千真万确！我该怎么对付他呢？”

于是，他握紧了手里的大刀，好像他决心要杀的是伊阿宋，而不是那头黑公牛似的。国王的声音不大，但围在四周的人还是听到了。人群里的喃喃低语，突然变成了高声大叫。

“那个穿一只鞋子的人已经来了！预言应验了！”

原来，多年前，珀利阿斯国王就听多多那的多嘴橡树神说过，有个只穿一只鞋子的人将会推翻他，夺走他的王位。他因此颁发严令，凡是不穿鞋子的人，一律不准到他跟前来。他还委派一位大臣，专门检查人们的鞋子，一旦发现人们穿的鞋子破了，就由国库支出供给一双新鞋。在这位国王统治期间，从未遭受过像今天这样的惊吓和震动，只因为他看到可怜的伊阿宋光着一只脚！但是，他到底是个勇敢的硬汉，便立刻打起精神，想方设法摆脱这个可怕的只穿一只鞋子的陌生人的威胁。

“好小伙子，”为了解除伊阿宋的戒心，珀利阿斯国王用人们所能想象得到的最温柔的声调说，“非常欢迎您来到我的王国。从您的衣着判断，您一定来自很远的地方。因为在这个国家里，人们都不会穿豹子皮。请问您尊姓大名，在哪里受的教育？”

“我叫伊阿宋，”陌生的年轻人回答，“从婴儿时代起，就一直住在半人半马神喀戎的洞穴里。他是我的老师，他教我学习音乐和骑术，教我如何医治伤口，同时也教我如何用武器给别人制造伤口！”

“我听说过喀戎这位学问家的大名，”珀利阿斯国王答道，“同样也知道，他的脑袋虽然长在马身上，但装了许多学问和智慧。因此，能在祭坛上见到他的一位学生，我觉得非常高兴。不过，为了测试一下您从这位著名学者那里学到了多少知识，能否允许我问您一个简单的问题？”

“我不会不懂装懂。”伊阿宋说，“不过请您随便问吧，我会尽力回答的。”

此时，狡猾的珀利阿斯国王打算设个圈套，以便请君入瓮。于是，他脸上露出狡诈而恶毒的笑容，说道：

“勇敢的伊阿宋，我问您，”他问道，“如果您知道，世上有一个人，您注定会死在这个人手里，您会怎么办呢？——我是说，如果这个人就站在您面前，在您伸手便可取其性命的距离内，您会怎么办呢？”

伊阿宋看到珀利阿斯的目光露出了恶毒和怨恨，已猜到对方可能已经知道他此行的目的了，因此有意让他说出对自己不利的答案。然而，他不屑于说谎。作为一个正直可敬的王子，他决定说真话。既然国王已问了他这个问题，既然伊阿宋已经答应回答他的提问，那么除了对他实话实说之外，别无他法。如果他最可恶的敌人就在眼前的话，他最想做的事是什么呢？

经过一番思索之后，他用坚定而果断的声音说道：“我要派这个人去找金羊毛！”

你们要知道，这个任务，是世界上最困难、最危险的。首先，需要漂洋过海。那些远航的年轻人，几乎没有一个能拿到金羊毛，更不要说能活着回来，述说他遭遇的危险经历了。因此，珀利阿斯国王一听到伊阿宋的回答，眼里不禁露出兴奋的光芒。

“说得好，只穿一只鞋子的聪明人！”他大声叫道，“那么，去，冒着生命危险，把金羊毛给我取回来吧。”

“我会去的，”伊阿宋沉着地答道，“如果我失败了，您就不必害怕我回来找您的麻烦了。但是，如果我带着金羊毛回到约尔柯斯来，那么，珀利阿斯，您就得立刻从您高高的宝座上滚下来，把王冠和权杖还给我。”

“我会的，”国王冷笑一声，说道，“这段时间里，我会好好替您保管着。”

离开国王之后，伊阿宋想要做的第一件事，便是到多多那去，向多嘴橡树神求教接下去该怎么办。这棵奇妙的橡树长在一座古老的森林中央，它那高达一百英尺的庄严树干直指蓝天，在地面上洒下了宽达一英亩的浓厚阴影。伊阿宋站在树荫下，抬头望着那些多节的枝干和绿叶，望着这棵老树神秘的内心。他抬高声音，好像在跟一位藏在这棵老树里的人说话似的。

“为了得到金羊毛，”他说，“我该怎么办呢？”

一开始，不管是多嘴橡树神的树荫下，还是整座森林里，到处都鸦雀无声。然而。过了一会儿，林子里其他树木的叶子仍然一动不动，但这棵橡树的叶子却开始抖动起来，发出沙沙的声音，好像枝叶间正有一阵微风吹过。那沙沙声越来越响，似乎变成了疾风的呼啸声。不久，伊阿宋听到了说话的声音，但非常模糊，因为橡树的叶子就像一条条舌头，这无数的舌头都在争着说话。嘈杂的声音变得越来越响，越来越深沉，最终变成了一阵横扫橡树的旋风，把千千万万片树叶发出的喃喃细语汇成了一片巨大的喧闹声。此时，虽然枝条中还有大风的怒吼声，但听来就像一种深沉的低音，能从中分辨出说话声了：

“到造船专家阿耳戈斯那儿去，请他给您造一条五十桨的大船。”

接着，这个声音又融进那些模糊的树叶的沙沙声中，慢慢消失了。当声音完全消失的时候，伊阿宋又怀疑他是否真的听到了这句话——也许是他把微风从橡树茂密的枝叶间吹过时的普通响声，当成了人的说话声？

但是，他询问了约尔柯斯的居民，知道城里的确有个叫阿耳戈斯的人，是一位技术很好的造船师傅。那棵橡树是如何知道他的呢？从这点可以看出，它确实是有点智慧的。在伊阿宋的要求下，阿耳戈斯爽快地答应给他造一艘由五十名壮士划桨的大船——当时，世上还没见到这么大的船。于是这位大师傅便和他所有的雇工和学徒一起，开始工作了。不久，他们就忙活起来，伐木声和铁锤的敲击声响成一片。最后，这艘取名为“阿耳戈号”的新船终于完工，就要准备下海了。既然多嘴橡树神已经给了伊阿宋这么好的建议，他便觉得在出海之前，还应该再向他请教请教。于是，他又再次拜访，站在它巨大粗壮的躯干旁，问它下一步该怎么办。

这一次，橡树的枝叶没有像上次那样全体发动。但过了一会儿，伊阿宋发现，伸在他头顶上方的一根大树杈上的叶子开始发出沙沙声，好像风只从这根枝杈吹过，而其他的枝杈都在休息似的。“把我砍下来！”这根枝杈清晰地说，“把我砍下来！把我砍下来！用我雕成你航船上的船首神。”

于是，伊阿宋遵照这枝枝杈的吩咐，把它从树干上砍了下来。住在附近的一位雕刻家是一位很优秀的工匠，曾经雕过几尊船首神，于是由他负责，把树杈刻成船首神的模样。这次，他打算雕个女性的形象，给她刻一双凝望着远方的大眼睛，即使有浪花冲击，也绝不眨一下眼皮——看起来非常像我们今天看到的安在船首斜桅下的船首神。但是，真是太奇怪了，这位雕刻家发觉，这次他的手完全不听自己的使唤了。一股无形的力量引导着，他的刻刀，雕出一个他做梦也没想到的形象来。当这尊雕像完工时，他发现竟然出来一个美女的形象：她头戴头盔，头盔下面是披肩长发；她的左臂钩着一面盾牌，盾牌的中央，是一幅逼真的以蛇代发的美杜莎[①]的头像；她伸出右臂，好像指向前方；这个美女的脸虽然没有怒容，也并不可怕，但却显得严肃庄重，或许也可以说是严厉；至于她的嘴巴，似乎正准备张开，说出最深奥的格言来。

伊阿宋很中意这尊橡木雕像，他要求雕刻家手不停歇，赶快雕完。之后，他把它安放在船首神的位置，让它立在这条新船的船头。

“现在，”他站在船头，看着那尊雕像平静庄严的脸容，大声说道，“我还得到多嘴橡树神那儿去，问问他下一步该怎么走。”

“不必去了，伊阿宋，”一个声音说道，“如果您希望得到建议，我可以给您。”虽然这声音听来又遥远又低沉，但还是让他想起那棵老橡树有力的语调。

听到这句话后，伊阿宋望向那尊雕像的脸。他几乎不敢相信自己的耳朵和眼睛，因为他看到，那尊橡木雕像的木头嘴唇已经在动了，而且，很显然，声音就是从雕像嘴里发出的。伊阿宋稍稍回过神来，便想起这尊雕像是用多嘴橡树神身上的木头雕成的。因此，也不用大惊小怪，恰恰相反，它绝对应该有说话的能力——这是世界上最自然的事了。真的，要是它不会说话的话，那才奇怪呢。当然，在这次危险的航海旅行中，能带上这样一尊睿智的木头雕像，真是一件幸事。

① 请见前文《女蛇妖的头》。

“神奇的雕像，告诉我，”伊阿宋叫道，“既然您继承了多多那的多嘴橡树神的智慧，您就是它的女儿了——那么告诉我，我到哪里去找五十位勇敢的青年，来划船上那五十把木桨呢？他们应该有能划桨的强壮胳膊，有敢于冒险的勇敢的心，否则，我们别想拿到金羊毛。”

“去吧，”那尊橡木雕像答道，“去吧，去把希腊的全部英雄都召集起来。”

事实上，因为他们将要完成的任务非常艰巨，伊阿宋从这位船首神那得到的这个忠告是最睿智的。于是他立即派信使到各个城市去，并晓喻全希腊的人民，说伊阿宋国王的儿子伊阿宋王子，就要出海去找寻金羊毛，他想得到四十九位最勇敢、最有力的年轻人的帮助，帮他划船并承担风险。伊阿宋本人就是那第五十名划手。

听到这个消息，全希腊所有有冒险精神的年轻人，都行动起来。他们中有些人跟巨人打过架，杀死过毒龙；那些年纪小的人，则还没有碰到过这样的好运气——他们长这么大，没有骑过飞龙，没有刺杀过吐火兽，甚至没有用右手卡住过一只巨狮的喉咙——这当然是件很没面子的事。但是，在找到金羊毛之前，他们还有许许多多碰到这种冒险的机会。于是，他们一听到这个消息，马上擦亮盔甲和盾牌，佩上宝剑，成群结队来到约尔柯斯，登上那艘新造的航船。他们跟伊阿宋握手，向他保证他们绝不会贪生怕死，一定会帮他划着这条船，到他计划中的天涯海角去。这些勇敢的少年，有许多都是那位半人马学者喀戎的学生，因此也是伊阿宋的老同学。他们都知道，他是一个热血沸腾的少年。那个后来用肩膀顶住过蓝天的大力士赫拉克勒斯，就是这些人中的一个；还有孪生兄弟卡斯托耳和波吕丢刻斯，他们虽然是从蛋中孵化出来的，但从没人说过他们是胆小鬼；此外还有因为杀死牛头怪物弥诺陶洛斯而闻名遐迩的忒修斯，有长着神奇的锐利双眼，能看穿磨石，看进地层深处，发现地下宝藏的林修斯；有当时最优秀的琴师俄耳甫斯[①]，他能用七弦琴边弹边唱，令野兽也驻足聆听、伴随歌声起舞，是的，在他弹唱一些最动人的歌曲时，连那些长满苔藓的石头也会感动得从地上跳起来，森林里的小树也互相点头哈腰，拔出自己的树根，跳起乡间舞蹈来。

俄耳甫斯与其妻子

在这些划手中，有一位美丽的少女，名叫阿塔兰塔，是由深山里的一只熊抚养长大的。这个少女的步子轻捷，可以从一个浪峰跳到另一个浪峰，连鞋底也不会沾湿。她在一种非常野蛮的环境里长大，喜欢谈论女权，喜欢打猎和战斗，不太喜欢针线活儿；不过在我看来，在这个著名的集体中，最出色的人物当数北风神的两个儿子（两个动作轻快如风、性情却有点暴烈如火的小伙子），

① 俄耳甫斯（Orpheus），古希腊神话中的歌手，善弹竖琴，一译奥菲士。

他们的肩膀上长着翅膀，安静时，也可以像他们的父亲一样，鼓起腮帮，吹出一阵微风；在这班船员中，我还应该提到几位预言家和魔术师，他们能够预知明天后天，甚至百年后的事，但对眼前发生的事却总是无知无觉。

伊阿宋派提费斯当舵手，因为他是一位星象家，懂得罗盘的用法。由于林修斯眼力很好，便安排他在船首当领航。在这个位置，他可以观察到全天的航行方向。但他却只关心鼻尖底下的东西，如果恰巧航行到深海区，林修斯便会准确地说出海底岩石和沙子的类型。他常常对同伴们大声叫喊，说船从一堆堆沉船的珍宝上驶过了。但这些发现并没让他变得更富有。应该承认，几乎没人相信他说的话。

由五十位勇敢的冒险家组成的“‘阿耳戈’号英雄”，已经做好了航海的一切准备。但此时，却出现了一个意想不到的困难，使这次航行伊始便遭遇了失败的威胁。你们应该知道，这艘航船很长，很宽，又很笨重，即使五十个人一起用力，也无法把它推下海去。所以我猜，赫拉克勒斯当时还没到力气最大的时候，要不然，他肯定早就轻而易举地把船推下海了，像小孩在水塘里玩小船一样简单。但是此时，这五十位英雄一起推呀，拉呀，大家脸孔涨得通红，还是不能把“阿耳戈号”推动半步。最后，大家都累坏了，只好闷闷不乐地在海边坐下，心想，这条下不了海的航船肯定会在岸上腐烂，最后裂成碎片——要是他们游不过海，就只好放弃金羊毛了。

就在这时，伊阿宋想起船上那位神奇的船首神。

“啊，多嘴橡树神的爱女，”他大声叫道，“我们如何才能把航船推进水里去呢？”

“坐到你们各人的位子上去，”这尊神像回答（它一开始就知道这个难题该如何解决，只是一直等他们把这个难题提出来），“各就各位，握紧你们手里的木桨，让俄耳甫斯弹起他的七弦琴。”

五十位英雄立即上船，拿起船桨，笔直地举在空中，俄耳甫斯开始弹奏七弦琴（比起划桨，他更喜欢弹琴）。当第一阵琴声响起的时候，他们便觉得船身抖动起来。俄耳甫斯更轻快地弹拨起来，只见那艘航船立刻滑入海中，船头深深地没进了水里。此时，那尊船首神令人吃惊地张开大口，喝起海水来，船身马上像天鹅一样重新浮上水面。五十名划手挥动着五十把木桨，船首激起白色的浪花，海水在船尾留下一道欢快的泛着泡沫的浪痕；俄耳甫斯继续弹着这轻快而紧张的乐曲，航船为了和上他的节奏，似乎也在浪头跳起舞来。就这样，“阿耳戈号”耀武扬威地驶出了港口，前来观看的人们都欢呼并祝福起来，只有邪恶的老珀利阿斯国王站在一座海岬上，闷闷不乐地看着船，巴不得能从他愤恨的胸膛里，吹出一阵愤怒的狂风暴雨，把这艘航船连同全体船员全部沉进大海。后来，在船航行了五十英里后，眼神好的林修斯偶尔回头看了一眼，对大家说，那个坏心肠的国王，现在还站在那座海岬上。他脸色阴沉、闷闷不乐，真像停在地平线上的一片黑色雷雨云。

为了让航行中的时间过得更愉快些，英雄们便谈论起金羊毛的事情来。据说，皮奥夏地区的一只公羊，背上驮着两个逃命的孩子，漂洋过海逃到了像科尔喀斯这么遥远的国度。一个叫赫勒的女孩子，跌进海里淹死了。另一个名叫佛里克索斯的小男孩则被这只忠实的公羊平安地带到了海岸边。不过，这只公羊终也因劳累过度立刻倒地而死。为了纪念这只好心公羊做的好事，可怜的公羊身上的毛奇迹般地全变成了金羊毛，成为世界上最美丽的珍宝之一。人们把金羊毛挂在一片神圣小树林的树上——据我所知，若干年前它还挂在那里——成了那些强大的国王十分羡慕的东西。因为这宝物太高贵了，他们都想在王宫里放上一件。

要是我把“‘阿耳戈’号英雄”一路上的冒险故事全讲给你们听的话，可能要讲到天黑才能讲完，而且故事也太长了。你们从已经听过的故事可以判断出，里面肯定有很多有趣的情节。在一个岛国上，西若鸠斯国王殷勤地接待了他们，为他们举行了盛大的宴会，把他们当兄弟一样款待。这群“‘阿耳戈’号英雄”发现，这位好心的国王看上去又悲哀又烦恼，于是便问他怎么回事。西若鸠斯国王告诉他们，他和他的臣民深受邻近一座高山居民的凌辱和伤害，他们经常发动战争，杀死了许多人民，蹂躏了这个国家。他一边说一边指着那座山，并问伊阿宋和他的同伴们看到什么没有。

“我看到一些很高的东西，”伊阿宋答道，“但是，因为距离太远，我看不清那是些什么。陛下，说句实话，它们看上去很奇怪，感觉很像天上的云，不过可以偶然变成了人形罢了。”

“我看得很清楚，”林修斯说——你们知道，他的眼睛就像望远镜一样，“他们是一群可怕的巨人，每人都长着六只手臂，每只手里都拿着大棒、宝剑或其他武器。”

“您的眼神很好，”西若鸠斯国王说，“没错，就像您说的那样，他们是一群六臂巨人，这就是我和臣民们要与之斗争的敌人。”

第二天，“‘阿耳戈’号英雄”准备扬帆出发时，这些可怕的巨人下山来了。他们挥舞着六只高举在蓝天中的手臂，每跨出一步便有百码之遥，显得非常吓人。这些怪物中任何一个就能单独发起一场战争，因为他可以用一只手投掷大石头，用另一只手挥舞大棒，用第三只手击剑，同时用第四只手使用长矛，第五和第六只手则可以拈弓搭箭。幸好，这些巨人虽然十分高大，又有这么多的手，但却只有一颗心脏，而这颗心也并不比普通人的心更大更勇敢。另外，要是他们和百手巨人布里阿瑞俄斯一样的话，勇敢的“‘阿耳戈’号英雄”就必须竭尽全力跟他们一决雌雄了。伊阿宋和朋友们勇敢地迎了上去，杀死了一大片巨人，剩下的都逃跑了——要是这些巨人长有六条腿而不是六只手的话，就会跑得更快些了。

后来，他们来到色雷斯，又遇见另一件险事。这里有一位叫菲纽斯的盲人国王，臣民们抛弃了他，他孤苦伶仃，非常可怜。伊阿宋问他能否帮上忙时，国王回答，有三个长翅膀的怪物长期折磨着他，它们都叫哈耳庇厄，长着一张女人的脸，却长着秃鹰的翅膀、身体和爪子。这几个丑陋的怪物常来偷他的食物，让他不得安宁。得知这个情况后，“‘阿耳戈’号英雄”在海滨举办了一场盛大的宴会，因为他们从盲人国王那里了解到，那三个怪物本性贪婪，它们嗅到宴席上食物的香味后，很快便会赶来偷取食物。果不其然，宴席尚未摆好，那三个可怕的人头秃鹰就扇着翅膀飞来了。它们用爪子抓起食物，立马飞走了。同时，北风神的两个儿子立刻拔出宝剑，驱动风轮，飞上空中追赶这几个窃贼。直到追了几百英里后，他俩终于在一群岛屿间追上了它们。这两个长着翅膀的小伙子，对着那几个哈耳庇厄发出可怕的咆哮（因为他们的脾气和乃父一样粗暴），又挥动宝剑吓唬它们，逼它们当场保证说，以后再也不敢去打扰菲纽斯国王了。

之后，“阿耳戈号英雄”继续向前航行，又遇到其他许多怪事，每一件都可以写成一篇故事。有一次，他们登上一座海岛，正坐在草地上休息时，突然一阵如阵雨般的钢箭袭来。那些钢箭，有的落到地上，有的射入盾牌，还有几支射到他们的身上。五十位英雄站了起来，四面张望，试图寻找隐蔽的敌人，可是什么都没看到，也没看到有可以藏身的地方——在这座海岛上，根本没有射手可隐身的场所。然而，那些钢箭还是呼呼地射了过来。后来，他们偶然抬头一看，才发现有一大群飞鸟，在空中来回盘旋着，将自己的羽毛射到“‘阿耳戈’号英雄”身上。这些羽毛，就是让英雄们受苦的钢箭。他们一时没了办法，不知道要怎么抵抗——幸好伊阿宋记起可以向那尊橡木雕像请教，否则，这五十个阿耳戈号英雄，在没有见到金羊毛之前，很可能就会被这群讨厌的飞鸟射死或射伤了。

于是，伊阿宋拼命向大船跑去。

“橡树神的女儿啊，”他上气不接下气地嚷道，“我们需要您的帮助，比任何时候都更需要您的智慧！一群飞鸟包围了我们，它们用钢铁一样尖利的羽毛射击我们，情况非常危急。如何才能把它们赶跑呢？”

“快敲响你们的盾牌。”雕像说道。

听到这个极妙的主意，伊阿宋急忙向伙伴们跑去（他们显得非常惊慌，比对付那些六臂巨人时更甚），命令他们赶快用宝剑敲击铜盾牌。五十位英雄立刻兴奋地敲起铜盾来，他们用力敲击着，盾牌发出一阵可怕的叮叮当当声，吓得那些飞鸟急忙飞走了。尽管它们翅膀上的羽毛已经发射了一半，但还是像一群野鹅一样，快速飞上云端，向远方飞去。俄耳甫斯拿起七弦琴，一边弹起庆祝胜利的乐曲，一边唱着音调优美的歌。可是伊阿宋让他别再弹唱了，怕的是那些刚刚被难听的盾牌声吓跑的长着钢毛的飞鸟，听到这么优美的乐曲，又可能再飞回来。

“‘阿耳戈’号英雄”在岛上逗留的时候，看到一只小船靠近了海岸。船里坐着两个风度翩翩的年轻人，长得非常英俊，就像当时世上的年轻王子一样。哎，你们猜猜这两个人是谁？喂，要是你们相信我的话，我就告诉你们，他们就是佛里克索斯的儿子——骑在那只长着金羊毛的公羊背上到科尔喀斯去的，就是他们童年时代的父亲。后来，佛里克索斯娶了国王的女儿。这两个小王子在科尔喀斯出生长大，经常到挂着金羊毛的那座小树林里游玩。现在他们正要返回希腊，希望夺回别人从其父亲手中非法夺走的王国。

当两位王子听说“‘阿耳戈’号英雄”此行的目的时，便自告奋勇掉转船头，要给他们带路。不过，从他们的谈话可以听出，他们不太相信伊阿宋能成功拿到金羊毛。他们说，挂着金羊毛的那棵树旁，守护着一条可怕的恶龙，每个胆敢走进它势力范围内的人，无一遗漏都会被它一口吞下。

“一路上还有许多其他困难，”两位小王子继续说，“不过单这一个就够你们受得了！啊，勇敢的伊阿宋，现在回去还不算晚。要是您和您的四十九位伙伴被那条可恶的毒龙一口一口吞掉，我们会很伤心的。”

“两位小朋友，”伊阿宋平静地答道，“我知道你们说的那条毒龙非常可怕。从婴儿时代起，你们就生活在对这个怪物的恐惧之中，因此，现在仍然带着童年时代保姆对你们讲述这妖魔鬼怪时的印象，对它怀着敬畏之心。但是，在我看来，这条毒龙只不过是一条大蛇而已，它把我一口吞下的可能性不大，而我却要砍下它丑恶的头，剥下它的皮。无论如何，谁想回去就回去，除非带回金羊毛，否则我不会再见希腊人了。”

“我们谁也不回去！”他那四十九位同伴叫道，“我们快点上船吧。要是那条毒龙想把我们当早餐吃掉的话，就来试试吧。”

此时，俄耳甫斯开始用最快活的调子边弹边唱起来（他总是把每件事都编成歌曲弹唱）。这声音让每个人都觉得，在这个世界上，没有什么比跟恶龙战斗更愉快的事了，而最坏的情况就是被它一口吞下，即使如此，也是无上的荣耀。

于是，他们急忙向科尔喀斯的方向驶去（现在，两位很熟悉道路的王子给他们领路）。当该国的国王埃厄忒斯听到他们到达的消息时，立刻在宫廷召见伊阿宋。虽然他尽量装出文雅好客的样子，但看上去仍然严厉而凶残。伊阿宋一点也不喜欢他那张脸，觉得他比那个废黜他父亲的邪恶国王珀利阿斯好不了多少。“欢迎您，勇敢的伊阿宋，”埃厄忒斯说，“能在我的宫廷里见到您，真是荣幸之至。请问，您是在愉快地航海旅行吗？还是打算发现一些未知的岛屿？或者，还有别的什么计划？”

“国王陛下，”伊阿宋鞠躬致礼答道——因为喀戎老师教过他要如何待人接物，不管是对帝王还是乞丐都要礼貌，“我到这里来只有一个目的，我现在恳求国王陛下准许我实现。那个坐在家父王位上的珀利阿斯，已经无权再坐在王位上了——那个位子，就和伟大的国王陛下您所坐的位子一样。他已经与我约定，要是我能带回金羊毛，就把王冠和权杖还给我。如国王陛下所知，金羊毛现在就挂在贵国科尔喀斯的一棵树上。我恭请陛下您的允诺，让我去把它取下来。”不知国王此时心情如何，只能看到他因愤怒而扭曲变形的脸。在这个世界上，他最看重的东西，就是金羊毛。我们甚至可以怀疑，他正恶毒地盘算着，怎么把金羊毛据为己有呢。因此，一听到豪侠伊阿宋王子和这四十九个希腊勇士的唯一目的，就是要取走他的国宝，他的心情瞬间变得很糟糕。

“您可知道，”埃厄忒斯国王非常严厉地盯着伊阿宋，问道，“在取得金羊毛前，您需要具备什么条件吗？”

“我已经听说了，”伊阿宋又答道，“有一条恶龙守在挂着宝物的那棵树下，谁要是走近它，就要冒被它一口吞噬的危险。”

“确实是这样，”国王露出一丝奸笑，说道，“完全真实，年轻人。不过，在您获得被恶龙吞噬这个特权之前，还有一些困难，或者说有更加困难的事情要做。例如，您首先必须驯服两头铜蹄铜肺的公牛，这是那位神奇的铁匠伍尔坎给我制造的。它们的肚子里各有一座火炉，从鼻子和嘴里呼出的气息都是烈火。凡是走到它们跟前的人，都会化为一小块黑炭。勇敢的伊阿宋，您想过这个吗？”

“既然它挡在我实现目标的路上，”伊阿宋镇定地回答，“我就必须迎难而上。”

“驯服那两头凶悍的公牛之后，”埃厄忒斯国王决定好好吓唬吓唬伊阿宋，于是继续说道，“您必须给它们套上牛轭去耕地，还必须去耕战神小树林里的那块神圣的土地，种上一些卡德摩斯[①]曾用它收获了许多武士的龙牙。他们是龙牙的儿子，是一帮桀骜不驯的家伙。要是您不好好对待他们，他们就会用手里的宝剑向你动武。勇敢的伊阿宋，不论从人数还是从实力看，你和你那‘阿耳戈号’四十九位英雄伙伴，都很难跟这些从地里冒出来的勇士匹敌。”

“很久以前，”伊阿宋答道，“我的老师喀戎，曾给我讲过卡德摩斯的故事。也许我能像卡德摩斯那样，处理好这帮喜欢打斗争吵的龙牙的儿子。”

“但愿那条恶龙能吃了他，”埃厄忒斯国王轻声自言自语道，“还有他的老师，那个四只脚的学究。啊，这是一个多么自以为是、有勇无谋的公子哥儿呀！等着吧，看我那两只喷火的公牛会

---

① 卡德摩斯的故事见《龙牙勇士》。

怎么收拾他。”他尽量显得彬彬有礼，高声继续说道，“喂，伊阿宋王子，今天好好放松放松，明天早上——既然您坚持要这么做——您就试试您犁地的本事吧。”

国王跟伊阿宋谈话的时候，有一个漂亮的少女正站在王座后面。她诚恳地盯着这个年轻的陌生人，专心地听他说话。伊阿宋从国王的接见厅退出时，这个少女便跟在他后面走了出来。

“我是国王的女儿，”她对他说，“名叫美狄亚。我知道有很多年轻的公主都很无知，但我能做许多她们连做梦也不敢做的事情。如果您信任我的话，我可以教您如何驯服那两头凶恶的公牛，如何播种龙牙，如何拿到金羊毛。”

“美丽的公主，真的吗？”伊阿宋答道，“要是您肯帮我的话，我会感激您一辈子的。”他注视着美狄亚的脸，看到了令人惊奇的智慧。有些人，眼睛里会充满神秘感，当你看着他们的眼睛时，似乎看到了一条大道，也像望进了一口深井——但你永远也无法确定，你是否看到了井的最深处，也无法确定，井底是否藏了什么东西。她就是其中之一。如果说伊阿宋还有什么可担忧的事情，那就是怕这位年轻的公主会变成他的敌人，因为，她现在的这种美丽，可能会转瞬变成凶恶——如同看守金羊毛的那条恶龙一样的凶恶。

“公主，”他大声说道，“您似乎真的很聪明、很有本事。不过，您如何像您说的那样帮我呢？难道您是女巫吗？”

“没错，伊阿宋王子，”美狄亚微笑着说，“您说到点子上了。我正是一个女巫。是我的姑妈喀耳刻教我的。要是我乐意的话，我还可以告诉您，那个您背着过河，手里拿着一个石榴，肩上站着一只孔雀，拄着一支杖头刻着杜鹃鸟拐杖的老太婆是谁；同样，我还可以告诉您，那尊站在您的船头，能开口说话的橡木雕像是谁。您要知道，我对您的一些秘密非常了解。我对您的好感，对您是有好处的，要不然，您肯定难逃被那条恶龙吞噬的厄运。”

“我不太在乎那条恶龙，”伊阿宋回答，“我只想知道如何对付那两头铜蹄铜肺的公牛。”

“如果您确实像我想象的那么勇敢，又只有这个要求的话，”美狄亚说，“您只凭自己那颗勇敢的心就可以了。它会告诉您，对付一头疯狂的公牛只有一种办法。到底是什么方法，我会让您自己在危险中去发现。对于那两头喷火的畜生，我这里有一种神奇的药膏，可以保护您不致被它们烧伤，万一烧伤了也可以治好。”

说罢，她把一只金盒子放到他手里，教他如何使用盒子里芳香的油膏，又让他半夜在什么地方跟她会面。

“只要勇敢些，”她又说，“在天亮之前，就会驯服那两头铜牛。”

伊阿宋向她保证说，有了内心的引领，自己是不会失败的。然后，他回到同伴那里，将他和公主之间的谈话告诉他们，提醒他们准备好，到时可能需要他们的帮助。在约定的时间，他来到王宫门口的大理石台阶上，见到了美丽的美狄亚。她交给他一只篮子，里面装着龙牙——和很久以前卡德摩斯从那个怪物口里拔出来的牙齿一样。

接着，美狄亚便领伊阿宋走下台阶，穿过寂静的街道，走进了放养那两头铜蹄公牛的皇家牧场。这时正是黑夜，繁星满天，东边地平线上有一抹亮光，月亮很快就会从那里爬上来。走进牧场之后，公主停住脚步，向四周观望着。

“它们在那儿，”她说，“正在休息。就在草地最远的那个角落里，正反刍着那些火热滚烫的食物。可以肯定，它们只要一瞥见您的影子，就会情绪激昂。父亲和他的廷臣最喜欢的，莫过于观看一个想得到金羊毛的陌生人，试图给它们套上牛轭时的场面了。每当有这种事出现时，科尔喀斯国就像过节一样。至于我自己，也很喜欢这个游戏。您可能无法想象，只一眨眼的工夫，它们呼出的热气就会把一个年轻人烤成焦炭。”

“您敢断定，美丽的美狄亚，”伊阿宋问道，“敢十分肯定，金盒子里的这种油膏真能抵挡那可怕火焰的伤害吗？”

“要是您怀疑，要是您有一点点害怕的话，”在朦胧的星光下，公主看着他的脸说道，“您最好不要走近那两头公牛，倒不如死了拉倒。”

但是，伊阿宋想得到金羊毛的心是坚定不移的。我敢打包票，要是他拿不到金羊毛，是绝不会回去的。哪怕他明知自己再向前走一步，就会变成一块烧红的火炭或者一把白灰，也会在所不辞。于是，他放开美狄亚的手，勇敢地向她指示的地方走去。他发现前面不远的地方，出现了四股灼热的气柱，它们有规则地或隐或现，照亮了周围朦胧的景物。你们一定知道，这些气柱是那两只铜牛呼出来的气息，是它们躺在地上反刍的时候，从那四只鼻孔里静静地冒出来的。

伊阿宋向前走了两三步，感觉那四股灼热的气流更热了——因为，那两只铜牛已经听到了他的脚步声，正张开灼热的鼻孔使劲呼吸着空气；他又向前走了几步，一股红色的火焰朝他喷了过来，估计那两头畜生已经站起来了。现在，他能看到闪耀的火星和不断喷出的耀眼火焰。接着，两只铜牛便发出可怕的吼叫声，震得牧场到处回声一片。同时，它们不断向前喷出燃烧的气息，霎时把田野照得通明透亮；勇敢的伊阿宋又向前走了一步，那两头散发着烈焰的畜生，突然发出如雷鸣般的吼声，像闪电一样冲了过来。此时，只见大地一片光明，亮如白昼，周围纤毫毕现。他清楚地看到，那两只可怕的畜生笔直地向他冲过来——铜蹄嘚嘚嗒嗒踩踏着大地，尾巴僵直地竖在空中，与其他发怒的公牛的惯常表现毫无二致。它们的鼻息把跟前的青草烧焦了。空气是那么灼热，甚至连伊阿宋上方的一棵枯树也被引燃，发出熊熊的火光。不过伊阿宋本人（感谢美狄亚的魔法油膏），虽然被白色的烈焰团团围住，但却像石棉制品一样，一点伤害也没受到。

年轻人发现自己并没变成火炭，便勇气大增，等着公牛发起进攻。正当那两只野兽自以为要把他挑到空中的时候，他的双手却像铁钳一样，右手抓住其中一只铜牛的牛角，左手抓住另一只铜牛僵竖的尾巴。啊，不用说，他的双臂一定有惊人的力量。不过此事的奥妙在于，这两只铜牛是被施了魔法的怪物，而伊阿宋却勇敢地抓住它们，破了它们喷火的邪术。于是，从此以后，这一招便成了勇士们最喜欢用的招数——每当他们碰到危险的时候，便采取这个方法，他们称之为“抓住要害”，类似的说法还有“抓住牛尾巴”——意思是说，要抛开恐惧，用藐视的态度去战胜危险。现在，他轻而易举地给两只公牛套上牛轭，并系上放在地上、因多年不用而锈迹斑斑的犁铧，从此结束了无人能犁开这片土地的日子。我想，喀戎老师一定教过伊阿宋犁地的方法，或者，他老人家曾准许别人给自己套上轭具，亲自去犁过地。总之，我们的英雄非常成功地犁开了这片草地。就这样，到月上三竿的时候，一大片犁开的黑油油的土地展现在他面前，可以播种龙牙了。接着，伊阿宋把龙牙抛撒开去，又用耙子耙上泥土把它们盖住，然后站在地边，急切地想看看接下来会发生什么事情。

“我们要等很长时间才能收获吗？”他问站在身边的美狄亚。“或迟或早，这个时刻总会到来的。”公主回答，“把龙牙播种到地里，总会长出一群武士来的。”

月亮已经升到中天，明亮的月光洒在这片翻耕过的土地上，可是地里什么东西也没长出来。假如有任何一个农民看到这片耕地，都会告诉伊阿宋，肯定要等几个星期才能看到土里冒出绿叶来，而如果想要收获到成熟的黄澄澄的谷物，那就要等整整几个月。可是，渐渐地，只见那片土地上，出现了一些东西，它们在月光下闪烁着，像反光的露珠。这些亮闪闪的光点越长越高，接着就可看出是钢铁长矛的枪尖；然后，地里又冒出许许多多耀眼的头盔；当头盔越升越高的时候，就可看出下面还有一张张黝黑的长着络腮胡子的武士的脸，他们正拼命地想挣脱禁锢他们的土地。他们投给大地的第一件东西，是愤怒和挑衅的目光；接下来

看到的是他们身上的盔甲。他们右手握着宝剑或长矛，左手则提着盾牌。当这些奇怪的武士半截还埋在土里的时候，便迫不及待地挣扎着，想把自己像植物一样连根拔出来。凡是播上龙牙的地方，都会长出一个勇士，他们互相怒目而视，刀剑敲击着盾牌，发出叮叮当当的响声，时刻准备加入战斗。他们来到这个宁静月光下的美丽世界，却满怀愤怒暴烈的感情，为的就是要夺去每个兄弟的性命，以换取他们在这个世界的存在。

世界上有许多军人，他们似乎也跟这些龙牙武士一样，本性非常残暴，但这些在月光下的原野长出的龙牙武士，比这些军人更可宽恕，因为他们连妈妈都没有。任何一个一心想要征服世界的伟大统帅，比如亚历山大大帝、拿破仑等，要是能像伊阿宋这样，能轻易收获一支全副武装的军队，不知会有多高兴！此时，这些龙牙武士站在地上，挥舞着手中的武器，用宝剑敲击着盾牌，声嘶力竭地发出战斗的叫嚣。他们高声大叫道："敌人快出来！我们冲呀！不是胜利，就是阵亡！""冲呀，勇敢的同伴们！不是征服，就是灭亡！"除此之外，还有各种各样其他的呼喊声——这些龙牙长成的勇士，似乎也能喊出人们通常在战场上听到的各种呼喊声。眼见月光下的土地里突然冒出这么多明晃晃的武士，伊阿宋便觉得最好还是把自己的宝剑也拔出来。终于，站在前排的武士看到了他，于是这些龙牙的儿子立刻把他当成敌人，齐声高呼道："保卫金羊毛！"他们举起宝剑，挥动长矛，向他直奔过去。伊阿宋明白，单靠他个人的力量，是无法抵挡这支嗜血成性的军队的。于是他决定，既然没有其他更好的办法，与其从龙牙勇士的面前逃跑，倒不如英勇地战死。

然而，美狄亚却让他从地上捡起一块石头。“快扔到他们中间去！”她嚷道，“这是拯救您的唯一方法。”此时，武士们离他很近，近得伊阿宋能看清那些闪着怒火的眼睛。他掷出手里的石头，正砸在一个高个子武士的头盔上，于是这个武士高举着宝剑向他冲来。之后，那块石头从这个武士的头盔弹到距他最近的一个同伴的盾牌上，然后又飞起来，打到另一个武士的脸上，重重地击中了他的眉心。这些被石头击中的武士都以为是身边的人打了自己。于是，他们放弃攻击伊阿宋，反而彼此互相打斗起来。这种混乱的场面在武士们的队伍中扩散开来，不一会儿，他们全都互相乱砍、乱劈、乱刺起来；于是，只见他们纷纷臂膀脱肩、人头落地、腿断脚折——这个令人难忘的场面使伊阿宋大为惊奇，与此同时，看到这些孔武有力的战士，居然因他挑起的一个进攻而互相残杀，竟忍不住笑了起来。很快，除一人之外，这些龙牙勇士全都尸横于野，时间短到让人难以置信（真的，就跟他们从地里长出来一样短暂）。最后的那个幸存者，是全体龙牙勇士中最勇敢最强壮的一个。此时，他还有足够的力气把血淋淋的宝剑举到头顶，得意地欢呼：“胜利了！胜利了！英名不朽！”说罢，便倒在地上，静静地躺在被他杀死的兄弟们中间。

从龙牙长出的这支军队终于完蛋了。这场凶恶狂热的战斗，是他们在这个美丽的地球上尝试的唯一一场游戏。

“让他们在光荣的床上安睡吧，”美狄亚公主向伊阿宋狡猾地笑着，说道，“这个世界永远都不缺傻瓜——他们也是一样，无缘无故就斗个你死我活。他们还幻想着子孙后代们会不嫌麻烦，在他们生锈的破烂头盔上戴上月桂花环呢。伊阿宋王子，看到刚刚倒下的自大狂，难道您不觉得可笑吗？”

“我觉得很悲哀，”伊阿宋严肃地说，“说句实话，公主，看到这番情景后，我觉得夺取金羊毛这事，其实很无聊！”

“到明天早上，您就会有不同的想法了，”美狄亚说，“真的，金羊毛并不如您原来想的那么有价值；不过，世上也没有更好的东西了。你知道，每人都需要树立一个目标。走吧！您夜间的任务完成了。明天，您就可以通知埃厄忒斯国王，告诉他，他指派给您的第一个任务已经完成了。”

清晨，伊阿宋依照美狄亚的建议，及时来到埃厄忒斯国王的宫殿，走进会见厅，站在王座脚下，深深地鞠了一个躬。

“看上去，您的目光很阴沉，伊阿宋王子，”国王评论说，“看来您度过了一个不眠之夜。为了防止自己被烧成火炭，但愿您已经很机智地考虑好，决定放弃驯服我那两头铜牛了。”

“陛下，这个任务已经完成了，希望您乐意听到这个消息。”伊阿宋答道，“两只公牛已被我驯服并套上牛轭，犁好了那片地；那些龙牙已播种到了地里，并盖上了泥土；武士已经从地里长了出来，他们互相残杀，直到最后一人。现在，我恳求国王陛下，允许我去找那条恶龙，让我可以从那棵树上取下金羊毛，再和那四十九位同伴一起回去。”

埃厄忒斯国王横眉怒目，看上去非常恼怒又心乱如麻，因为他知道，按照作为君主的他所做出的许诺，现在应该允许伊阿宋去取金羊毛；如果他的勇气和武艺都足够的话，最终就能取走。这个小伙子运气太好了，居然能驯服那两头铜牛又播种了龙牙，国王担心他同样也会把那条恶龙杀死。因此，虽然他巴不得看到伊阿宋被恶龙一口吞下，但他还是决定（对这个恶毒的国王来说，这是个错误的决定），不能再进一步冒险失去心爱的金羊毛了。

“要不是我那不孝的女儿用巫术帮你的话，”他说，“你永远都不会成功。小伙子，如果你公平行动，这个时候，你已经变成一块黑炭或一撮白灰了。我禁止你以死亡的痛苦为代价，采取任何更进一步的行动去取金羊毛。实话告诉你，你永远也别想看到一根金光灿灿的金羊毛。”

伊阿宋又悲伤又愤怒地离开了国王的会客厅。他想，应该把那四十九位勇敢的“‘阿耳戈’号英雄”召集起来，向战神的树林进军，杀死那条恶龙，夺下金羊毛，然后登上“阿耳戈”号的甲板，扬帆回约尔柯斯国去，除此之外，已没有更好的办法了。说实话，这个计划很可能会成功，因为他们有五十位英雄呢，不至于被恶龙一口一个全部吞下去。但是，正当伊阿宋匆忙走下王宫台阶的时候，美狄亚公主在他背后叫住了他，招手叫他回来。她盯着他，黑眼睛里发出锐利的光芒，让他觉得里面好像有点不怀好意的意味；虽然昨天夜里，她已帮了他好大的忙，但他不敢断定，在今天日落之前，她不会对他造成同样巨大的伤害。你们要知道，这些女巫，是永远也靠不住的。

“我正直的埃厄忒斯父王对您说了些什么？”美狄亚微笑着问道，“他是不是同意给您金羊毛，您无须再冒更多的风险和麻烦了？”

“恰恰相反，”伊阿宋答道，“他因为我驯服了那两头铜牛并播种了龙牙而非常生气；他断然拒绝我，禁止我采取进一步的行动；他要我放弃金羊毛，不管我是否能杀死那条恶龙。”

“原来如此，伊阿宋。”公主说，“我还可以告诉您更多的消息：除非你们在明天日出之前乘船离开科尔喀斯，否则，国王就要烧掉你们那艘五十桨的帆船，并把您和您那四十九位伙伴全部杀死。不过别沮丧，您会得到金羊毛的，因为它在我的魔法控制范围内，我可以帮您弄到它。午夜前一个钟头，到这里等我。”

约定的时间到了，你们又可以看到，伊阿宋王子和美狄亚公主肩并肩悄悄走在科尔喀斯的大街上，向那座神圣的小树林走去——那里的一棵树上，悬挂着金羊毛。他们经过牧场时，那两头铜牛向伊阿宋迎上来。他们像其他普通牛那样哞哞叫着，点着头，向前伸着嘴巴，期望对方伸出一只友好的手，摩挲和爱抚它们。它们已完全被驯服了，暴烈的脾气消失了，而且肚里的火炉也同样熄灭了。因此，在草地上咀嚼和反刍草料的时候，它们可能比以前更舒服些呢。真的，在此之前，它们肚子里的那座火炉，给这两头可怜的畜生带来了很大的不便——每当它们希望吃口青草的时候，还来不及吃呢，从鼻孔里喷出来的气息就把青草烧焦了——真想象不出它们到底是怎么活命的。但是现在，它们呼出来的不再是含着硫黄味的水汽和火焰，而是非常甜蜜的、正常的牛的气息了。

伊阿宋温存地拍了拍两头牛，便跟着美狄亚走进战神小树林。

树林里有许多巨大的橡树，它们已经在这里活了几百年了。林间浓密的树荫挡住了月光，路都不好找了。好在还有零零散散疏漏的月光，照出了没被枝叶遮住的地面。时不时地会有一阵微风把枝条吹向一边，使伊阿宋得以窥见头上的一线星空，不然，在这么黑暗的环境中，他可能忘了头上还有星空存在。最后，他们越走越远，深入到这座黑暗树林中央时，美狄亚紧紧抓住了伊阿宋的手。

“看那边，”她低声说，“看到它了吗？”

在那些庄严的橡树间，有某种光在闪烁——不像月光，倒像是落日时分的金黄色阳光。它是从一件物体上发出的，这东西悬在一人高的半空中，就在离他们不远的林子里。

“那是什么？”伊阿宋问道。

“就是您跑这么远来寻找的东西，”美狄亚大声说，“现在，它在您眼前闪闪发光，您竟认不出这个您历尽艰险该得到的奖赏了？那就是金羊毛呀！”

伊阿宋又向前走了几步，然后站住凝神细看。啊，它发着神奇的光，显得非常美丽——这就是无数英雄多年来渴望一见的无价之宝呀！但是，这些觅宝的英雄，都在寻觅它的过程中一去不回了，他们或死于惊险的航海途中，或死于那两头公牛从铜肺中喷出的烈火里。

“它的光是多么明亮啊！”伊阿宋欣喜若狂地叫道，“它当真是用落日时分最明亮的金光浸染出来的。我得快点上前，把它取下放进怀里。”

“等一下，”美狄亚把他拉了回来，说道，“您忘了它的守护者了吗？”

说实话，伊阿宋一看到这梦寐以求的东西，太高兴了，已经完全忘了那条可怕的恶龙。这时突然有什么东西从他身旁走过——这提醒了他，让他知道此地随时都会碰到危险——原来是一只羚羊，它可能误以为那金黄色的闪光是日出时的阳光，便跳跃着迅速穿过树林，笔直地朝金羊毛奔去。突然，伴随着一阵嗞嗞声，那条恶龙巨大的脑袋和半截长着鳞片的躯体扑了上去（因为恶龙盘在挂金羊毛那棵树的树干上），咬住那只可怜的羚羊，一口就把它吞到肚里去了。

吃了羚羊，恶龙似乎意识到旁边还有别的动物，便觉得应该继续吃点东西来喂饱自己。它伸出可怕的长脖子，一会朝这边，一会朝那边，用那丑陋的鼻子在周围树木间嗅来嗅去。此时，它向伊阿宋和公主藏身的那棵橡树探过身来，只见龙头摇摇晃晃地从空中伸过来，几乎伸到伊阿宋王子触手可及的距离了——它那张大嘴巴几乎和国王的宫门一样宽阔。说真的，此情此景真是非常恐怖、令人不安。“喂，伊阿宋，”美狄亚低声说（像所有女巫一样，她喜欢恶作剧，总想引起这个年轻人的恐惧），“现在，您对夺取金羊毛的前景有什么想法？”

伊阿宋只是拔出宝剑，向前跨出一步，作为回答。

“等一等，傻小子，”美狄亚抓住他的手臂说，“要是没有我帮您，当您的好天使，您肯定会失败，这您难道不明白？在这只金盒子里，有我的一剂魔药，用它对付这条恶龙，效果要比您那

宝剑好得多。”

恶龙可能听到了他们的说话声。它像闪电一般，一下子向前方伸出四十英尺，那黑色的龙头和开叉的舌头发出嗞嗞声，在树木间来回晃动。龙头逼近时，美狄亚打开金盒子，将里面的药粉倒进那怪物宽阔的喉咙里。霎时间，随着一阵可怕的嗞嗞声，恶龙的尾巴扭曲着直扫向最高的树梢，把枝条打得支离破碎，然后又重重地落了下来——恶龙全身跌落在地上，一动也不动了。

“这只是一剂催眠药，”女巫公主对伊阿宋王子说，“我不想直接弄死它，因为以后它可能还有点用处——人们终究会找到一种利用这些害人虫的办法的，只是早晚罢了。赶快！取下那件宝物，我们赶快离开。您已经得到金羊毛了。”

伊阿宋从树上取下金羊毛，带着这件他寻求已久的宝物，急急地穿行在小树林里。此时，黑暗的树荫被金羊毛的金光映照得通明透亮。他看到前面不远的地方，走着那位他曾帮助过河的老妇人，她身边跟着那只孔雀。她高兴地拍着手，示意他走快点，之后便消失在树丛的阴影中了；他又看到了北风神那两个长着翅膀的儿子（他们正在月光照耀下的几百英尺高的空中玩耍），便吩咐他俩通知“‘阿耳戈’号英雄”其余的人尽快上船。殊不知，虽然隔着几堵石墙、一座小山，外加战神小树林黑暗的阴影，眼光锐利的林修斯却早已看到他带着金羊毛回来了，在他的建议下，英雄们都已上船各就各位，手里紧握木桨，准备随时开船。

伊阿宋一走近航船，就听到多嘴的船首神严肃亲切的声音。她比平常更迫切地对他喊道：

“跑快点，伊阿宋王子！为了您的性命，快跑！”

他纵身一跃，跳上了航船。看到那放射着金光的金羊毛，四十九位英雄大声欢呼，俄耳甫斯则弹起他的七弦琴，唱起胜利之歌，航船和着欢乐的节奏，好像长着翅膀一样，向着回家的方向，在水面上飞跃前进！

译者的话

本书原名《霍桑神话故事全集》，是霍桑两部著名神话《奇书神话》*A Wonder Book* 和它的姐妹篇《杂林别墅神话》*Tanglewood Tales* 的合集，本次出版摘取了其中九个精彩又互为联系的故事，皆取材于古希腊神话。但经过霍桑的生花妙笔，这些古老的神话故事已被注入了新的思想内容。霍桑通过这些神话故事，赞扬了人类善良、勇敢的美德，抨击了恶毒残忍、冷酷无情的恶行；歌颂智慧，嘲笑了自私和愚蠢。可以说，这部作品充分反映了作者伟大的人道主义精神。

作者纳撒尼尔·霍桑（Nathaniel’ Hawthorne，1804—1864）是 19 世纪美国著名的浪漫主义作家，他的长篇小说《红字》已为中国广大读者所熟知，而对他这两部儿童文学作品，国内似乎还没有全面介绍。

20 世纪 60 年代初，我在南昌读书，暑假回家路过厦门时，在一家旧书店购得一册 *A Wonder Book*，但直到 20 世纪 70 年代末才动了翻译此书的念头。那时，我还在江西赣南农村务农。夜里，在一盏昏暗的煤油灯下，以一只木箱子当桌子，我开始了《奇书神话》的翻译工作。那一年，我的小女儿正好出世，我希望译稿完工之后，能出版成书，将来给我的儿女们阅读。断断续续，历经一年多的时间，1979 年 5 月，我的第一本译著（定名为《古希腊神话新编》）终于完工，可是出版也成了问题。

我曾将译稿寄给著名翻译家叶君健先生征求意见，叶老阅后给予肯定，认为这是一部世界文学名著，有介绍给我国读者的价值，并帮助推荐给出版社。可是，由于各种原因，这一搁便是二十多年。我常想，一本书的面世，与人的婚姻一样，也是一种缘分。2004 年，正是霍氏诞辰二百周年，我又动了出版此书的念头。

于是，我先后向国内多家出版社发出此书的选题推荐信。真是无巧不成书，哈尔滨出版社得到了霍氏《杂林别墅神话》*Tanglewood Tales* 一书的电子文本，已将其列入当年的出版计划，正在寻觅合适译者。该社编辑闻讯立刻与我联系，而我此时才发现，*Tanglewood Tales* 正是 *A Wonder Book* 的姐妹篇。这两位异国姐妹，在时隔二十五年之后，竟然在万里之外的中国相会，牵着手走向我们的青少年读者，这难道不是一种缘分吗？

值得一提的是，当年我翻译 *A Wonder Book* 的时候，是用手写一字一句译出初稿，然后又一字一句抄进稿纸的，历时将近两年；而我翻译 *Tanglewood Tales*，则是在电脑上完成的，按照出版社的要求，刚好用了三个月完工。抚今追昔，怎能不感慨系之？霍桑神话的出版，印证了社会的进步，也印证了中国文学兼收并蓄的繁荣局面的到来。中国人只知有安徒生童话而不知有霍桑神话的日子结束了。

2006年，霍桑神话分别以《奇迹书》和《丛林故事》单行本出版。今值知识出版社将此书重新收集出版，是为序。同时，谨以此译本献给它的第一位读者、伴我走过人生最艰难岁月的妻子张开添。

纪秋山

于江西省井冈山罗浮学校

2017年8月24日